KB250603

전란 중에도 꽃은 피었네

정옥희 에세이

전란 중에도
꽃은 피었네

글누림

여는 글

6·25동란 수기 제1부 『보랏빛 가지에 내 생을 걸고』의 출판 기념 회에서 나는 약속을 드렸었다. 만일 하나님께서 나에게 건강을 허락해 주신다면 부산 피난 시절의 이야기를 꼭 써서 여러분을 다시 모시고 싶다고. 그 때 나는 암을 앓고 있을 때였다. 하나님께서는 악바리, 일의 욕심꾸러기 정옥희의 암을 정복케 해 주셨고 제2부 『전란 중에도 꽃은 피었네』를 완성할 수 있게 시간을 내 주셨다.

『전란 중에도 꽃은 피었네』는 1·4후퇴 이후의 이야기가 된다. 이 글을 열심히 쓰고 있는데 '천안함 사건'이 일어났다. 46명의 소중한 우리의 자식들이 목숨을 잃었다. 천인공노할 처사였다. 그런 끔찍한 일을 저지를 자가 누구겠는가. 세상천지에 딱 한 사람뿐이라는 것을 나는 금방 알았고 6·25를 겪은 우리 세대들도 다 알았다. 나는 한 동안 손이 떨려서 글을 쓸 수가 없었다.

용산역에서 막차를 용케 잡아타고 피난지 부산으로 내려가 사는 동안에 나는 대학생이 되었다. 대학생이 되고 1년이 지난 후에야 고교 졸업장을 받았다. 학교생활이든 가정생활이든 뒤죽박죽이었다. 그런 가운데에서도 내 청춘의 문은 열리고 내 생애에 오직 한 남자도 부산 피난지에서 만났다. 이 글을 쓰며 나는 여러 번 엎드려 울었다. 보고 싶어도 볼 수 없는 사람들. 어머니, 남편 박 선생, 아버지, 그리고 유난히도 나를 챙겨주셨던 조부.

올해가 6·25동란 발발 60년이 된다. 때때로 내 마음은 1950년대에 머무르며 옛일을 회상하곤 한다. 가난하고 힘든 생활을 할수록 우리는 더욱 서로 사랑했고, 나라를 끔찍하게 사랑하며 살아왔다.

참고서적도 많이 읽었다. 그 중에서도 백선엽 장군의 『내가 겪은 6·25와 대한민국』, 『군과 나』는 책이 닳도록 읽었다. 일본의 기자인 '고지마 노보루'는 그의 저서 『조선전쟁』 3편에서 이승만 대통령은 아시아의 영웅이라고 격찬하고 있었다. 그 해괴망측한 '사사오입 개헌'도 당신이 대통령 재임 시에 통일을 완수하고 싶은 욕심에서 나온 일은 아닐까 싶다.

6·25동란 수기 『보랏빛 가지에 내 생을 걸고』 1950년 여름편 1,000권은 거의 나간 상태로 많은 독자들의 호응을 얻었다. 특히 전쟁을 모르는 젊은 세대들이 이 책을 읽고 북한의 포악상과 동족상잔의 비극을 직접 겪은 듯 눈에 선하다고 할 때 나는 책을 낸 자부심과 큰 보람을 느꼈다. 『전란 중에도 꽃은 피었네』 또한 독자들의 심금을 울리는 좋은 책이 되기를 기대한다.

로우링힐스의 일우에서 정옥희

전란을 이기는 인간승리의 교범

어린 시절 6·25동란의 아프고 슬프고 또 무서운 체험을 진솔하게 기술하여 많은 사람을 감동시킨 『보랏빛 가지에 내 생을 걸고』는 저자 정옥희 선생의 작품세계에서는 물론 수필문학의 역사에 있어서도 괄목할만한 수발(秀拔)한 글이었다. 이제 제2부를 완성하여 이 책 『전란 중에도 꽃은 피었네』가 상재(上梓)되는 동안 미리 출간될 글을 읽으면서, 다시금 전쟁의 깊은 상흔과 인간의 유전(流轉)하는 운명에 대해 숙고해 보지 않을 수 없었다.

전쟁은 벌써 60년 전의 일이 되었고 모두가 그 가혹한 불안과 고통, 가난과 굶주림의 실상을 잊어가고 있는 마당에, 아직도 깨어있는 기억과 이를 환기하는 목소리가 존재하고 있다는 사실이 얼마나 고맙고 다행스러운지 모른다. 과거의 역사에서 교훈을 얻지 못하는 민족에게는 미래가 없는 것이기 때문이다. 아름다운 내일을 꿈꾸는 자도 그 발을 과거에서 현재로 이어지는 길 위에 두어야 옳고 그래야 그 꿈이 온전하고 건실할 것이다.

이 책은 전쟁의 체험과 기록이 고스란히 담겨 있을 뿐 아니라 그 것을 문학적으로 잘 형상화 했다는 특별한 장점이 있다. 같은 소재라도 그것을 어떤 용기(容器)에 담고 어떤 포장으로 내어놓느냐의 문제는, 그 가운데 담긴 주제의 감응력을 매우 다른 강도로 환기하게 한다. 정옥희 선생의 문필은 거기에 빛나는 대목이 있다. 절망적인 현실을 뛰어넘는 인간애, 그리고 따뜻한 치유에의 열정은 이 책을 인간선언 또는 인간승리의 교범(敎範)으로 이끌고 있다.

김종회(경희대 교수, 한국문학평론가협회 회장)

차 례

제1부 보랏빛 가지에 내 생을 걸고

제2부 전란 중에도 꽃은 피었네

보랏빛 가지에
내 생을 걸고

전쟁의 시작

1950년 6월 25일 인민군이 소련제 탱크를 앞세우고 남침해 온 날은 일요일 새벽녘이었다. 우리 가족이 3·8선을 넘어 서울에 정착한 지 만 2년이 채 되지 않은 때였다. 을지로5가에 우리의 상표인 원흥제재소(源興製材所)의 간판을 다시 올린 것도 겨우 1년 남짓밖에 되지 않았다.

먼 곳에서 '쿠웅쿵' 하는 대포소리 비슷한 것을 들으면서도 우리 식구는 '아마 국군이 훈련 중인가 보다' 하고만 생각하였다. 그 날도 여느 주일처럼 교회에 나갔다. 교회가 끝나고 집에 돌아오는 길에 군인들이 철모에 풀을 꽂고 전투복을 입고 전차에 올라 탄 것을 보고도 전쟁이 일어났다는 것은 상상조차도 하지 않았다.

26일은 월요조회가 있는 날인데 시간이 한참 넘었는데도 선생님들이 나오시지 않고 학생들이 그 사이 끼리끼리 둘러서서 동두천 쪽에서 인민군대가 쳐내려오고 있다더라 하고 수군거렸다. 3·8선 부근의 인민군들은 자주 총질을 해오곤 했던 터라 많은 학생들은 대수롭지 않게 귀담지 않았다. 두어 시간 후 조례도 생략한 채 학생들을 강당으로 집합시키더니 느닷없이 교의(校醫)가 나와 응급치료법을 가르치기 시작하였다. 우리들은 지혈(止血)은 이렇게 하는 거라며 마주 서있는 친구의 겨드랑이에 손을 넣고 간질이고 시시덕거리며 재미있어했다.

응급치료 연습 후 교장선생님이 강단에 오르시어 "학생들, 인민군이 3·8선을 넘어 지금 남한을 침공해 오고 있습니다. 오늘은 수업이 없고 곧 귀가하게 되겠는데 다른데 들르지 말고 곧장 집으로 돌아가야 합니다. 전쟁이 오래 가지는 않을 것입니다. 전쟁이 끝나면 한 사람도 빠짐없이 이 자리에서 우리 만납시다." 하셨다. 교장선생님의 얼굴이 평시와 다름없이 온화해서 우리들은 위기감을 전혀 느끼지 않았다.

그래도 조금 불안하긴 했다. 진짜 인민군이 서울까지 쳐들어오면 어쩌나? 우리는 그들이 싫어서 월남하지 않았던가. E여고에서 알파벳을 소련어 발음으로 아, 베, 세, 데…… 로 읽어 퇴짜를 맞고, 종로에 있는 이 조그마한 사립학교에 전입한 것이 1년 반 밖에 더 되었는가. 전입학 당시 초라한 학교교사를 보고 나는 내가 다니던 신의주 남여학교(南女學校)를 생각하며 울었었다.

그러나 아버지는 두 말도 못하게 엄한 얼굴을 하시고 나를 4학년(지금의 고1) 2학기에 편입시키고 그 자리에서 입학금을 내 주셨다.

우리는 그 때 개업(開業) 전이었고 3 · 8선을 넘을 때 가지고 온 귀한 돈이지만 아버지는 우선 아이들 학비부터 내 주셨다.

다행히도 입학 며칠 후 나는 오순영 배구부지도교사(나중에 다시 선생님에 대해서는 별도 언급하겠다)의 권유로 배구부원이 되었고 이병주 선생(현재 동국대학교 국문학 명예교수)의 국어고전시간은 침을 흘릴 정도로 재미가 있었다. 그래서 나는 공부도 열심히 하고 운동도 열심히 하는 모범생이 되었다.

배구코치인 선우양국 선생은 당시 우리나라 배구계의 왕이었다. 단신 월남하여 치과대학생으로 적을 둔 노총각이었다. 얼마 안가 학교대표선수가 된 나는 한 주일이면 왼발 운동화 옆이 구멍이 날 정도로 강훈련을 받았고(9인제 BAG LEFT) 선수들이 손수 졸인 꽁치에 콩나물국만 먹으면서도 합숙생활이 재미있었다. 5학년(지금의 고 2) 봄에 부산여고와 대구 신명여고와의 친선게임으로 원정도 갔다 왔다.

그런데 6학년(고3)에 올라가자마자 전쟁으로 휴교가 되면 배구연습도, 고전시간도 못 가지는 일은 나에게는 견딜 수 없는 고역이 될 터이었다. 그날도 일단 우리 부원은 특활실에 모두 모였다가 헤어졌고 후위진인 셋인 나와 순희와 혜성은 서운한 마음으로 원남동 플라타너스 가로수가 서있는 창경원 돌담을 끼고 걸어서 서울의대 병원 앞에서 나는 오른쪽으로 꺾어 을지로로 향했고 두 친구는 왼쪽으로 돌아 명륜동으로 향했다. "곧 학교에 가게 되겠지 뭐. 잘

가.", "잘 가라." 우리는 돌아보며 헤어졌다.

■ ■ ■

대수롭지 않게 생각했던 이 전쟁은 3년 동안이나 계속됐고
미군 전사자 54,246명 UN군 628,833명
행방불명자 미군 8,177명 UN군 470,267명,
포로 미군 7,140명, UN군 92,970명,
부상 미군 103,234명, UN군 1,064,453명,
계 2,429,320명이나 되었고 온 나라는 쑥대밭이 되었다.
이렇게 될 줄을 누가 알았겠는가.
(한국군은 UN군에 속한다)
*국방부 6·25동란 편찬 위원회 제공.

콩알이 된 간

진종일 쿵쿵 들리던 북소리의 실체는 대포소리였다. 해거름 때부터는 그 소리는 더 가까워져왔다. 나는 아버지를 도와 이층에서 다다미짝(疊)을 끌어내리려다 안방 벽에 세웠다. 8월이 산달인 어머니가 그 공포의 소리를 듣는 것을 조금이라도 막아드리고 싶어서였다. 온 식구는 귀를 막고 뜬눈으로 밤을 샜다. 새벽녘에 새우잠 속에서 나는 무수한 구둣발 소리를 들었다. 무엇에 쫓기는 발소리였다. 간간히 사람의 악다구니 소리도 들렸다. 암만해도 좀 나가보아야 했다. 현관문을 조금 밀었다.

"조용히 있지 않고 어디를 나가니?" 하는 어머니의 꾸중소리가 채 끝나기도 전에 집 앞 좁은 골목은 밀리며 뛰며 하는 사람들로 꽉 차 있는 것이 보였다. 머리에 보퉁이를 이고 아이들 손을 잡고 뛰는 사람도 있었다. 그 중의 서넛 장정이 나를 제치고 현관문을 확 밀며 들어왔다. 나는 질겁하며, "뭐예요? 뭐예요?" 하는 사이 그들은 누구에게랄 것 없이 "저희들은 국군입니다. 3·8선 부근에서 지금 쫓겨 내려오는 길입니다. 입을 만한 옷을 좀 주십시오." 했다. 그리고 보니 군복 바지에 군화를 신고 있었다. 황급히 옷가지를 이 것저것 건네며 아버지는 "도대체 인민군이 어디까지 왔습니까?" 하고 물었다. 미아리 근방까지 왔다고 했다. 미아리? 미아리라면 바로 코앞이 아닌가.

인민군이 탱크를 앞세우고 내려와서 국군이 후퇴 중이라고 했다. 서울로 진격해 오는 것은 시간문제라고 했다. 그들은 물을 벌컥벌컥 마시며 "모두 피난 떠나고 있어요." 라고 말했다. 라디오에서는 이승만 대통령이 계속 서울을 지키고 있으니 안심하라고 한 것은 무슨 뜻일까?

그들이 떠나간 뒤에 아버지는 결심이라도 한 듯이 일단 우리도 피난을 가는데 무조건 살아남은 사람은 집에서 모이라고 하셨다. "여기, 여기 이 집에서 모이는 거야. 알았지!" 오금을 박듯 말씀하셨다. 다들 무엇을 가지고 떠나야 하는지 우왕좌왕 하다가 할아버지와 할머니는 막내삼촌에게 맡기고, 아버지는 어린 동생들을 맡은 후, 마치 달리기 내기라도 하듯 현관문을 나섰다. 나서자마자 모두 인파에 휩쓸려 사라져갔다.

어머니와 나만 남아서 우선 쌀을 담은 냄비를 이불에 둘둘 말아 어머니가 머리에 이셨다. 나도 무엇인가 건건이가 될 만한 병을 들고 "엄마, 빨리 해. 빨리 해." 했다. 무거운 몸으로 뒤뚱거리는 어머니와 같이 대문을 나섰다. 그 많던 피난민 행렬이 뜸해져 있었다.

어머니를 부축하고 겨우 을지로4가 사거리에 당도했을 때였다. 그야말로 하늘을 깨는 굉음이 바로 내 머리를 치며 날아갔다. 커다란 물체에 얻어맞은 것처럼 사거리 한복판에서 나는 정신을 잃고 널브러졌다. 시간이 얼마나 지났는지는 몰랐다. 내가 정신이 돌아왔을 때는 두 손바닥으로 땅을 쓸며 '엄마, 엄마' 하고 있었다. 입만 뻐끔거렸지 소리는 나오는 것 같지 않았다. 눈앞에 흙먼지가 낀 것같이 뿌옇게 보였다. 오금이 저리고 얼혼이 빠진 것이었다. 나는 자꾸 길옆으로 비켜서야겠다고 애쓰고 있었다.

엄마 생각이 났다. 두리번거리다가 저만큼에 어머니가 이고 있었던 이불과 냄비가 눈에 띄었다. 분명히 내 곁에 계셨던 어머니는 한참 떨어진 곳에 큰 배를 감싸 안고 주저앉은 채 움직이지 않고 계셨다. 나는 내 몸을 질질 끌고 어머니 곁으로 다가갔다. 그 거리가 한 마장은 되는 것 같았다. 어머니는 내가 다가간 것도 모르고 무엇인가 중얼거리고 계셨다. 어머니가 쓰러져 누운 자리가 흥건히 젖어있었다.

우리 모녀가 정신이 몽롱한 채 사거리에 주저앉아 허우적거리는 동안 하늘을 깨는 대포소리를 두 번 더 들었다. 둘은 기다시피 해서 집으로 돌아왔다. 돌아올 때 무슨 일인지 정릉과 남산 꼭대기까지의 길에 그 많던 사람들의 그림자가 씨도 없는, 말 그대로 사(死)

거리가 되어있어 온 몸에 전율이 일었던 것을 나는 아직 생생하게 기억하고 있다.

어머니와 나는 집에 돌아와서야 길거리에 팽개치고 돌아온 이불과 쌀 냄비가 생각났다. "그건 뭐 하러 가지고 나갔을까?" 모녀는 어이없어하며 웃었다. 해가 뉘엿해졌을 때에야 온 식구가 하나씩 둘씩 돌아왔다. 모두 무사하였다.

■ ■ ■

6월 25일 새벽 4시. 3·8선상 7개 전방에서 20만 대군의 북한 인민군이 탱크와 대포와 소련제 전투기를 몰고 남한으로 기습 공격해 왔다. 당시 한국군은 3·8선에 4개 사단이 배치되어 있었으나 대포도, 탱크도, 전투기도 없는 때였다. 파죽지세로 내려온 인민군은 단 3일 만에 이렇다 할 저항도 받지 않고 서울을 점령하였다. 1948년 8월에 대한민국정부가 수립된 지 2년 만이었다.

부모님은 국군 따라 남하하셨고

사흘째 날 그러니까 28일이다. 배알까지 뒤흔들던 대포소리는 동녘이 번해올 때쯤에는 뚝 그쳐 있었다. 대포소리 대신 이번에는 아스팔트길을 파내는 것 같은 드릴소리가 났다. 나는 담요를 뒤집어쓰고 집 앞 골목길을 지나서 을지로 거리로 나갔다. 그 소리는 탱크소리였다. 몇 십대의 탱크가 서울 시청 쪽으로 전진하고 있었다.

탱크에는 커다란 별이 있는 인민공화국기가 펄럭이고 있었다. 이게 꿈인가 생시인가 분간이 가지 않았다. 길거리에는 나보다 먼저 나와 탱크에 탄 인민군들을 향해 박수치는 사람들도 있었다. 건물에 기대듯 하며 을지로4가 가까이까지 걸어서 시청 꼭대기를 올려다보았다. 인공기가 천연덕스럽게 나부끼고 있었다. "저 끔찍한 국기가……." 가슴이 쿵하고 내려앉았다. 우리 같은 월남가족은 죽었구나. 잰걸음으로 집에 돌아와 아버지께 보고 드렸다. 그사이 조부도 인공기를 확인하고 들어오셨다. "이런 변이 있나. 큰일 났구먼."

하셨다.

아버지가 우리 집 바로 옆의 내과병원 원장집의 문을 두드렸다. 인민군이 들어온 것 같은데 같이 국군을 따라 남하하는 것이 어떠냐고 물었다. 최박사가 "아니, 무슨 소리를 하는 거요. 좋은 세상이 오는데 왜 떠납니까. 이날을 무진 기다리고 있었습니다." 하였다. 병원 문손잡이를 잡고 있던 아버지의 손이 부들거렸다고 했다. 조부께 이 상황을 말씀드리는 아버지의 얼굴이 사색이 되어 있었다.

그도 그럴 것이 그는 정초나 명절에는 늘 우리 집 안방에서 마작 (麻雀)을 한 아버지의 친구 분 중의 한 사람이었고 집안끼리도 터놓고 왕래한 사이였다. 그는 빨갱이라는 낌새를 풍기지도 않았고 그를 의심한 사람은 정말 아무도 없었다. 그런데 좋은 세상이 왔다고? 더구나 그는 의사가 아닌가. 우리는 빨갱이 세상을 잘 안다. 해방되어서 로스케가 들어오자 제재소에서 일하던 일꾼들이 제일 먼저 주인을 해코지하지 않았던가.

조부는 아버지를 빨리 피신시켜야 한다고 마음을 굳히셨다. 월요일인 그제 오전에 거래하던 은행에서는 예금주당 3,000원씩을 인출하게 해 주어서 우리 집은 6,000원의 현금을 가지고 있었으나 이 난리가 언제 끝날지는 예측불허이니 생각하면 턱도 없는 적은 돈이었다. 조부는 전대에 5,000원을 넣어 아버지 배에 두르게 하셨다. 집에는 지난 주 매상도 있고 제재소에는 산더미 같은 목재가 쌓여 있으니 집 걱정은 말라고 하셨다.

최 박사 같은 숨은 빨갱이가 또 있을 수 있으니 마을가는 것처럼 어머니가 따라 나가서 아버지가 한강을 넘는 것을 보고 돌아오겠다고 하셨다. 조부의 생신이 음력으로 5월 중순이니 그때 쌀 한가마를 들이고, 찹쌀 두어 말로 떡 찧고, 일가친척이 모여서 잔치를 치른 것이 엊그제였다. 이제 쌀도 들일 때가 되었다 싶을 때였다.

월요일날 아침에 이미 싸전은 문을 닫아걸었다. 늘 거래하던 두어 군데의 싸전 주인에게 통사정을 해도 그들은 냉정했다. 조모와 어머니는 감자 한 가마니만 리어카에 싣고 돌아오셨다. 우리는 이 날부터 밥 한 공기와 감자 한 알씩으로 끼니를 때웠다. 그런데 아버지가 한강을 넘는 것을 보고 집으로 돌아오신다던 어머니는 돌아오시지 않았다.

낮에 한강 다리가 끊어져서 많은 차와 사람이 한꺼번에 곤두박질하며 물속으로 떨어져 죽었다는 소식이 들려왔다. 라디오에서는 '국민들은 걱정 말고 동요하지 말라.', '국군이 서울은 사수한다.'는 방송이 똑같이 되풀이되며 흘러나오더니 그 소리도 끊어지고 말았다. 아버지, 어머니가 그 시각쯤에 한강에 이르렀을 터인데 부모님은 어찌 되었을까. 조부의 얼굴도 흙빛으로 변하신 채 아무 말이 없으셨다.

이렇게 해서 또 하루가 저물어갔다. 엄마가 안 돌아오시면 우리는 어떻게 하지? 어린 동생들을 잠자리에 눕히고 2층 내 방에 올라가는 것이 무서워 동생들 옆에 누웠다. 자꾸 마음이 불안하여 잠이 오지 않았다.

보안서원 그 1

 小 련제 야크기는 서울상공에서 배회하며 온 도 시를 핥듯이 저공하고 있었다. 바로 29일 아침이었다. 원남동 쪽에서 연달아 '따따따따' 하는 따발총 소리가 우리 집에서도 들렸다. 따발총은 소련제 총으로 한방에 180알이 연발되는 무기다. 손잡이 쪽에 원판 같은 것이 달린 것이 특이했다. 미쳐 서울을 빠져나가지 못한 국군들이 원남동 입구의 서울대학병원 입원실에 잠복했다는 소식을 들은 인민군들이 입원환자를 병원 뜰에 내세워 몽땅 따발총으로 쏴 죽이는 소리였다. 국군가족으로 오해를 받을까 두려워서 아무도 송장을 치우는 사람이 없었다. 그래서 서울대학병원 근처는 오랫동안 송장 썩는 냄새가 하늘을 찔렀다.

 인민군들이 파죽지세로 작고 큰 노시를 점령하며 남쪽으로 내려갔고 곧 뒤 미쳐 보안서원이 들어왔다. 서울에 쫙 깔리다시피 많은 보안서원이 들어온 것이다. 그들은 하나같이 긴장된 얼굴에 매서운 눈을 번득거렸다. 동리에서 좀 크다하는 건물을 몰수해서 '인민위원회'라는 간판을 내걸었다. 거기서 그들이 제일 먼저 한 일은 동적 부를 찾아 정치인 교육자 문필가 같은 부르주아 계급의 인물들을 추리고 젊은 청년이 있는 집을 점찍어 놓았다. 그들은 낮에는 쥐죽은 듯 조용하다가 해가 뉘엿이 떨어지면 활동을 개시하곤 했다.

그들에게 있어서 우리 집은 월남(越南)한 가정이니 대역죄인이었다. 집 안에서 조차 말소리를 낮추며 될 수 있는 대로 밖에 나가지를 않았다. 인민위원회에서는 매일 밤 현관문을 두드리며 교육에 나오라고 했다. 이런 연락은 보안서원이 직접 하는 것이 아니었다. 통장이거나 반장이 대신하였다. 그들은 연락을 하면서도 할 말이 많은 듯 머뭇거리다가 "가끔 참석하셔야겠습니다. 너무 안 나오면……" 하곤 했다. 조모가 참석하셨다.

그때 이미 우리는 아침과 점심은 감자만으로 때웠고 저녁에만 밥을 몇 술씩 먹었다. 처음에는 조모와 나는 알이 큰 감자는 들지 않았다. 조부도 계셨고 나보다 두 살 아래인 막내삼촌도, 아들이 귀한 우리 집의 하나밖에 없는 어린 남동생을 위해서도 작은 알만 먹었다. 그런데 자꾸 허기가 지고 감자 찌는 냄새가 내 배를 뒤집기 시작하자 나는 식탁에 오른 감자 소쿠리에서 큰 것을 얼른 집어오는 사이 조모가 막내삼촌 앞으로 자꾸 감자소쿠리를 밀어놓는 것이 조금 싫었다.

6월 달 초여름 해는 어찌 그리 긴고. 누웠다 일어났다 하는데 그

때 현관문이 스르르 열리더니 싸전가게 아주머니가 들어섰다. 조모에게 귓속말로 해 기울기 전에 쌀자루를 가지고 싸전에 들리라고 하고는 바람처럼 휭 하니 나갔다. 조모가 나에게도 쌀자루 하나를 건네며 감추라고 하시고는 한참 있다가 쌀집으로 오라고 하셨다.

쌀자루를 배에 넣고 쌀집 뒷문으로 들어가니 조모가 쌀자루 위에 푸성귀를 올려놓고 나오는 중이었다. 작은 콩 한 말 정도의 쌀자루 위에 풀 같은 것을 얹더니 가게주인은 나에게 들려주며 곤지를 들어 한 번 더 오라고 했다. 조모와 나는 보리쌀을 또 그렇게 받아왔다. 어젯밤 인민군들이 트럭을 들이밀며 쌀가마니를 실어갔고, 가까운 길남이네 쌀가게에서도 쌀을 실어갔다는 것이었다.

그때는(지난 월요일) 사람들이 너도나도 쌀을 사겠다고 밀려들까봐 못 드려서 마음에 걸렸는데 인민군이 다 가져가기 전에 식구가 많은 원홍집에 좀 나누어 주고 싶었다는 것이었다. 우리 식구는 쌀자루를 내려다보며 숨통이 트이는 것 같은 안도의 숨을 내쉬었다. B29가 뜨기 시작하였다. 이때부터 서울시민들은 하늘을 우러르며 은빛 물체가 하얀 선을 그리며 서울 상공을 지나가는 B29를 기다리며 살았다.

보안서원 그 2

보안서원은 들어오자마자 위축되고 공포에 떠는 서울시민들 머리 위에 군림하였다(나중에 이 점은 그들이 점령지에서 실패한 큰 원인의 하나였음을 인정한 바 있다). 그들은 성급하게 세뇌공작부터 하려 덤볐다. 해가 떨어지기가 무섭게 모든 인민위원회에서는 '장백산(長白山)'이라는 노래를 동네가 떠나가게 들려주었다. '장백산 줄기줄기 피어린 자욱……' 이라고 시작되는 빨치산 노래였다. 동네 통·반장을 시켜 몰아 온 동민들을 흙바닥에 앉히고는 즉석에서 이 노래를 가르치고 힘차게 부르라고 했다.

그들의 눈 밖에 나서 반동으로 몰릴까 두려운 서울 시민들은 서로 눈치를 보며 하는 수 없이 이 노래를 배워서 불렀다. 거의 노년층이었다. 이미 젊은이들을 잡으러 다니는 때라 미처 피하지 못한 사람들은 집 벽장이나 천정에 몸을 피했다. 참으로 어수룩한 피난처였다. 그래서 그런지 아침이 되면 많은 사람들이 붙들려서 어디론가 끌려가고 있었다. 끌려가는 사람 옆에는 그들의 부모형제들이 엉엉 울며 그들 옆을 좇아가고 있었다.

막내삼촌은 나이는 16살이 겨우 지났어도 키가 커서 성숙하게 보였다. 조부는 변소 벽을 뜯어내고 사람하나가 드나들 수 있는 구멍을 만든 후 제재소에서 가공된 판자를 가져다 덧붙여 놓았다. 삼촌이 서있을 만한 곳이었다. 또 한 군데는 이층 방에서 제일 구석진 곳의 다다미 한 짝을 들어 올리면 충분히 사람 하나가 앉을 수 있는 공간이 나왔다. 군데군데 공기통으로부터 바람도 솔솔 들어오고 희미하게 햇빛도 들어와 낮과 밤을 구분할 수도 있었다. 삼촌은 보통 때는 이층에 숨어 있도록 하고 위급 시에는 변소 벽으로 들어가기로 했다.

우리 집은 대대로 아들이 귀한 집안이었다. 맏이인 아버지와 막내삼촌은 부자(父子) 같은 나이 차가 있었다. 두 사람 사이에서 태어난 두 아들을 잃어버린 아픔을 안고 사는 조모는 막내삼촌을 극진히 사랑하셨다. 그렇다 치더라도 하루 세끼 밥도 못 먹는 이 판국에 몰래 찐 계란을 숨어있는 삼촌에게만 가져다주는 것은 슬픈 일이었다. 도대체 부모님은 어찌되었을까? 부모가 안 계시는 이 시점에서 나는 동생 넷에 대한 강한 책임감을 느꼈다. 조모가 어린 내 남동생에게도 계란 하나 주시면 좋겠다고 생각하였으나 나는 아무 말도 하지 않았다. 조모는 내가 모르는 줄 알고 계셨나 보다.

이틀 후 깊은 밤이었다. 삼촌이 변소에 간다고 아래층으로 내려와 변소 문을 열었을 때였다. 현관문을 세차게 두드리는 소리가 났다. 조모가 발을 굴리며 빨리 들어가 숨으라고 팔을 내둘렀다. 조부가 현관에 나가서 천천히 "뉘시요?" 하자, "인민위원회에서 나왔소. 문 여시오." 했다. "무슨 일인데요?" 하고 묻자 다시 현관문을 세차게 두드리며 "빨리 여시오. 조사할 것이 있소." 했다.

일행은 셋이었다. 셋 중에는 이 동리에서 사는 사람도 끼어있었다. 하나는 곧장 이층으로 올라갔고 또 한 사람은 옆방의 벽장문을 열었다. 그들은 모두 신발을 신은 채였다. 조부가 "신발은 벗으시지요." 했다. 그들은 대답하지 않았다. 조모가 사색이 되어 변소 앞을 막아섰다. "여긴 아무도 없어요." 했다. 나는 그때 '아차!' 했다. 조모가 참으로 미련하다고 생각하였다. 언질을 준 거나 다름없었다. 그가 조모 옆으로 돌아 변소로 들어가더니 벽을 퉁퉁 쳤다. 잇댄 판자가 텅텅하고 빈 소리를 냈다. 옆의 벽과 판이하게 다른 소리였다.

그가 전짓불을 켜서 나무의 잇짬을 살피더니 틈이 난 판자를 우지끈 떼어 냈다. 조모가 기절하고 쓰러졌다. 어느새 동생들도 내 곁에 있다가 왕 하고 울음을 터뜨렸다. 우리들이 "할머니, 할머니이······." 하는 사이 머리가 귀를 덮을만하게 자라고 수염도 좀 자란 막내삼촌이 느릿느릿 보안서원의 손에 잡힌 채 벽 구멍에서 나왔다. 얼굴이 백지장이었다. 본래 막내삼촌은 행동이 많이 느린 사람이었다. 그를 아는 사람들은 삼촌이 늦둥이어서 그렇다고 했다.

그날도 조부가 현관문을 열 때까지 충분히 병원 집 뒷담을 넘을 수 있는 여유가 있었다.

냉수를 몇 모금 마신 조모가 벌떡 일어나며 "나를 잡아 가시오." 했다. 조모와 조부는 막내삼촌을 따르며 뒤쫓아 가는 나에게 동생들을 돌보라고 하셨다. 나는 동생들을 방안에 모두 집어넣고 울지 말라고 타이르고 곧 삼촌 뒤를 따랐다. 을지로5가에 있는 영희국민학교 교정은 초상집같이 울음소리로 메워져 있었다. 많은 청년들이 붙들려 와 있었다. 막내삼촌같이 어린 티가 나는 사람도 있는 것 같았다.

조모의 모습은 비참하였다. 보다 못해 "할머니, 내가 계속 삼촌 따라갈 테니 집에 가 계세요." 해도 들으시는 것 같지가 않았다. 조모는 아무 말 없이 울고만 계셨다. 혈육을 이별시키는데 절차는 간단했다. 징발해 온 사람의 이름과 주소를 적고는 모두 트럭에 올라타게 했다. 트럭에 올라탄 사람도 울부짖고 그들의 손을 놓지 못하고 날리기 시작하는 트럭을 따라 뛰어가는 이들도 울부짖었다.

식음을 전폐하고 누워계시던 조모가 한 주일 만에 꿈에 막내를 보았다며 일어나 앉으셨다. 삼촌이 돌아올 수 있으면 얼마나 좋을까. 너무 집에 오고 싶어서 꿈에 보인 것은 아닐까? 세상에 이런 비극은 없었다.

보안서원 그 3

보안서원은 사실 우리들에게는 총대 멘 인민군 대들보다도 더 무서운 존재였다. 그도 그럴 것이 그들은 철저하게 사상훈련을 받은 공작원들로 그들의 첫 임무는 점령지 속에 파고들어 우익분자를 없애고 가난한 사람들 속에 침투하여 공산주의를 찬양하게 만들어야 하는 일이 급선무인 사람들이었다.

보안서원들보다 한술 더 뜨는 무리들이 있었다. 그것은 같은 동리에서 살아온 이웃 사람들, 공산군이 들어오자 급조 빨갱이가 되어 물불 모르고 날뛰는 사람들이었다. 붉은 완장을 두르고 보안서원들보다 앞장서서 걸으며 어느 집이 대학교수 집이고, 어느 집 큰 아들이 국회의원이고, 둘째 아들은 국군이고 이렇게……. 불행하게도 이들은 우리들의 집안일을 거울 들여다보듯 잘 알고 있는 사람들이었다. 이들의 대부분은 사상이 무엇인지도 모르는 사람들이었다(나중에 이들은 '부역자'로 갖은 고통을 겪게 되는데 이것도 민족의 불행 중의 한 가지였다).

인민위원회에서 하는 일은 이런 것이었다. 즉 밤마다 사람들을 모아놓고 '공산주의는 가난한 사람을 잘 살게 해준다. 부자는 우리들을 착취해서 우리들의 피를 빨아먹고 살찐 자들이다. 정치가(政治家), 의사(醫師), 회사사장, 문필가, 이런 부르주아는 인민의 원수가 된다. 위대한 김일성 장군은 여러분들을 그들로부터 해방시켜주기 위해서 일생을 싸웠다. 그래서 원쑤는 죽여 마땅한 것이다.' 라고 반복하였다. 여기저기서 '옳소' 했다(이들은 김일성원수(元帥)라 했고 원수(怨讐)는 '원쑤'라고 발음했다).

그리고 '적기가'(赤旗歌)를 가르쳤다. '원수(怨讐)와 더불어 싸워서 죽는 우리의 죽음을 슬퍼 말아라……', '높이 들어라 붉은 깃발을 그 밑에서 전사하리라……' 슬픈 가락이 묘하게 가슴에 울려 퍼지는 이 노래를 밤새껏 부른 몇몇 사람들은 주먹을 불끈 쥐며 슬슬 부자가 미워지기 시작하였고 '높이 들어라. 붉은 깃발을……' 할 때는 눈물을 흘리며 내일이라도 인민군에 자원하여 이 작은 목숨을 바쳐야 되겠다고 맹세하는 사람들도 있었다. 다른 것은 다 몰라도 가난한 사람을 잘 살게 해 준다는 말이 그들의 귀를 번쩍 뜨이게 하였다.

조부가 2~3일 만에 제재소에 나갔더니 죽데기를 나르는 손수레(당시는 구루마라 했음)가 하나도 보이지 않았고 산더미 같이 쌓여있던 죽데기도 많이 줄어 있었다. 조부가 이 난리 통에 죽데기 사간 사람이 있었나? 하며, 의아해 하는데 함경도에서 왔다는 수레꾼 김씨가 불쑥 들어서며 "할아바이, 세상 바뀐 것 모르시오?" 했다. "수레는 다 어떻게 했나?" 하고 조부가 묻자 "이 영감이 세상을 몰라도 한참 모르네. 주인이 하인 되고 하인이 주인 된 것 모르오? 수레는 왜 묻소? 수레는 수레 끄는 사람의 것이 아니요?" 했다.

조부는 대가 세고 성품이 곧은 사람으로 동네에서도 유명한 사람이셨다. 관운장같이 수염이 덥수룩하였고 짙은 눈썹은 끝에 가서 한 번 비틀었다가 놓은 것처럼 나선형이 되어 있다. 일꾼들을 유난히 챙기며 긴긴 여름날에는 화원까지 나가 떡을 시루 째 사다가 일꾼들의 허기를 채워주셨다. 복날(伏)에는 어떤 일이 있어도 제재소 식구들을 다 데리고 개장집에 가곤 하셨다. 이들은 가끔 조부를 졸라 탁주도 얻어마셨고 담뱃값도 얻고 했던 사람들이었다. 그래서 제재소 사람들은 사장인 아버지보다 조부를 더 좋아했던 터였다.

긴 눈썹이 모두 위로 곤두 선 조부는 "이노옴, 세상이 바뀌었는지는 몰라도 나는 안 바뀌었네. 제재소의 물건, 털끝 하나도 건드리는 놈이 있으면 그냥 두지 않겠다. 당장 수레를 갖다놓고 여기서 나가! 썩 나가! 못된 놈." 하셨다. 조부는 이날부터 제재소에서 기거하셨다.

인민군이 들어와서 며칠이 되었어도 신작로에는 피난민의 대열이 이어졌다. 그들은 비행기가 뜨면 논두렁이나 나무 밑에 박아 서듯 몸을 피했다가 다시 남쪽을 향해서 걸어 내려가고 있었다. 보퉁이를 이고 어린 것들 지고 끌며 국민을 버리고 도망간 대한민국 정부를 따라 계속 남쪽을 향해 걸어 내려가고 있었다. 어디에 있다가 나타나는지 벌같이 생긴 소련제 야크기가(기체가 아주 작았다) 피난민 대열을 향해서 재미있다는 듯이 기총소사를 하고 지나가곤 하였다. 이고 있던 보퉁이도, 등짐처럼 지고 오던 아이도, 어미도, 아비도 피식 쓰러져 갔다. 시체가 새끼줄에 엮인 것처럼 서로 이어져 일렬로 줄을 이루었다. 이런 소식이 계속 날아 들어왔다.

그 이튿날 대낮에 보안서원 앞잡이들이 이집 저집 대문을 두드리며 곧 인민재판이 열리니 나오라고 했다. 아! 그 치 떨리는 인민재판을 여기서도 한단 말인가. 해방직후 우리는 5정보 이상의 지주로써 인민재판을 받고 24시간 안으로 100리 밖으로 내쫓긴 경험이 있다. 이 날도 조모가 나에게 "집에 있거라. 내가 갔다 오마." 하시며 나가셨다. 험한 꼴을 어린 손녀딸에게 보이고 싶어 하지 않으셨다.

잡혀온 사람은 꽤 젊어 보이더라고 했다. 보안서원은 그 청년이 국군장교이고 인민군대를 향해서 총을 겨눈 괴뢰 이승만 도당의 앞잡이라고 설명한 뒤 "이런 자를 사형하는 것은 당연하지 않소. 다른 의견이 있으면 말하시오." 하며 모여 있는 사람들을 힐끗 훑어보았다. 그러자 누군가가 "인민의 적은 죽이시오." 하자, "옳소. 옳소." 했다는 것이다. 그는 단 한 방에 쓰러져 갔다고 조모는 슬프게 말하셨다. "이 나이에 내가 저런 꼴을 또 보다니……." 하시더니, "성관이는 어디 있는지……." 하시며 흐느끼셨다. 나도 그때 퍼뜩 막내삼촌의 얼굴이 떠오르며 설움이 복받쳐 올라왔다.

동네마다 인민재판이 열렸다. 의사(醫師)는 의사여서 '탕' 쏴 죽이고, 법조인은 법조인이라서 '탕' 쏴 죽이고 그렇게 보안서원 앞잡이들은 풍월로 저 사람이 저랬다더라 말하면 보안서원은 증거도 없이 불러내다가 막 쏴 죽였다. 동란이 일어나기 전에 동네 인심을 잃은 사람이나 동네 빨갱이들이 그 동안 밉게 보았던 사람들은 영락없이 잡혀가서 총살되었다. 인민재판의 실체가 이런 것이었다. 서울은 죽음의 도시로 변하고 말았다.

■ ■ ▪

중앙여고 재단 이사장은 내과의사셨는데 찌는 듯이 더운 어느 날 서너 명의 보안서원이 찾아와 따라오라고 했다는 것이다. 의사노릇 한 것이 무슨 죄가 있으랴 싶어 따라나섰다가 인민재판 후 총살 당하셨다. 그분의 아들 둘은 산 속에 숨어있던 때라 9·28 후에야 삼청공원 자락에서 이미 부패된 아버지의 시체를 찾아냈다고 했다. 여럿의 시체에서 그날 아침 입고 나가셨던 와이셔츠 포켓 속에 유언처럼 아버지의 명함이 하나 들어 있어 증거가 되었다고 했다. 그분의 딸, 김정희는 나와 같은 반 친구로 9·28 후에 살아남은 친구들은 학교 운동장에 서서 이 말을 들으며 슬피슬피 울었었다.

낮에 해방촌에 사는 창순 삼촌이 찾아오셨다. 호주머니에서 종이쪽지를 하나 꺼내서 조부께 드렸다. 미국 비행기가 서울 상공에서 뿌린 '삐라'라고 했다. 우리도 뜰에서 그 광경을 보며 남산 너머 용산쯤에 떨어지겠다고 생각하고 있었다.

인민위원회 사람들이 곧 회수하러 나서서 "이것을 줍는 사람은 반동이다." 라고 엄포를 놓았다는 것이다. 나가서 한 장 주워올까 하고 머뭇거리는데 마침 삼촌이 거처하는 목재소 뜰에도 몇 장이 팔랑거리며 떨어져 내려 왔다고 했다. 하긴 수십만 장의 종이쪽지가 높은 하늘에서 바람에 날리며 떨어져 내리는데 인민위원인들이 어찌 다 회수 할 수가 있겠는가. 삐라가 아니라도 서울지역 사람이나 모든 점령지 사람들은 이제나 저제나 우리 쪽의 좋은 소식을 몹시 기다리고 있는 터라 조그마한 소식도 바람보다 더 빠르게 퍼져 나가는 때였다.

그 삐라에는 '맥아더 총사령부의 뉴스입니다. ○일 ○시에 남산

동 일대에 공습이 있겠으니 그곳 주민들은 흰 옷을 입고 피난하시기 바랍니다.' 라고 적혀 있었다. 남산동 일대라면 해방촌도 들어가는 곳이었다.

창순 삼촌은 어머니 쪽 인척이다. 혈혈단신 3 · 8선을 넘어와 우리 집 사랑방에 기거하며 담배도 말아 팔고 군복도 떼다가 팔았다. 조부와 아버지는 그를 위해 해방촌에 조그마한 목재소를 열어 주었는데 밤마다 동네 사람들을 불러들여 투전을 시작하였다. 나중에는 밤낮으로 투전을 하여 동네사람들이 목재를 훔쳐갔는지 노름빚 갚음으로 대신했는지, 재목은 없어졌는데 돈은 들어오지 않았다.

조부와 아버지는 하는 수 없이 재목점을 폐해 버려야겠다고 하던 참에 전쟁이 일어난 것이었다. 그는 조부의 눈 밖에 난 사람이었고 "투전하러 3 · 8선을 넘어왔느냐. 인간이 그래서 쓰겠는가." 라는 두 분의 욕을 많이 들었어도 삼촌은 그 때마다 머리를 긁으며 사죄하곤 하였다. 그리고 열심히 벌어서 갚겠다고 머리를 조아리곤 하였다. 도박이 나쁘지 사람이 나쁜 것은 아니었다.

그 이튿날 낮에 B29가 은회색 빛을 반짝이며 하얀 털실 같은 줄을 하늘에 길게 끌어놓고 지나간 후 얼마 안가서 폭음이 들려왔다. 우리는 전쟁 이후 개키지 않은 채 안방에 펴놓은 이불 속으로 머리를 박아 넣었다. 또 한 번 폭음이 들렸다. 나는 맨발로 밖으로 뛰어나가 폭음이 들려 온 쪽을 바라보았다. 시커먼 연기기둥이 하늘로 솟아오르는 것이 보였다. 그러자 나는 누구랄 것 없이 "아, 참 창순 삼촌은 어찌 되었을까?" 하는데 호랑이도 제 말 하면 온다더니 삼촌이 시커먼 얼굴을 하고 말처럼 껑충껑충 우리 집 현관에 들어섰다. 우리는 오래간만에 여러 가지 복합적인 심정으로 '하하하' 웃었다.

며칠이나 지났을까. 그 날 조모와 나는 옷가지 몇 벌 하고 아버지 어머니의 보석 상자에서 반지 몇 개와 아버지의 스위스제 오메가 시계를 들고 경기도 접경을 돌아다녔다. 점점 먼 곳에 가야했다. 왕복에 4, 50리 길은 족히 되었다. 이번이 세 번째였다. 돈이 좀 있을만한 집을 찾아들어갔다. 이들 집들은 이미 공정가격이 매겨져 있었다. 고급 비단 치마저고리 한 벌에 쌀 작은 되 한 말, 보리쌀은 쌀의 두 세 배정도가 되었다. 그날 조모와 나는 옥수수 열 이삭을 덤으로 그냥 받았다.

조모와 나는 새끼줄을 얻어 멜빵을 해서 쌀과 보리자루는 나누어 배낭처럼 졌는데 나는 오리도 채 못 와서 새끼줄 자리가 찢어지는 듯 아팠어도 요사이 부쩍 말라 어깨뼈가 귀에 달라붙은 조모의 앙상한 모습을 보며 아무 말도 할 수가 없었다. 나는 아버지가 귀하게 여기셨던 오메가 시계를 오늘도 내놓지 않았다. 정 급할 때 쓰리라고 생각하였다.

온 몸이 땀으로 젖은 채 현관문을 열었더니 필례 이모가 와 있었다. 촌수로 따지기 어려울 정도로 먼 인척이지만 빼어나게 아름답게 생긴 그녀를 이모라 부르며 따랐다. 그 이모의 집이 폭격을 맞았다는 것이다. 그날 입었던 그 옷인지 이모의 몰골은 귀신이었다. 이모는 계속 짧은 숨을 내 쉬며 그날 있었던 일을 설명하였다. 비행기 소리가 나자 식구들이 방공호 속으로 뛰어 들어가 앉았다는 것이다. 남산 일대는 일제시대에 만든 방공호가 많았다.

이모부가 두 살 된 아들을 안고 방공호 제일 안쪽에 앉고 이웃집 가족이 몇 사람 들어와 앉은 방공호 바로 입구 쪽에 이모가 들어서는데 이모부가 "여보, 혜순이 어디 갔어? 빨리 불러와요." 했다는 것이다. 비행기가 남산 일대를 낮추 훑고 있는데 내가 낳은 자식 같으면 "지금 어떻게 나가요?" 하고 앉아버렸을 테지만, 이모는 할 수 없이 방공호 밖으로 나왔다.

바로 그때 폭탄이 떨어졌다. 얼마만인지는 모르나 눈을 떴더니 이모가 누워있는 발치에 큰 흙무덤이 눈에 들어오며 이모가 방공호 밖으로 나온 일이 생각나더라고 했다. 이모는 "아이고, 아이고 내 애기, 내 애기……." 하며 손으로 정신없이 그 흙무덤을 팠다. 손톱이 빠져나올 정도로 땅을 파다가 회현동 오라버니를 불러와야겠다는 생각에 미치자 다 찢어진 치마를 걷어잡으며 뛰었다. 빨리 이 흙만 파헤치면 애기와 남편을 구출할 수 있을 것만 같았다.

이모가 어방한 지역을 밤새 파헤친 이모의 오라버니는 그 곳이 방공호가 있던 자리가 아님을 어림짐작했다. 오라버니는 삽으로 거리를 재가며 침착하게 둘레를 살펴보고는 열 걸음이나 산자락 쪽으로 걸어가서 수북하게 덮인 흙에 삽을 꽂았다. 동리 사람들도 합세했다. 달빛이 밝아서 사위가 어둡지 않은 것이 큰 도움이 되었다.

얼기설기 가로질러있는 나무토막을 걷어내자 방공호 안이 고스란히 드러났다. 제일 안쪽에 이모부는 애기를 안고 앉아 있었다. 이모부는 코피를 좀 흘렸을 뿐 이제라도 눈을 뜨고 '여보'하며 일어나 나올 것만 같았다고 했다. 질식사한 것이었다. 나는 이모 무릎에 바짝 다가앉아 "이모, 평시에 이모가 혜순이 사랑한 것 알고 전처 딸을 핑계해서 이모를 살게 하신 거야." 하며 필례 이모를 감싸 안고 한없이 울었다.

이모가 조부의 도움이 필요하다고 했다. 나는 곧장 제재소로 달려가 조부를 모셔왔다. 인민위원회에서 이모의 시아버님께 고향으로 돌아가면 논도 주고 밭도 주겠으니 떠나라고 했다는 것인데 이북으로 가시지 않게 좀 말려달라고 찾아온 것이었다. 이모의 시아버님은 상처한 외아들과 어린 손녀딸 혜순의 손을 끌고 3·8선을 넘어오신지 몇 해 되지 않은 때였다. 서로 고향을 떠나 타관 같은 서울에서 만난 두 사람은 나이 차가 많아도 평온하고 행복한 가정을 꾸려오고 있었다.

이제 아들도 저 세상에 가고 가족의 끈이 되었던 손자(이모가 낳은 아들)도 갔으니 시부(媤父)와 며느리는 영 타인이 되었다고 시아버지는 생각하셨다. 이모가 같이 사시면 된다고 아무리 말씀드려도 막무가내로 죽어도 고향으로 돌아가서 죽겠다며 고집하신 것이다.

시청 앞에 모여 고향으로 되돌아가려는 월남가족이 생각 외로 많았다. 시아버님은 허연 수염이 몇 가닥 난 턱을 흔들며 계속 울고 있었다. 조부의 손을 꼭 잡고 "우리 며느리 좀 부탁합시다." 하며 자꾸 절을 하셨다. 조부가 "저 사람들 말을 어떻게 믿고 고향으로 가시겠소. 그냥 우리 집으로 가서 좀 더 깊이 생각해 봅시다." 해도 듣지 않으셨다.

손녀딸 손을 잡은 노인은 조그마한 보퉁이 하나를 가슴에 안고 있었다. 아들며느리와 같이 산 시아버지니 무슨 짐이 있었겠는가. 두 노인네가 서로 엉엉 소리 내며 우셨다. 고향에 누가 살아 있는지도 모르지 않는가. 이 전쟁 중에 인민군대를 먹이는 것도 힘겨울 터인데 이북이 싫다고 남한으로 온 배신자를 누가 곰살갑게 먹여주고 살려주겠는가.

죽어도 고향땅에 묻히고 싶다는 노인네 소원이니 하는 수가 없었다. 조부는 호주머니에 있는 돈을 다 털어서 영감님 손에 쥐어주셨다. 이모가 혜순을 안고 "할아버지 말 잘 들어라." 하고는 주저앉았다. 고향으로 되돌아가는 사람들이 꼭 상여 뒤를 쫓는 사람들처럼 처참해 보여서 나는 꺼이꺼이 소리를 내며 울었다.

그 후 고향으로 되돌아간 사람들의 소식을 아는 사람은 아무도 없었다.

■ ■ ■

남산에 떨어진 삐라는 두 번째가 된다. 처음 삐라는 맥아더장군이 16개국으로 구성된 연합군의 최고사령관으로 임명되어 연합군이 한국에 급파할 때 그 소식을 삐라로 알려 준 것이다. 6월 28일 한강다리가 끊긴 바로 후였다. 이승만 정부는 그때 서울에서 80km 떨어진 대전에 이전해 있을 때였다. 삐라 앞면에는 맥아더 사령관의 사진과 '全 世界自由國家 韓國을 支援'이라 하고 그 뒷면에는 '한국은 절대로 고립되어 있지 않습니다. 맥아더 UN군 총 사령부로부터 여러분의 라디오를 통해서 정확한 뉴스를 매일 낮 12시와 밤 9시에 방송해 드립니다. 이 시간에 550, 650, 730, 950 사이클을 맞추면 됩니다.'라고 적혀 있었다. 기름종이를 철판에 놓고 직접 긁어 찍은 것으로 한 번에 20만 내지 30만 장의 삐라가 뿌려졌다고 했다.

*이 삐라의 문구를 직접 손으로 쓴 사람은 아시아 최초의 뉴욕타임스 특파원이었던 윤호근 씨로 필자는 그의 저서 『恨半島』에서 이 글을 발췌하였다.

노력동원

B29는 너무 높이 떠서일까. 소리도 없이 손톱만한 은백색 물체 뒤에 하얀 선을 끌며 지나가곤 했다. B29가 뜨지 않는 날은 몹시 불안하였다. 국군이 또 밀리고 있는 것이라고 생각되었다. 낮게 횡 하니 날아와 사람을 내리 쏘던 소련제 야크기는 전선으로 갔는지 보이지가 않았다. B29가 뜨는 날은 하늘에서 삐라가 떨어졌다. 전황을 알려주는 때도 있었으나 대부분은 언제 어디를 폭격하니 피하라는 요지가 적혀있었다.

그러던 중에 용산이 폭격되었다. 그때 용산에는 조폐공장이 있었다. 해방촌 폭격 때 보다 더 넓은 지역이 불바다가 되었다. 이날 밤은 보안서원의 재촉이 어느 때 보다도 더 심했다. 삽을 들고 나오라고 했다. 조모의 초췌한 모습을 보며 나는 조모의 손에서 삽을 뺏어들었다. 처음으로 노력동원에 참가하였다.

삽을 메고 나온 사람 중에서 나는 쌀가게 아주머니를 보았다. 너무 반갑고 의지가 되는 듯싶어 눈물이 다 나왔다. 아주머니가 내 손을 꼭 잡아 주며 자신의 옆에 꼭 달라붙어 있으라고 했다. 나란히 서서 걸어가는 도중에 다른 동네 사람들도 합세했다. 그들도 삽을 메고 있었다. 해방촌이 가까워지자 유황냄새가 코를 질러 눈을 뜰 수가 없을 정도였다. 가지고 온 수건으로 코와 입을 가렸다. 금방 골이 띵해졌다. 그 자리에서 기절할 것 같아 비실거리며 이렇게 힘든 일을 조모가 거의 매일 밤을 나오셨구나 싶어 코끝이 또 시큰하였다.

해방촌 지역의 폭격된 자리는 전날 노력동원 된 사람들이 했는지 애벌 구획이 지어지고 길도 내어 있었다. 우리들은 삽으로 재 섞인 흙을 떠서 가운데로 던져 넣는 일을 하였다. 이 일은 애들 장난이 아니었다. 이렇게 미군이 폭격한 것을 너희들이 보라는 뜻 같았다. 동리사람 사이사이에 보안대원이 끼어있었다. 그들이 가까이 서 있기만 해도 나는 무서웠다. 아주머니 뒤에 붙어서고 나이 많은 사람처럼 느릿느릿 행동하였다.

폭격된 지 며칠이 자났는데도 여기저기 희고 검은 연기가 피어오르다가 가끔 귀신의 울음소리 같은 기성(奇聲)이 삐익 하고 들려오곤 하였다. 예리한 못으로 뒷골을 찌르는 전율이 흐르곤 하였다. 퍼런색, 주황색, 진보라색 불꽃은 혓바닥을 날름거리며 '쉿쉬이' 하는 소리도 내었다. 이곳이 바로 지옥이었다. 한참 뒤에 그들은 우리에게 다시 열을 지어 용산으로 향하게 했다.

낮에 폭격당한 용산 일대는 한 마디로 유황불 바다였다. 지글지글 타는 불바다였다. 용산 역사는 남아있었다. 그들은 우리를 역 광장 땅바닥에 앉으라고 했다. 지금 상황에서는 그들이 앉으라면 앉고 서라면 서고 나오라면 나와야 하는 노예가 되는 수밖에 없었다. 아무도 입을 열고 말하는 사람은 없었다.

얼굴이 뜨끈뜨끈 했다. 긴 가죽장화를 신고 붉은 완장을 찬 사람이 "동무들 보시오. 미 제국주의자들의 만행을 똑바로 동무들 눈으로 보시오", "우리는 이 악독한 미제로부터 동무들을 해방시키기 위해서 여기 온 것이오." 하더니 그가 "미제를 타도하자." 하고 선창했다. 모두 따라서 "미제를 타도하자", "미제를 타도하자, 타도하자" 하였다.

누군가가 노래를 부르기 시작하였다. 우리들 사이사이에 끼어있던 보안서원이 머리를 숙이고 앉아있는 사람들에게 "적기가를 부르시오. 자, 나를 따라 부르시오. 크게 따라 부르시오!" 하고는 '원수와 더불어 싸와서 죽는 우리의 죽음을 슬퍼말아라……. 높이 들어라 붉은 깃발을 그 밑에서 전사하리라. 비겁한 자는 가겠음 가라. 우리들은 붉은 기만 지킨다.' 그들은 노래가 아닌 구호를 부르듯 악을 썼다. "더 크게, 더 크게 부르시오!" 팔을 위에서 아래로 내리치며 '높이 들어라. 높이 들어라. 높이 들어라. 그 밑에서 전사하리라. 전사하리라……' 거의 광적이었다.

제대로 먹지도 못한 수많은 사람들을 붙잡아다가 노래를 부르라
니…… 그것도 밤새껏. 불바다와 검은 연기와 도깨비 울음소리와
그리고 악을 지르며 부르는 적기가 속에도 시간은 흘러 동녘 하늘
이 번해져 왔다. 이 사람들이 우리들을 영원히 집에 못 가게 붙잡
아 두는 것은 아닐까? 삼촌처럼 일선으로 보내는 것은 아닐까.

그래도 해가 떠오르자 우리는 겨우 그 자리에서 놓여났는데 얼
굴들이 가관이었다. 수건으로 가린 콧구멍도 시커멓게 그을어 있었
다. 너나없이 방금 연통 속에서 빠져나온 사람들 같이 새까맸다. 웃
음은커녕 오히려 눈물이 나왔다.

세상에서 제일 무서운 존재는 사람이었다. 붉은 완장을 두른 이
들은 공산주의 사상을 밑에 깔고 앉아 사람들을 발로 짓이기고 있
었다.

붉은 군표

제재소 입구에 트럭 세 대가 막아섰다. 폭격 맞은 교량을 다시 복구해야 해서 많은 목재가 필요하다는 것이었다. 당장 목재는 일선의 포(砲)를 가리는 움막 벽에도 써야한다고 했다. 조부가 필요한 것을 골라 차에 실으라고 하셨다. 그들은 땀을 뻘뻘 흘리며 트럭 세 대에 그득하게 목재를 실었다.

목재는 가로 세로 그리고 길이를 곱하면 '사이'(才) 수가 나온다. '사이'라는 말은 일본말이고 아직도 한국의 목재상들은 나무를 재는 단위를 '사이'라는 단어를 쓰고 있다. 아버지가 주판알로 사이수를 내는 동안 조부는 아버지보다 빠르게 암산으로 정답을 내곤 하셨다.

인민군들이 실은 목재를 조부는 각목과 판자를 따로 세어서 계산하고 반값이 안 되게 돈을 청구하셨다. 키가 좀 큰 인민군이 한화지폐 얼마와 벌건 군표를 내놓았다. "이게 얼맙니까?" 조부가 말하셨다. 턱없이 적은 돈이었다. 총각아이들이 가지고 노는 딱지 같은 시뻘건 군표는 아무리 보아도 조부의 눈에는 돈 같지가 않았다. 시장에 나물 푸성귀를 들고 나와 앉아 파는 아주머니들도 이 돈은 받지 않는다고 했다. 아직 유통되고 있지 않은 화폐였다.

"이 많은 목재를 가지고 가면서 이러면 안 되지요." 해놓고 조부는 이들과 승강이를 해보았자 별수 없을 것 같아 "군표만이라도 그럼 우리 돈으로 바꾸어 주시지요." 하셨다. 그가 갑자기 눈을 홉뜨고 "동무, 우리가 지금 혁명과업 완수를 위해서 가져가는 목잰데 그냥 징발할 수도 있소. 인민을 해방시키는 인민군대 돈을 왜 마다 하시오. 앞으로는 계속 군표만 쓰는 세상이 올 것이오. 안 받겠으면 지전만 받으시오. 할 말이 있으면 인민위원회에 오시오." 했다. 그 사이 다른 두 트럭은 이미 떠나버렸다. 조부는 속으로 그래도 이 돈으로 당장 급한 식량은 좀 살 수가 있겠구나 생각하셨다.

조부는 빈 목재 자리를 보며 세상이 구슬퍼졌다. 고향에 있을 때는 해마다 백두산록에 눈이 얼핏 녹을 만한 즈음에는 신의주역을 떠나 신안주역에서 만포진으로 가는 기차를 갈아타고 백두산 원시림을 향해 가곤 하지 않았는가. 서있는 나무 채 산판을 떼고 하늘이 우는 소리를 내며 나무를 잘라 양 끝에 귀를 내고 참나무줄기로 엮어 뗏목을 지어 압록강에 띄우지 않았나. 참 좋은 재목이었지. 백두산 줄기에 하늘을 찌르듯 서있던 삼나무, 떡갈나무, 박달나무하며 나뭇결이 고와 의걸이장으로 많이 썼던 홍송이나 춘향목이 조부의 눈에 어루 비추었다. 눈시울이 뜨거워지셨다.

신의주 하치장에 닿은 원목들은 제재소로 실려와 레일 위의 '도록고'에 실리고 위아래로 움직이는 티톱(帶鋸)에 의해서 켜지고 작은 목재들은 두 개의 둥근 톱(丸鋸 '마루노꼬'라 불렀다)에 의해서 켜졌다. 한 부락이 넘는 큰 제재소를 고스란히 놓고 3·8선을 넘었다.

서울에 원흥제재소 간판을 다시 올리긴 했어도 강원도의 속초 양양 지방에서 오는 목재는 배배 뒤틀리고 옹이가 많이 박힌 보잘 것 없는 소나무들이었다. 그나마 을지로5가에 250평 자리 제재소를 잡은 것도 이태가 채 되지 않았다. 서울에 온 직후 우선 아이들 학교부터 넣어주고 터 찾아 제재소 열고 하느라고 우리 부자(父子)는 술과 담배도 끊은 채 허리띠를 졸라매고 오늘에 이르지 않았는가.

조부는 우선 목재값으로 받은 돈으로 암시장에서 겉보리에 가까운 보리쌀 두 말하고 밀기울도 한 말 가량 샀다. 감자도 넣고 되직하게 죽을 쑤면 아이들의 눈이 퀭해지는 것을 좀 막을 수가 있을 것 같았다. 큰아들 내외가 없는 이때 조부는 손자들에 대한 책임감을 무겁게 느끼고 계셨다.

목재를 실어간 지 한 열흘이나 되었을까? 인민군 트럭 세 대가 덜커덕거리며 제재소 입구에 또 와 섰다. 차들은 흙물을 뒤집어써서 트럭인지 움막인지 분간이 가지 않았다. 전에 왔던 인민군들이 아니었다. 그들은 몹시 지쳐보였다. "노인동무, 나무 좀 실어가겠음." 했다. 조부는 "직접 골라 실어 보시지요." 하셨다. 세 트럭에 목재를 그득 실은 인민군들은 이번에는 붉은 군표조차도 주지 않고 아무 말도 없이 태연하게 차에 올라타는 것이 아닌가.

"목재값을 주고 가시오. 남의 물건을 가져가려면 많건 적건 간에 값을 줘야 할 것 아닙니까." 인민군이 그전 사람들과 똑같은 말로 "혁명과업 완수를 위해서 쓰는 것이오. 있는 물건을 이 큰 사업에 쓰는 것이 영광인 줄 모르시오." 그들이 차를 움직이기 시작하였다. 조부는 노여웠다. 긴 눈썹이 몽땅 곤두섰다. "이런 도적놈들 봤나. 혁명과업? 난 몰라. 혁명과업이고 반동이고 나는 상관없는 사람이야. 님자네들 노략질해서 혁명과업 완수 하나? 목재값 내놓고 가. 그렇지 않으면 나와 우리 손주들 다 죽이고 나서 나무 가져가라우!"

조부는 여러 가지 참았던 울분이 한꺼번에 치밀어 올랐다. 차에 오르려는 그들 중 한 사람이 허리춤을 꽉 잡았다. 인민군은 노인이 손을 쉽게 뿌리치고 차에 올랐다. 차가 움직이자 조부는 비칠거리면서도 트럭 문을 죽기내기로 잡고 매달렸다. 매달려가다가 조부는 힘에 부쳐 아스팔트 길 위로 나뒹굴어졌다. 사람들이 모여들었다. "원흥집 할아버지 아니요?" 트럭이 섰다. 운전수 옆 좌석 인민군이 뛰어내리더니 "넝감님, 죽을라고 힘쓰오? 고집이 보통이 아니구만." 하더니 "인민위원회로 갑시다." 했다. 조부는 팔꿈치와 다리에 심한 찰과상을 입었지만 상처가 아플 새가 없었다. 이대로 수그러들면 안 될 터였다. 트럭에 올라탔다.

인민위원회에는 지위가 꽤 높아 보이는 사람이 앉아 있었다. 조부는 소리를 질렀다. "죽이겠으면 죽이시오. 굶어서 죽나 총 맞아 죽나 죽는 것은 일반이지요. 우리 집에 가보시오. 막내아들은 인민군이 잡아갔고 어린 손주들이 배고파 누워 있소. 목재값을 주든가 나를 이 자리에서 쏴 죽이든가 결판을 내 주시오."

목재를 실어온 군인이 높은 사람에게 무엇이라 말하였다. 높은 사람이 일어나더니 발치에 있는 궤짝에서 돈뭉치를 꺼내 조부께 건네주며 부드러운 음성으로 "조금만 견디면 됩니다. 인민군이 대전을 점령하였습니다. 곧 조국이 해방될 겁니다. 수고하셨습니다." 하였다. 정중한 태도였다. 돈뭉치를 받아 쥐고 조부는 인민군 안에도 점잖은 사람이 있구나 싶어 당장 어떻게 처신을 해야 할지 어쩔 줄을 모르겠더라고 하셨다.

며칠 전부터 조모는 참외를 받아다 시장 귀퉁이에서 팔기 시작했는데 일부러 남겨 오셨는지 장사가 서툴러 남았는지 오늘도 참외 몇 알을 가지고 돌아오셨다. 조모가 "이리들 와서 참외 한 쪽씩 먹어라." 하시는데 현관문이 열리는 소리가 났다. 가슴이 철렁 내려앉았다. 나는 현관문을 안 잠갔나? 하는데 어떤 거지 한 사람이 쑤욱 들어선다. 거지 중에서도 상거지였다. "이게 누구얏?" 조모가 나왔다. 동생들이 주르르 나왔다. 조부가 무슨 일인가하고 나오셨다. 내가 소리 질렀다. "삼촌이야? 삼촌이다. 아! 삼촌!"

머리칼과 몇 오래기의 수염이 땀과 먼지로 절여져서 범벅이 되어 있었다. 해골처럼 말라있었다. 건드리면 꺼져 없어져 버릴 것 같은 몰골이었다. 우리 형제들은 일제히 울음을 터뜨렸다. "아이구, 살아 있었구나. 아이구. 이게 꿈인가. 생시인가." 조모는 거의 실신하시듯 목이 메었다. 조부가 "조용들 하거라." 하시고는 "뭣들 하고 있어. 얼른 아이 한 술 뜨게 하지 않고서." 하셨다. 조모가 쌀을 한 줌 더 넣고 죽을 끓이기 시작하셨다. "물 많이 넣고 묽게 죽을 쒀야 하우." 하셨다.

내가 "삼촌 어디까지 갔었어. 응? 어떻게 돌아올 수가 있었어?" 하고 곰비임비 묻자 조모가 꽥 소리를 지르셨다. "피곤한 삼촌에게 너는 그게 뭐이 그리 궁금해서 자꾸 묻니!" 하며 역정을 내셨다. 나는 삼촌이 돌아온 것이 신기하고 기특해서 물어본 것이었다

삼촌은 그날부터 이층 다다미짝 밑에서 숨어 지냈다. 소변을 깡통에 누는 날이 계속되었다.

쌀 두어 됫박

칠월도 중순이 넘었다. 날로 공습이 심해졌다. 하루에도 몇 번씩 공습경보가 울렸다. 들리는 말에 의하면 우리 국군과 UN군이 반격하기 시작해서 인민군이 밀리고 있다고 했다. 세도 당당했던 보안서원이 그래서 그런지 초조하게 보였다. 그래도 밤이면 여전히 가택수색을 하며 젊은이를 찾아다니는 데 혈안이 되어 있었다.

그런 와중에 삼네(三女)이모가 나른한 모습으로 내 집에 들어섰다. 몇 끼를 굶은 것 같이 보였다. "이모, 어떻게 여기까지……?" 빨리 들어오라고 이모의 손을 끌면서도 나는 조모의 눈치를 보지 않을 수가 없었다. 한 입이라도 덜어야 할 때인데……. 그러나 나는 눈물이 나도록 삼네 이모가 반가웠다.

삼네 이모는 내 외조부가 독립단원에게 자금을 주었다는 죄목으로 미결수로 평양감옥에 9개월간 갇혀 있을 때 태어났다. 부엌 바닥 위에 거적때기를 깔고 낳은 손녀딸을 "애비가 감옥에 있는 이

짬따에('시국'이라는 평안도 사투리) 한 푼어치 쓸모없는 에미나이새끼를 낳았으니……." 하시며 쯧쯧 혀를 차서 외조모는 부끄러워 갓난아이에게 젖을 물릴 수가 없었다고 하셨다.

외조부가 감옥에서 풀려나와 집에 돌아오셨어도 갓난아기였던 삼네 이모를 들여다보지도 않으셨다. 물론 그 9개월 동안 사식(私食)을 대느라 논마지기도 팔아야 했고 고문의 후유증으로 외조부의 건강이 극도로 쇠약해지신 때이긴 해도 그 때 딸이 아니고 아들을 낳았으면 그리 했을까. 그런 상황을 보며 자란 어머니는 유달리 이 동생을 사랑했다고 하셨다.

내 외가는 그래도 그 시절에 외숙을 의주사범학교(師範學校)에 진학 시킬 정도로 깬 집안이셨다. 삼네 이모가 인물이 출중해서 많은 혼담이 오고 갔는데 외조부는 지주의 집안이고 일본유학을 다녀온 사람을 사위로 고르셨다. 혼인하고 며칠 후부터 이 알량한 일본유학파는 하루에도 두, 세 번씩 와이셔츠를 갈아입으며 외도하였다.

이모는 성병을 얻어 평생 아이를 낳아보지 못했고 이모부는 가을바람이 스산하게 부는 어느 날 어떤 여자의 집에서 짧은 생을 마감하였다는 전갈이 우리 제재소 사무실에 날아왔다. 그때부터 삼네 이모는 늘 우리 집에서 사셨다. 바느질 솜씨며 음식 솜씨가 뛰어나고 찬송가를 송민도보다 더 고운 목소리로 불러, 나는 삼네 이모가 아주 좋았다.

해방이 되고 로스케가 들어오자 우리는 3·8선을 넘어야 했는데 층층시하에서 어머니는 속으로 울며 삼네 이모를 외조부가 계시는 고향집으로 보낼 수밖에 없었다. 그렇게 헤어진 이모가 단신으로 '원흥제재소'라는 우리의 상호 하나를 손에 쥐고 사리원을 거쳐 걸어서 서울 우리 집에 당도한 것이었다.

며칠 후 또 한 사람이 넝마 같은 옷을 입고 우리 집 현관에 들어섰다. 시철오빠였다. 나하고는 친 켠으로 10촌이 넘는 촌수가 된다. 그도 '원흥제재소' 상호를 들고 우리 집 하나만을 믿고 낮에는 풀숲에 숨어 있다가 밤에는 마족같이 뛰었다고 했다. 그렇게 천릿길을 산 넘고 물 건너 서울에 당도한 것이었다. 조부가 "이런 난국에는 모두 모여 살아야지요." 하셨다. 말은 그리 하셨으나 조부의 마음이 얼마나 난감했으랴.

그래도 삼네 이모는 그 이튿날부터 야산을 찾아가 참나물, 비름나물 같은 것을 캐다가 데쳐 팔기도 하고 남의 집 밭고랑에서 시들어진 배추도 뽑아다가 우리들 죽에도 넣어주며 생활에 보탬을 하느라 애쓰시는데 젊은 나이로 나다닐 수가 없는 시철오빠는 끼니때마다 미안하고 죄송해서인지 감자 한 입을 삼키는데 목에서 꿀꾸덕하며 눈칫밥 넘어가는 소리를 내곤하더니 며칠 후 조부께 남쪽으로 내려가 국군에 입대하겠노라고 훌쩍 떠나버렸다. 떠나간 그 자리가 왜 그렇게도 나를 구슬프게 했는지…….

그날은 아침부터 공습경보가 연달아 울렸다. 공습경보가 울리면 우리 형제들은 이불 속으로 머리를 디밀고 숨을 죽이곤 했다. 그런데 누군가가 "옥희야." 하고 나를 부르는 소리가 들렸다. 허스키한 목소리였다. 순희였다. 조순희가 을지로 내 집까지 찾아온 것이었다. 6월 26일에 본 이후 처음이었다. 나는 눈물부터 왈칵 쏟아져 나왔다. 순희도 울면서 "이것 받어." 했다. 쌀이었다. 두어 됫박은 되었다. "공습경보가 계속 울리는데 어떻게 왔니?"라고 물으니, "계속해서 남의 집 처마 밑에 서 있다가 해제가 되면 골목길로 들어서서 왔어." 라고 대답했다. 그 고마운 뜻을 나는 말로 표현할 수가 없었다. 그저 물끄러미 순희가 가지고 온 쌀주머니를 내려다보며 훌쩍이고 있었다.

■ ■ ■

조순희는 부모와 같이 중국 천진에서 귀국선을 타고 서울에 와 중앙여고 같은 학년에 편입하였다. 보조개가 들어가는 예쁜 얼굴의 여학생이었다. 우리 둘은 배구선수 후위로 활동하며 합숙이다, 원정이다 하며 돈독한 우정을 쌓아갔다. 9·28수복 후 피난지에서 돌아오신 아버지는 순희가 쌀을 가져다 준 일을 들으시고 순희와 나를 화원시장에 데리고 가시어 김이 무럭무럭 나는 돼지머리 보쌈을 사 주셨다. 우리는 이화여대 같은 과를 졸업했고 순희는 감리교 선교부에서 오랫동안 일한 독실한 기독교인이다. 순희는 돼지머리 보쌈 먹은 것은 기억하나 사변 통에 우리 집에 쌀 가져다 준 일은 잊고 있었다. 그러나 이 물자 흔한 미국 땅에 살면서도 나는 그 때 순희가 가져다 준 두어 됫박의 쌀을 잊지 않고 살고 있다.

망우리 고개

계속 공습경보가 울리고 폭격이 심해져 가는데 아이들을 이대로 집에 머물게 하는 일은 대단히 위험한 일이라고 조부는 생각하셨다. 우선 달포가 넘게 다다미짝 밑에 엉거주춤 누워있는 막내아들을 언제까지 그대로 있게 할 수는 없었다. 어쩌다 아래층에 잠깐 내려온 삼촌의 얼굴은 백납병 환자같이 무섭게 희고 허리는 구부정해서 산신령 할아버지 같았다.

마침 이웃에 사는 사돈집 할머니가 막내아들과 손자들을 데리고 피난 나갈 준비를 한다기에 잘 되었다 싶으신 조부는 우리들을 딸려 보내도 되겠느냐고 양해를 구하셨다. 승낙을 받은 조부는 불이야 살이야 리어카에 사발 몇 개와 종기, 수저, 등속을 이불 짐에 둘둘 말아 싸고 우리들의 옷도 몇 벌씩을 챙겨 싣고 짐 위에는 세 살배기 애기 동생과 남동생을 올려 앉혔다. 조부는 당장 오늘 저녁부터 아이들이 끓어먹어야 할 쌀보리와 큰손녀인 내 힘으로 꺾을 수 있을 만한 가느다란 죽데기도 좀 실어 주셨다.

리어카 위에 올라앉은 동생들은 물색없이 재미있어 했다. 남동생은 쌍꺼풀 진 눈을 굴리며 커다란 입으로 비실비실 웃고 있었다. 어머니가 안 계시는 요즘에는 줄곧 큰 누나인 나에게 시선을 향하고 있었다. 조부가 손수 리어카를 끄셨다. 나는 풍로를 안았다. 진흙으로 빚은 것을 상철로 띠를 두른 것이어서 깨지기도 쉽고 무겁기 짝이 없었다. 여장을 한 막내삼촌 옆에 나는 바짝 서서 걸었다. 조부가 끄는 리어카와는 거리를 두고 걸었다. 무언중이나 조부의 눈은 큰 손녀딸 옥희가 아이들을 잘 간수할 수 있을 것이라고 믿고 계시는 것을 나는 잘 알고 있었다.

망우리 고개로 오르기 전 길섶에 리어카를 세우고 조부는 수염을 타고 낙숫물 지듯 떨어져 내리는 땀을 닦으며 나에게 눈짓하셨다. 좀 쉬었다 가자는 뜻 같았다. 그러나 우리는 지체할 수가 없었다. 이제라도 공습경보가 나면 한길을 피해 숨어야 했고 해제할 때까지 얼마나 걸릴지 모르는 일이었다. 곧 허리를 펴고 일어선 조부는 리어카를 완만한 S자형으로 돌며 오르기 시작하셨다. 그러는 조부를 보며 나는 조부가 너무 가엾어 보였다. 도대체 어머니 아버지는 우리 어린 것들을 조부께 맡기고 어디가 계시는지. 살아계시기나 하신지…….

풍로를 삼촌에게 안겨주고 나는 리어카 뒤에 섰다. 한 쪽 다리를 장대같이 뻗고 몸은 고개 오름길 각도와 평행하듯 낮추고 리어카를 밀기 시작하였다. 그때 어떤 사람이 내 옆에 다가와서 리어카를 밀어주었다. 얼굴이 햇볕에 그을려 새까만데 내가 숨을 몰아쉬며 "감사합니다." 했더니 그가 웃었다. 후줄근한 모양새이나 노동자는 아닌 것 같았다.

신작로가 산등성이까지 곧게 뻗어있었다. 기와집 몇 채가 길섶에 드문드문 있었다. 산등성이에는 군데군데에 묘소가 자리하고 있었다. 부잣집 산소인지 봉분이 크고 상석과 비석도 훌륭해 보였다. 거기서 신작로를 벗어나 오른쪽 밭길을 좀 걸어 들어갔더니 시멘트로 튼실하게 세워진 건물이 보였다. 앞뒤에 통자로 뚫려있는 커다란 출입구가 있었다. 집도 아니고 건물도 아니었다. 사돈집 식구들은 이미 와 계셨다. 입구 오른 쪽에 숙직실 같은 방이 있는데 그 방에도 중년부부가 이미 들어와 있었다.

콘크리트로 되어있는 바닥은 평면이 아니었다. 가운데에 홈이 파져있고 벽에서부터 홈을 향해서 물이 흘러내려갈 수 있도록 경사가 나 있었다. 나중에 알았지만 이곳이 바로 소를 잡는 도살장이었다. 조부는 "아주 콘크리트로 든든하게 지은 곳이긴 해도…… 사돈할머니가 계시니 마음이 좀 놓이긴 하지만…… 2, 3일에 한 번씩 할아비가 오든가 집에 들르던가 하여라." 하셨다. 나는 두렵고 불안해도 내색할 수는 없어 조부의 뒷모습을 지켜보다가 돌아서며 왈칵 눈물을 쏟았다.

시멘트바닥 위에 요를 깔고 이불도 그 요 위에 덧깔았다. 남동생은 바로 내 옆에 누이고 뚱보 둘째 동생 옆에는 세 살짜리 동생을 눕히고 안고 자게 했다. 사돈집 막내아드님이 막내삼촌과 동갑이어서 둘은 만나자마자 죽이 맞아 사돈집 자리 쪽에 자기 자리를 가져다 붙였다.

뚫린 앞뒷문에서 달빛이 유영하듯 들어왔다. 잠이 오지 않아 뒤챘더니 내 몸이 미끄러져 내려와 발이 홈에 와 닿았다. 화들짝 놀라서 다리를 가슴에 안았다. 으스스 무서웠다. 내가 지금 도살장에 누워있는 것이 꿈이었으면 얼마나 좋을까. "엄마, 엄마!" 하고 불러보았다. 소이탄이 터졌는지 동쪽하늘이 일순간 환해졌다가 전보다 더 깜깜해졌다. 나는 어둠속에서 3·8선을 넘어올 때도 어머니를 잃었던 생각이 떠올랐다.

신의주에서 평양으로, 평양에서 해주로 우리는 그렇게 옮겨 앉으며 두 해를 살았다. 3·8선을 넘는다는 것을 숨기기 위해서였다. 미리 서울에 가 계시던 아버지가 보내신 상아도장을 받은 그 이튿날을 출발날짜로 잡고 있었다.

해주 바닷가는 내 발치조차도 보이지 않게 짙은 안개가 끼어 있었다. 어스름할 때 우리는 집을 나서서 바닷가 방공호 속에 들어가 앉았는데, 안내자는 마치 팬터마임을 하는 것처럼 방공호 문을 열고 나오라고 손짓하였다. 사람하나 짐 한 짝마다 안내자가 붙었다.

나는 밤안개가 뭉글거리며 이동하는 속에서 안내자의 손을 필사적으로 꽉 잡고 나는 듯이 뛰었다.

한 시간 반 정도를 그렇게 뛰었다. 배에 오르자 나는 동생들을 점검하였다. 다 와 있었다. 짐짝도 다 와 있었다. 그런데 어머니가 도착하지 않았다. 어머니는 그때 생후 여덟 달된 동생을 안고 계셨다. 배꾼이 바다 기슭에 신홋불을 올려 주었다. 그래도 어머니는 오시지 않았다. 바닷물이 들어오기 시작하니 배를 띄워야 한다고 했다. 나는 어머니가 오실 때까지 배를 띄우면 안 된다고 했다.

물이 들어오는 것은 빨라서 곧 떠나야 한다고 배꾼들이 말했다. "안 돼요. 저의 어머니가 도착 할 때까지는 우리는 떠날 수 없어요!" 거의 미친 듯이 소리를 질렀다. 배꾼이 "이러다간 우리까지 다 잡혀. 정 그러면 큰애기만 여기 내려놓고 가는 수밖에 없어." 했다. 시악을 부리던 나도 입을 다물 수밖에 없었다. 잠깐 잠이 들었다가 깼다. 눈이 부시도록 강물도, 하늘도 푸르른 날씨였다.

배가 아직 바닷물 속에 있는데 우리 배를 향해서 여러 사람들이 달려왔다. 나는 동생들을 끌어안으며 '우린 이제 다 잡혔구나.' 했다. 그러나 그들은 짐꾼들이었다. 배꾼이 "큰애기, 파락에 닿았어, 3·8선 이남이다. 저기 봐." 아버지가 거기 서 계셨다.

아버지는 그 자리에서 배를 다시 사서 돌려보내며 어머니의 시신이라도 찾아달라고 하셨다. 동생들을 데리고 낮에는 물이 찌운 바닷가에서 게도 잡고 뽕뽕 뚫린 구멍을 밟으면 물이 쪼르르 나오는 곳을 파서 참조개도 잡았다. 민박집 아주머니는 밤마다 외등을 밝혀서 처마 밑에 걸으며 "큰애기 엄마 잘 찾아오시라고 등을 걸자." 하셨다. 그러던 중 닷새 만에 어머니가 살아 돌아오셨다.

뭉게구름 같은 밤안개 속에서 안내자의 손을 놓친 어머니는 밤새껏 "옥이야, 옥이야." 나를 부르며 바다를 헤맸다고 하셨다. 바닷가 쪽에서 불빛이 번하게 비쳐오자 저 불빛은 필경 보안서원들이 피운 불일 것이다 싶어 그 반대방향으로 걷고 또 걸으셨다. 이미 바다는 밀물 때가 되어 물이 차기 시작하였다. 그 때 어머니는 간절하게 기도를 드렸다. "하나님 아버지, 이 미련한 에미는 죽어도 한이 없습니다만 이 어린 것은 에미 잘못 만나 세상에 나오자마자 죽게 되니 어찌합니까. 애기 목숨만이라도 구해 주십시오." 눈을 뜨고 저벅저벅 물속을 걸어 들어갔더니 물이 배에까지 올라 차다가 다시 얕아지더라고 하셨다.

동이 터오고 있었다. 목이 타는 듯이 말라 두리번거리는데 누가 "어이, 어디 갔다 오시꺄?(해주지방의 사투리)" 묻더니 그 자리에서 월남자 임시수용소에 넣었다. 어머니를 수용소에 가두고는 그가 다시 밖으로 나갔다. 어머니는 문을 슬그머니 밀어보았다. 열렸다. 마당을 쓸고 있는 젊은이에게 "목이 갈해서 물 좀 얻어 마셔야겠는데요." 하셨다. 그가 잠자코 턱으로 저쪽을 가르쳐 주었다.

그쪽으로 얼마 안가 집이 나왔다. 어머니가 "남편이 남쪽으로 가서 영 소식이 없어 잠간 남편의 소식만 알아보고 오려다가 잡혔어요. 목이 너무 말라서 물 좀 얻어 마시고 다시 들어갈려구……." 두 내외는 "물마시고 이쪽으로 나가 옥수수 밭을 끼고 가면 시내가 나와요. 수용소에 왜 또 들어갑니까. 어서 떠나세요." 했다. 그제야 눈물이 왈칵 나오며 치마 밑에 껴입었던 비로드 치마와 오팔 반지를 뽑아놓으며 "이 은혜를 언제 무슨 수로 갚겠어요. 변변한 것은 못되나 이것을 받아주세요." 하셨다.

닷새 만에 살아오신 어머니께 매달려서 우리들은 한없이 울었다가 웃었다가 하지 않았는가. 이번에도 그리 되면 얼마나 좋을까.

풀벌레 우는 소리가 들렸다. 벌레들은 왜 슬퍼 울까? 가을이 오는 것이 슬픈가?

옥수수 이삭

도살장 뒤켠에는 웅덩이가 하나 있고 웬만한 산 같이 보이는 망우리 고개까지에는 들판과 옥수수 밭이 이어져 있었다. 늘 둘이 짝이 되어 붙어 다니는 막내삼촌과 사돈총각은 들판에서 뱀을 잘 잡아오곤 했다. 모두 싫다고 도리질을 해도 둘은 잡아온 뱀의 모가지에 끈을 매고 나무줄기에 매달아 목둘레에 칼집을 내고는 껍질을 아래로 쪽 베껴 내리곤 하였다. 입을 쫙 벌린 뱀의 대가리는 잘라버리고 몸은 토막을 내었다. 잘라진 뱀의 토막이 한동안 꾸불거렸다.

어디서 주워왔는지 녹이 쓴 쇠사슬을 뱅뱅 엮어 석쇠를 만들고 그 위에 꾸불거리는 뱀 토막을 올려놓아 구웠다. 죽데기 숯불에 뱀 토막을 올려놓고 그들은 군침을 삼키며 기다리곤 하였다. 그 냄새가 들판으로 쫙 퍼져나갔다. 기가 막히는 고소한 냄새였다. 나는 끔찍하고 싫었지만 그 일을 말릴 수가 없었다. 한창 나이에 배를 곯고 있지 아니한가. 둘은 한 점씩 들어 올리고는 숯덩이를 터는 척

하다가 아껴가며 뼈째 맛있게 씹어 먹곤 하였다.

이 지독한 난리 통에 뱀 고긴들 없어서 못 먹을 터였다. 애늙은
이가 된 나는 두 사람이 안쓰러웠다. 얼마나 귀한 아들들인가. 고향
에 있을 때는 참 풍족하게 살았다. 아버지가 신의주 '약죽헌'(若竹軒)
에서 자주 불갈비를 사 주신 일도 생각이 난다. 사냥을 즐기셨던
아버지는 수렵(狩獵)기간인 11월서부터 이듬해 4월까지 신의주 영화
관 '신선좌' 주인과 같이 산에 올라 멧돼지도 노루도 잘 잡아오곤
하셨다. 철산고을 고향사람들은 몰이꾼이 되어 함성을 지르며 목표
물을 향해 조여 가는 일은 고향사람들의 큰 즐거움이었고 그날이
축제날이 되곤 했었다.

지금 허기진 배를 하고 맡는 뱀 굽는 고소한 냄새는 그때 불갈비
나 멧돼지 고기 굽던 그 냄새의 몇 백배는 될 것이었다.

도살장 오른쪽으로 좀 걸어가면 옥수수 밭이 나온다. 옥수수는
대충 따 들인 것 같았다. 올해는 이 난리 통에 웬걸 밭주인이 제대
로 밭의 김을 매고 북을 돋우어 주었겠는가. 그래서 그런지 이삭이
제대로 들지 않은 쭉정이들이 많았다. 손으로 만져보고 딱딱한 것
을 골라 껍질을 베껴보았다. 어떤 것은 제법 알이 들어박혀 있었다.
치마에 강냉이 알을 따서 넣고 내일 나올 때는 보자기 같은 것을
가지고 나오리라 생각하였다.

옥수수를 따면서도 자꾸 마음이 켕겼다. 누군가가 내 목덜미를

낚아채는 것은 아닐까. 이것도 도둑질이 아닐까? 그래도 한 알갱이의 낱알이라도 필요한 때다. 죽을 쑬 때 이 강냉이 알을 따 섞어 넣으면 훨씬 양도 늘고 배도 든든해지겠는데……. 산 쪽으로 좀 더 들어갔다. 마른 수풀이 덤불같이 우거져 있는 곳에 누군가가 앉았던 자리가 보였다. 이 동리 사람은 아닐 터이고 우리 막내삼촌하고 사돈집 총각이 앉았던 자리일지도 몰라. 어쨌든 여기라고 보안서원이 안 온다고 장담할 수는 없는 노릇이었다.

어제오늘 갑자기 날씨가 피부로 느낄 정도로 산산해졌다. 진노란색 왕잠자리가 무리를 지어 횟횟 날고 있었다. 천지에 포화가 울려 퍼지지만 참새들은 아랑곳없이 두 발을 모으고 깡충거리며 이것저것 주워 먹기에 바빴다. 이 난리가 언제까지 갈래나. 인민군이 낙동강까지 쳐 내려갔다는 소식은 이미 나도 들은 바가 있었다.

도살장 가까이에 당도하자 막내삼촌이 작대기에 끈을 매서 자작 만든 낚싯대를 웅덩이 속에 늘어뜨리고 앉아 있었다. 그 더러운 웅덩이 속에 무엇이 있다고? 나는 배시시 웃었다. 삼촌이 이곳으로 온 후 해방의 기쁨을 만끽하고 있는 것 같았다. 바로 그 때였다. 사돈할머니가 땅을 서너 번 탕탕 쳤다. 무슨 신호 같아 얼른 돌아보았다. 장화를 신은 사람! 한 눈에 나는 그가 보안서원이라는 것을 알아차렸다. 내 가슴이 할랑거렸다. 이거, 어떡하나? 앞문으로 들어선 보안서원은 곧바로 뒷문으로 나가 낚시질하는 삼촌에게 다가갔다.

내가 사색이 되어 그를 쫓아갔다. 사돈할머니의 얼굴도 흙빛이었다.

막내삼촌에게 "동무, 나 좀 봅시다." 했다. 궁하면 통한다든가 나는 얼른 "그 사람 귀머거리에요." 했다. 그가 한 번 더 "동무!" 했다. 삼촌이 들은 척 하겠는가. 보안서원은 이번에는 발로 삼촌의 궁둥이를 툭 찼다. 삼촌이 느릿하게 얼굴을 돌려 어벙한 눈으로 보안서원을 올려다보았다. 삼촌의 모습은 내가 보기에도 진짜 귀머거리에 병신같이 보였다. 내가 금방 한 술 더 떠서 "아주 전빽빽이로 귀먹은 사람이에요." 했다.

보안서원은 나를 흘낏 보고는 그냥 돌아갔다. 나와 사돈할머니는 동시에 숨을 토해내며 가슴을 내리쓸었다. 그런데 그때 사돈총각이 슬금슬금 들어섰다. "너 어디 가 있었니. 금방 보안서원 왔다갔다." 하자 사돈총각은 "배가 살살 아파 옥수수 밭에서 똥 좀 싸고 있었어요." 했다. 사돈할머니께서는 "아이구, 똥이 효자로구나." 하셨다. 웃어야 할지 원.

그날부터 삼촌과 사돈총각의 거취에 대해서 두 집은 작전을 다시 짜기로 했다. 이번에 조부가 오시면 모기장을 가져다달라 할 것이고 둘은 옥수수 밭 가운데의 땅을 파고 골라서 나지막하게 모기장을 치고 그곳에 머물게 하기로 했다.

쌕쌕이 비행기

사돈집도 몰랐고 나도 물론 몰랐다. 우리가 임시 피난처로 잡은 도살장은 신작로에서 오른쪽으로 200m쯤 들어온 곳이고 바로 신작로 왼쪽으로는 경부선 철도가 신작로와 평행되게 놓여 있다는 것을.

낮에 나는 옥수숫대에 넝쿨져 올라간 강낭콩을 훑는다든가 동부콩도 줍고 땅에 떨어져 있는 낱알이삭도 주워 식량에 보태는 일에 열중하고 있었다. 그런데 이 날은 유난히 미군 비행기가 바로 내 머리를 스치는 듯 지나갔다. 미군비행기가 지나가면 인민군은 일제히 지상에서 하늘을 향해 응사했다. 그 소리가 콩 볶는 것 같았다. 실제로 그 총알이 미군비행기를 격추시키는 일도 있다고 했다.

나는 얼른 낱알이 든 치맛자락을 움켜쥐고 도살장 안으로 뛰어 들어왔다. 사돈총각이 나에게 "저 비행기가 바로 정찰기에요." 하고 말했다. 그때 어디서 숨어 있다가 나온 것처럼 금방 쌕쌕이 세 대가 '쌔앵' 하고 떴다. 바로 머리 위에서 비행기는 코를 땅에 박듯 하며 급강하하더니 아주 정확하게 우리 도살장을 향해 직진해 왔다. 아이구머니!

너무 급해서 안으로 뛰어 들어온 나는 동생들을 끌어안고 이불 속에 머리를 파묻고 "빨리 빨리. 이불 속에 다 들어왔어? 뒤집어썼어?" 하고 동생들에게 소리쳤다. 이불 속에서 "삼촌! 삼촌! 숨었어?" 했다. 이 위급한 상황에서도 우리 집이 대대로 아들 손이 귀한 것을 나는 의식하고 있었다.

이불 속에서 우리는 연속되는 기관총소리를 들었다. 기총소사 소리였다. 그 소리와 동시에 철로길 쪽에서 폭약고 터지는 굉음이 들려왔다. 그제야 비행기들이 우리를 겨냥하고 있지 않다는 것을 알았다. 나는 벌벌 기어서 도살장 앞문에 나가 밖을 살펴보았다. 세 대의 비행기가 곡예를 하고 있었다.

한 비행기가 기체를 땅에 내리박으며 여러 발의 총을 내리 쏘고는 곧바로 하늘로 올라가다가 발딱 뒤집듯이 정상자세로 돌아와 두 번째 비행기 뒤를 이었다. 두 번째 비행기가 또 땅으로 곤두박질하며 내려와서 그렇게 기총소사를 하고 하늘로 올라가고 세 번째 비행기가 뒤를 이어 또 그렇게 하고. 세 대가 앞 비행기의 뒤를 이어 똑같이 내려와 쏘고 올라가고를 반복하다가 아무 일도 없었다는 듯이 가을 하늘 속으로 가물가물 사라져갔다. 산 밑에서는 연기가 쏟아져 나오고 있었다.

어젯밤의 소이탄은 예고편이었을까. 도살장 근처에서 서너 번 소이탄이 터져 그 빛이 얼마나 밝은지 개미새끼도 알아볼만했는데 그때 아마 미군은 인민군들이 철로 굴에 무기를 감추는 것을 보았을까? 굴을 폭파하는데 왜 비행기는 우리를 향해서 내리꽂히듯 직진해 왔을까. 사돈할머니도 나도 꼭 같이 비행기가 우리를 겨냥한 것처럼 보였던 것은 사실이었다. 두 사람은 한숨을 길게 내 쉬었다.

며칠 후에 다시 똑같은 기총소사가 있었다. 정찰기가 지나가고 잠깐 뒤에 세 대의 폭격기가 쌕쌕거리며 전날처럼 우리를 향해서 내려오다가 총을 내리쏘았다. 우리들은 더 이상 놀라지 않았다. "미련한 것들 같으니라구. 그 사이에 인민군이 무기를 또 같은 곳에 실어다가 숨겨놓았는가 보지. 하긴 서울이 가까운 곳이고 깊은 굴속이니까 안전하다고 생각했겠지. 그나저나 비행기가 어떻게 굴속의 무기를 찾아낼 수 있었을까?" 사돈할머니가 신기해하며 말하셨다.

미군은 사나흘이 멀다하게 똑같은 장소를 똑같은 방법으로 폭파하더니 그 굴 위 뚜껑이 아예 훌러덩 날아가 없어지도록 폭탄을 내리 붓고는 두 번 다시 쌕쌕이는 오지 않았다.

여러 번 겪은 일이어도 비행기가 우리를 향해 불을 뿜으며 총을 쏘면 우리는 살아 있어도 산목숨이 아니곤 하였다. 폭격 때마다 지난번에 조부가 가져다주신 핫이불을 동생들 머리맡에 열심히 올려놓아 주면서 우리가 제대로 피난자리를 잡기는 잡은 것인가 생각하였다. 『정감록』(鄭鑑錄)이라는 책에 난시에는 큰길가, 깊은 산속이나 물가(바닷가나 강가), 이 세 군데는 피하라 했다는데……

오 선생님에 대한 연민

요사이는 공습이 심해서 을지로 집에 들를 엄두도 못 내고 있었으나 돈도 떨어지고 곡식도 달랑달랑해져서 나는 점심에 아이 하나 당 두 개씩 돌아갈 수 있도록 감자를 쪄놓고 일찌감치 도살장을 나섰다. 햇감자 때이기도 해서 이곳 사람들이 한 자루씩 내다가 파는 감자는 돈만 있으면 구하기가 수월하였다.

며칠 만에 뵙는 조부의 얼굴은 더 수척해 보였고 수북했던 수염도 까칠해지셨다. 해소병이 있으신 조모가 기침할 때마다 양 어깨가 귀에 가 닿곤 하는 것이 보기에 안타까웠다. 인민군이 목재를 가져갈 때 처음 몇 번은 한국 돈이건 붉은 군대 군표건 좀 놓고 갔는데 요사이는 목재를 막무가내로 실어가서 제재소 안이 텅 비었다고 조부는 쓸쓸히 말씀하셨다.

조부는 지난번처럼 인민위원회에 가서 사정해 보리라 하고 찾아갔는데 전번에 나무 궤에서 돈을 꺼내주던 점잖은 사람은 없고 사무실 안으로 밖으로 들락거리는 사람들의 얼굴이 살기가 돌아있어

더 이상 목재값 얘기를 꺼낼 수도 없었다고 하셨다. 산더미같이 쌓여있던 죽데기나무도 얼마 남지 않았다고 하셨다. "언제 어떻게 이 큰 제재소 대문을 넘어 들어오는지 모를 일이야. 아마 두 셋이 와서 하나만 대문을 넘어 죽데기를 밖으로 던지면 밖에서 그것을 받아 묶어 가는 것 같아. 하긴 당장 끼니를 끓여야 하는데 사람들이 무슨 수를 못 쓰겠나." 하셨다.

"엊그제 들른 회현동 아저씨의 말인즉 미 제8군 사령부가 낙동강 방어선에서 인민군을 격퇴 중이라고는 하지만 워낙 우리 측 보다 우세한 인민군의 공세가 심해서 전세를 헤아릴 수가 없다고 하더구나." 조부의 말씀을 들으며 아저씨가 여전히 이불을 뒤집어쓰고 단파를 듣는구나 하고 생각하였다.

그래도 조부는 죽데기 판 돈 얼마를 나에게 쥐어주시고 조모는 낮에 잠깐 서는 방산시장에서 사셨다는 멸치를 볶아주셨다. 멸치를 보는 순간 확 밥 생각이 솟구쳤다. 그러나 멸치볶음은 밥이 있을 때나 맛있는 것이지 밥 없는 반찬은 차라리 없는 것이 낫겠다고 생각하였다.

도살장으로 가지고 갈 겉보리 쌀을 머리에 이기 전에 나는 깊숙이 감추어 두었던 아버지의 스위스제 오메가 시계를 찾아내었다. 아까 집에 들어서기 전에 우리 제재소 맞은 켠에 있는 시계포가 열려 있는 것을 나는 보아 두었었다. 아버지의 시계를 보자마자 시계포 주인의 눈빛이 반짝 하는 것을 나는 놓치지 않았다. 큰돈을 받았다.

조부께 아버지의 시계를 팔았다고 말씀드렸더니 "그런대로 견뎌 볼걸 그랬구나." 하시면서도 그 돈을 소중하게 받아 나에게 얼마를 주시고 허리춤에 넣으셨다. 나는 내가 벌어온 돈을 조부께 드린 것 같이 흐뭇하였다. 내일은 동네 사람들이 내다 파는 계란을 좀 사다가 오랜만에 삼촌이랑 아이들에게 쪄 주리라고 생각하며 겉보리 쌀을 머리에 이었다. 발이 가든가든 하였다.

'아아앙 아아앙' 하는 공습경보가 들리면 빨리 남의 집 처마 밑에 들어가 쌀자루를 내려놓고 앉는다. 옆으로 들어와 서는 아주머니들은 대부분 몸빼바지 차림이었다. 일제 말기에 우리는 모두 허리와 바지 밑을 주름잡아 단을 댄 몸빼바지를 입었었는데 이제 해방을 맞고 5년 만에 몸빼바지를 다시 입게 될 줄을 누가 알았겠는가. 경보가 울리고 해제 사이렌이 울리고를 거듭해서 숨었다가 걷다가를 반복해야 했다. 모두 갈 길이 바쁜 사람들인지 경보해제가 되면 일제히 첫 발을 내딛고 행길로 나와 총총히 제 갈 길로 헤어져 갔다.

나도 동대문을 지나 청량리, 회기동을 지나 미아리 고개를 향해 뛰다시피 걸어가는데 "옥희, 정옥희!" 하고 누가 나를 불렀다. 쌀자루가 떨어지지 않게 머리를 외로 돌리며 돌아보았다. "어머, 오순영 선생님. 오 선생님, 여기서 어떻게……?" 순간 나는 당황하였다. 머리에 짐을 인 내 모습을 선생님께 보이는 것이 상당히 무안했고 창피해져서 얼굴이 홍당무가 되었다. 그래도 너무 반가웠다.

오 선생님의 몰골은 나보다 더 심하였다. 여전히 안경다리 하나는 끈으로 매고 조그마한 이불 짐은 돌돌 말아 등에 지고 계셨다. 영락없는 거지행세였다. "선생님, 저희들은 망우리 고개 밑의 도살장에 피난 나가 있어요. 선생님은요?", "일정하지 않아. 산 속에 숨어 있다가 식량 조달하러 나왔던 참이야. 해지기 전에 진관사까지 가기는 좀 어려울 테고 동구릉 가까이에 친구가 있어서……." 나는 순간적으로 '도살장에 같이 가시면 어때요?' 하고 싶었으나 차마 말할 수는 없었다. 조부의 얼굴이 떠오르기도 했기 때문이었다. 내 눈에는 눈물이 고이기 시작하였다. "오 선생님……."

선생님이 다독거리는 말투로 "어서 가 봐." 하셨다. 나는 머뭇머뭇하다가 멸치통을 선생님께 드렸다. "선생님, 이것, 밑반찬……." "괜찮아……." 하시는 선생님의 손에 반찬을 쥐어드리고 나는 도살장을 향해서 뛰는 듯이 걸었다. 그날 밤 나는 한숨도 눈을 붙이지 못했다. 모시고 와서 삼촌과 같이 숨어있게 할걸…….

오순영 선생님은 해주의 부잣집 자제라고 들었다. 서울대학 수학과를 나오고 독일어를 부전공하셨다. 30세 전에 수학박사가 되신 수재 중의 수재라는 소문이 나 있었다. 내가 3·8선을 넘어 종로에 있는 사립학교에 전입학하고 며칠 안 된 어느 날 오순영 선생님은 귀가하는 나에게 "정옥희, 학교생활 재미있는가?" 하고 물으시더니 "배구반에 들어와서 활동해 보면 어떨까?" 하셨다. 나는 그때부터 배구반원이 되었다. 그날부터 배구에 관계되는 모든 것을 사랑하는 학생이 되었고 학교생활이 재미있어졌다.

수학을 싫어하던 나는 오 선생님이 가르치는 미분적분이 재미있었고 독일어 시간에 배운 〈글로리아〉라는 노래, -익히 핫 아인 카메라덴 아이넨 벳센 웬스투두-엉터리이긴 해도 아직도 이 노래를 중얼거리며 오 선생님을 생각하곤 하였다. 키는 조그마하고 눈은 잠자리 돋보기안경에 안경다리 하나는 늘 끈으로 귀에 걸었고 어렸을 때 많이 업혀 자랐는지 다리는 완전한 O형이고 그런데 웃음을 웃으실 때는 아주 아기 같은 표정으로 웃으셨다. 그 때 우리 배구반의 모토는 '공부도 잘하고 운동도 잘하는 사람이 되자.' 였다. 내가 공부도 잘하고 운동도 잘 하는 아이가 된 것은 오 선생님의 덕이 아니었을까.

도살장 시멘트바닥에 누워서 여기저기서 포성이 들려오고 소이탄이 터져, 온 천지가 대낮보다도 밝아졌다가 캄캄해지고 따발총소리가 콩 튀기듯 나는 이 밤에 자꾸 선생님의 얼굴이 떠오르는 것은 내가 학교 다닐 때 무의식중에 오순영 선생님을 좋아했던 걸까? 아니면 동병상련일까? 숨어 다니는 오순영 선생님을 만난 그 순간부터 선생님에 대한 연민이 생겼을까?

■ ■ ■

나는 안다. 왜 그날부터 오늘날까지 내가 오순영 선생님에 대해서
연민하는가를. 10여 년 전 모국 방문 시 나는 모교의 몇몇 선생님을 모시고
저녁을 대접한 일이 있었는데 그때 그렇게도 알고 싶었던 오순영 선생님의
소식을 모교의 교장으로 계셨던 차 선생님으로부터 들었다. 사변 중에 우연히
길에서 오순영 선생님을 만났다고 하셨다. 그 후 소문이 나기는 선생님이
총살당했다고도 하고 어떤 사람은 선생님이 납치 당하셨다고 들었다 했다.
어쨌든 사변 후 오 선생님을 본 사람은 아무도 없었다. 그래서 나는 이
나이가 되도록 그때 왜 우리가 숨어있는 도살장에 선생님을 모시고 오지
않았나, 지금껏 가슴 아프게 후회하고 있는 것이다.

열여섯 살짜리 인민군

도살장에 앉아서 끊임없이 들려오는 총성으로서 는 전황이 어떻게 돌아가는 지를 가늠할 수가 없었다, B29가 오지 않는 날은 더 답답하였다. 그러나 B29가 의연한 자세로 하늘에 뜨면 지상에서 일제히 '패앵－' 하는 고사포 쏘아 올리는 소리와 따발총 소리가 한 동안 요란해도 비행기가 떨어진 흔적은 없으니 우리 쪽이 이기고 있다는 증표를 보는 것 같아 마음이 놓이곤 하였다. B29는 우리들의 유일한 뉴스가 되어 주었다. 추측 뉴스이긴 하지만.

어제 오늘부터 아이들이 배가 살살 아프다고 했다. 이 한데에서 자면서도 지금까지는 아이들이 몸이 아프다는 말은 없었다. 쌀알 몇 톨에 겉보리를 넣고 가끔 밭에 말라붙은 배추줄기를 걷어다 넣어 끓인 죽이 사람의 기운을 빼고 나른하게 하기는 했어도 배탈은 나지 않았다. 그런데 어린 남동생이 설사를 하기 시작하였다. 가슴이 쿵하고 내려앉았다.

중년부부가 들어있는 도살장 안의 숙직실 바로 바깥 곁에 변소가 하나 있기는 있었다. 하루는 그 변소 문을 열고 들어가 섰다가 너무 무서워서 오도 가도 못한 채 그 자리에 가만히 서 있었다. 구더기들이 당장 내 몸에 기어 올라오는 것 같아서였다.

'도라무깡'을 집어넣고 그 위에 판자 두 개를 가로 놓은 변소는 똥과 구더기들이 덩어리가 되어 뒤채고 있었다. 구더기는 똥에서만 노는 것이 아니었다. 벽을 타고 벌벌 기어 올라와서 발판에도 허연 줄을 그으며 꾸물꾸물 기어 다니고 있었다. 통통하게 살이 찐 구더기는 기다가도 데굴데굴 뒹굴기도 하고 벽을 타고 올라가다가 뚝 떨어지는 놈도 있었다. 나는 조심스레 발을 옮기고 밖으로 나와 한동안 구역질을 해댔다. 사돈할머니가 재를 퍼다 변소에 뿌려주긴 했어도 차라리 밭에서 용변을 보는 일이 나았다.

동생이 "누나, 배 아파." 하면 나는 얼른 동생을 떠밀어 밭으로 나갔다. 바지춤을 내려주기가 무섭게 동생은 물총을 쏘는 듯한 설사를 했다. 넷째 동생 영희가 또 배가 아프다고 울었다. 큰 변이었다. 그런데 세 살배기 제일 아래 동생만은 죽(粥)살이 올랐는지 뺨이 포동포동하였다. 나는 마음이 아팠다. 내 깐에는 가정선생이 가르쳐주신 대로 행주도 자주 삶았고 좀 멀어도 우물물을 꼭 길어다가 아이들을 마시게 했는데 병이 나서 차가운 도살장 시멘트바닥에 너부러지게 했다니……. 이것은 전적으로 내 책임이었다.

아마 밭에 나가 강낭콩, 동부밤콩 하며 낱알이 되는 것은 몽땅 주어다가 죽에 넣어 끓인 탓일 것이다. 왜 메주콩도 많이 먹으면 배탈이 나는 것 아닌가. 곡식알이 푸욱 퍼지도록 고다시피 끓었어야 하는 것을 내 깐에는 입속에서 좀 씹히는 것이 있으라고 덜 끓인 것이 탈의 원인이 되었을 것이다. 그래도 모르는 것이 있으면 사돈할머니께 물어가며 동생들을 위해서 지성을 다하지 않았는가……

셋째 동생은 국민학교 6학년이었다. 나이로 봐서 셋째 동생 말고는 조부와 우리들 사이를 왕래하며 연락할 사람이 없었다. 빨리 조부께 알려서 설사약을 구해 와야 했다. 딸 많은 집 셋째 딸이 미인이라는데 그것이 사실인지 셋째 동생도 예쁘게 생겼다. 그러나 성품이 조용하고 느릿해서 집에서는 '말캥이' 라고 불리는 아이였다. 말캥이를 신작로까지 데려다 주며 그 어린 손에 돈을 몇 푼 쥐어주고 조부께 빨리 가서 설사약을 구해달라고 말씀드리고, 가다가 혹시 '개떡' 파는 곳이 있으면 하나 사서 먹으면서 가라고 했다.

미루나무가 서 있는 신작로 길에 들어선 동생에게 길 한 가운데로 걷지 말고 나무 밑으로만 걷고, 공습이 오면 곧 논두렁이나 큰 나무 밑으로 피하라고 신신당부를 하였다. 안쓰럽지만 길에서 보안서원에게 잡혀 인민군대에게 끌려갈 나이도 아니어서 마음이 놓이기도 했다.

동생의 뒷모습이 가물가물하도록 보고 섰다가 돌아서는데 어떤 남자 목소리가 들려왔다. 돌아다보았다. 자기 키 보다도 긴 총대를 멘 인민군이었다. 아주 앳된 얼굴이었다. 그가 "여기가 대전(大田)인 가요?" 하고 물었다. 대전? 나는 놀라서, "대전은 아닌데요. 서울 근 교에요." 했다. 동네 여인 두세 명이 그를 둘러쌌다. 아침밥을 못 얻어먹었는지, 그의 옷차림이 후줄근해서 그런지 군인이 아니고 가 난하고 초라한 촌사람 같이 보였다. 밥이라도 한술 먹이고 싶은 심 정이었다. 동네 여인 하나가 큰 바가지에 물을 떠다 주었다. 그 나 이 또래의 인민군들이 하나 둘 걸음을 멈추고 물바가지를 기다리고 있었다.

동네 여인이 "물은 많이 있어요. 다들 와서 물마시고 가세요." 했 다. 한 아주머니가 "군인은 몇 살이요?" 하고 나직이 물었다. 열여 섯 살이라고 했다. "열여섯 살이라. 흠…… 중학생 나이로구먼. 그 런데 지금 대전 가는 길이슈?", "우리 인민군대가 대전을 해방시키 고 대전 조금 넘었다고 들었습니다."

나는 돌아서서 들길로 들어서며 뼈도 채 굳지 않은 저 어린 것들 이 전쟁에 나왔는가. 그것도 홑껍데기 광목 군복에 천으로 된 운동 화를 신고 있었던 어린 사람. 대전 운운하는 것을 보면 인민군의 선두는 대전을 넘어섰다는 말일까.

초가을 햇살이 중천에서 서쪽으로 비스듬해질 녘에 말캥이 동생 이 조용하게 앞문으로 들어섰다. 건위고장환(健胃固腸丸) 두 곽을 내 놓으며 또 한 손에는 풀떡 두 개를 쥐고 있었다. 풀떡 두 개를 쥔 채 세 살 된 동생을 눈으로 찾고 있었다. "영순이 주고 싶니?" 내가 물었다. 영순의 손에 쥐어주는 풀떡 한 귀퉁이에 한 입 베어 문 자리가 있었다. 나는 셋째 동생을 꼭 껴안아주었다. 얼마나 먹고 싶은 걸 참고 시오리가 넘는 길을 걸어왔니?

풀떡 반은 영순이에게 주고 잇자국이 난 쪽을 뚝 떼어서 셋째에게, 나머지 풀떡은 도토리 알 만큼씩 나누어 동생들 입에 넣어 주었다. 그리고 돌아서는데 사돈집 손녀딸 옥란이가 우리 쪽을 멍하니 바라보고 있었다. '아차!' 하며 영순이 손에 들고 있는 풀떡을 조금 떼어서 옥란이에게도 주었다.

건위고장환은 참 잘 들었다. 고약한 냄새가 나는 약이지만 환으로 되어 있어 먹이기도 수월하였다. 백만 군사를 얻은 것처럼 내 마음은 든든하였다. 그러나 여전히 나는 이 동생 저 동생의 변소 시중드느라 잠을 설치는 밤이 계속되었다.

■ ■ ■

이제 풍요로운 미국 땅 서해안에 살면서 나는 고희를 넘겼으나 지금도 그때 그 망우리 고개에서 만났던 후줄근한 열여섯 살짜리 인민군의 모습을 잊지 못하고 있다. 어느 하경에 이 나라가 통일이 될꼬. 그 어린 군인도 나라 잘못 만나 고생을 하였어도 북한 땅 어느 하늘 아래에서 죽지 않고 천수를 누리고 잘 살고 있었으면 하고 나는 가끔 기도하고 있다.

검은 그림자

9월이 잡히자 들의 낟알 이삭줍기도 한계에 다
다랐다. 전쟁이 일어난 지도 벌써 석 달째에 접어들었다. 어제는 보
안서원 두 사람이 불쑥 들어오더니 "동무들, 언제 여기로 나왔소?"
하고 물었다. 사돈할머니가 금방 "동무들, 너무나 수고가 많으십니
다. 바로 엊그제 나왔습니다." 하고 둘러대었다. 파랗게 질린 내 얼
굴을 본 보안서원이 "다 한 가족입니까?" 하고 물었다. 사돈할머니
가 얼른 "예, 제 외손녀입니다." 라고 태연하게 대답하셨다.

보안서원이 도살장 안을 휘돌아 보고나서 둘은 수군거렸다. "엊
그제 나온 것 같지는 않은데……," 하다가 "여기 몇 사람이 나와
있소?" 했다. "아들 둘이 인민군에 자원입대하고 위원회에서 일 좀
하다가 우리들만 여기에 나왔습니다.", "인민군에 자원입대했다고
요?", "예, 우리 동네 사람들이 다 압니다." 보안서원은 사돈할머니
의 얼굴을 뚫어지게 보다가 "좋소. 수고들 하시오" 하고 나갔다.
나는 사돈할머니가 그들 앞에서 평안도 사투리를 쓸까봐서 가슴이

달랑달랑 했었다. 사돈할머니는 평안북도 초산의 대갓집 큰 자부였다는 것을 나는 알고 있었다.

막내삼촌하고 사돈총각은 가을바람에 말라 가삭가삭 소리를 내는 옥수수 밭 안의 마른 풀덤불 속에서 보안서원이 이쪽을 향해서 오는 것을 이미 보았다고 했다. 정말 아슬아슬한 순간이었다. 사돈할머니는 막내아들이 도살장 뒷문으로 어슬렁거리며 들어설까봐 심장이 졸아들더라고 하셨다. "오늘 나는 십년감수를 했구나." 하셨다.

내가 너무 감동해서 "할머니, 어떻게 그런 말이 나왔어요?" 하자 "사람이 죽을 고비에서 무엇인들 못하겠니. 그리고 사돈 아기의 막내 삼촌이 붙잡혀서 인민군에 갔다 온 것은 사실 아니냐. 그 생각이 불쑥 떠오르더구나." 하셨다. 나는 요즘 사람들은 옛 어른의 깊은 지혜를 따라갈 수 없다고 생각하였다.

사돈할머니는 또 이런 말씀도 하셨다. 전쟁이 나자 일찌감치 피난 나온 집은 국군가족이거나 경찰가족이고 근래 동네를 빠져나온 사람들은 부역자 가족이라고 하셨다. 손을 입에 대고 낮은 소리로 "모르긴 해도 숙직실에 와 있는 저 두 내외도 경찰가족이기 쉬워." 나는 퍼뜩 숙직실 사람들이 생각나서 "낮에 저 사람들은 어디에 가 있었을까요?" 하고 묻자 "글쎄, 모르지." 하셨다.

나는 숙직실에 머물고 있는 남자의 눈이 참 싫었었다. 어쩌다가 강한 시선을 느껴 돌아보면 강력한 눈빛으로 나를 쏘는 듯이 보고 있을 때가 종종 있었다. 사돈 할머니의 말처럼 그가 경찰이라면 습관적으로 범죄인을 다루는 눈이 아니었을까. 이제 나는 그 눈빛이 이해가 되었다.

어두워지기 전에 나는 동생들을 하나씩 밭으로 데리고 나가 '쉬까'도 시키고 숯불이 사그라지기 전에 데워놓은 물로 손도 씻겨주고 자리에 뉘였다. 제법 목둘레로부터 한기가 솔솔 스며들어왔다. 이불을 아이들 턱밑까지 눌러 덮어주고 나도 누웠다. 달이 없는 밤이어서 오래가지 않아 칠흑이었다.

낮에 있었던 공포와 떨림이 아직 가라앉지 않았는지 나는 밤이 깊어질수록 눈이 말똥말똥해졌다. 언제까지 동생들과 나는 이 시멘트바닥 위에서 잠을 자야 할 것인가. 출입구에 문이 없는 도살장은 벌써부터 앞문에서 뒷문으로, 뒷문에서 앞문으로 통바람이 휙 지나가곤 하였다. 을씨년스럽고 무서웠다. 누군가 불쑥 들어올 것 같아서 될 수 있는 대로 밤에는 양쪽 문 쪽은 보지 않기로 했다. 나는 나를 보호해 줄 사람은 없고 내가 보호해 줘야 할 사람들만이 있는 것이 두렵고 외로웠다. 어머니가 그리워졌다. 눈물이 또 나왔다.

깜박 잠이 들었는데 누군가가 내 손을 잡았다 놓는 것 같았다. 첫잠이 들은 나는 어렴풋하게 '응? 응? 쉬까 할래?' 하다가 아무 소리가 없어서 다시 혼곤히 잠이 들었나 보다. 그런데 또 다시 내 팔을 당기는가 싶더니 이번에는 내 가슴을 더듬거렸다. 나는 반사적으로 그 손을 탁 치며 "이게 뭐야?" 하고 눈을 번쩍 떴다. 바로 내 얼굴 위에 시커먼 두상이 있었다. "이게 뭐야? 누구얏!" 나는 그를 밀치고 일어나며 큰 소리로 "할머니이, 할머니이!" 하고 소리를 질렀다. 나와 사돈할머니는 커다란 검은 형태가 뒷문으로 빠져나가고 있는 것을 보았다.

그림자가 뒷문으로 빠져나간 다음에야 사돈할머니는 늘 머리맡에 세워 둔 막대기를 찾아들고 뒷문으로 달려 나가 훠이훠이 귀신 쫓는 소리를 내다가 들어와 내 옆에 앉으며 "에그, 큰일 날 뻔했어. 큰일 날 뻔했어."를 연발하시더니 "이 험한 난국에 하늘이 무섭지 않은지. 개돼지만도 못한 놈도 있긴 있구먼. 아직 어린 티도 가시지 않은 아이를……" 하시며 가슴을 쓸어내리셨다.

며칠 후 사돈할머니는 숙직실이 텅 비어있음을 발견하셨다. 어른들끼리는 서로 인사성 몇 마디씩은 주고받곤 했는데 두 내외는 아무도 모르게 어디론가 사라져 버렸다. 하긴 몰래 나와 숨어있는 형편에 어디 간다고 인사했을까.

막내삼촌과 사돈집 막내가 숙직실을 차지하고 좋아하는데 나와 사돈할머니는 근심이 태산 같았다. 숙직실은 숨을 곳이라고는 전혀 없는 곳이었다.

가지로 끼니를 때우고

조부가 급한 걸음으로 불쑥 도살장에 들어오셨다. 깜짝 놀라며 "할바지" 하는데 뒤미처 삼네 이모가 쑥 들어섰다. 턱을 앞으로 빼고 멍한 표정으로 서 있다가 우리들은 한꺼번에 삼네 이모의 몸뻬바지를 붙들고 왕 하고 울어버렸다.

"이모, 이모!" 어머니를 만난 것만큼이나 반갑고 기뻤다. 조부가 "이모님이 오셔서 내 마음도 한결 놓인다. 쌀하고 강냉이 빻은 것 좀 가져왔느니라. 아이들 배탈은 좀 어떠냐?" 하셨다. 괜찮아졌다고 말씀드렸다. 조부는 소두룩하게 이모 곁에 모여드는 손주들을 보고 히죽이 웃으시며 도살장 문을 나셨다. 들길까지 쫓아 나온 나에게 조부는 소곤소곤 이런 말을 하셨다.

"회현동 아제가 다녀갔는데 8월 초에 유엔군이 진주(晉州)를 탈환하고 정부를 부산으로 옮기긴 했어도 낙동강 이남은 철통같이 지킨다고 했다더라. 엊그제 삐라가 함박눈 같이 쏟아져 내려왔는데 아제도 그 삐라를 보았대. 낙동강 전투에 유엔군이 총집결하고 있으니 조금만 더 고생하면 될 거라고 쓰여 있었다는구나. 너만 알고 있거라." 하셨다.

우리가 망우리로 피난 나올 때 삼네 이모는 삼각산 기도원에 가 있겠다고 나선 후 어제 처음으로 을지로 집에 들렀다고 했다. 조부는 삼네 이모를 사돈으로 생각하시지 않았다. 워낙 오랜 세월을 우리 집에서 살았고 심성이 곱고 재주가 있고 자기 몸을 아끼지 않는 이모를 조부는 딸같이 생각하며 살아오셨다. 엊그제 도살장에 못된 녀석이 들어왔었다는 소식을 듣고 그렇지 않아도 마음이 불안하여 '이모님이라도 좀 왔으면……' 하고 기다리던 터였다고 하셨다.

삼네 이모는 곧 팔을 걷어붙이고 물을 길어다가 되직하게 죽을 쑤었다. 조모가 강냉이를 맷돌에 갈아 쪼개서 보내시어 이모는 쌀하고 옥수수 알을 반반씩 섞어 거의 밥 같은 죽을 쑤었다. 오랜만에 밥알이 혀 위에서 굴리며 씹혔다.

삼네 이모와 나는 이모조카 사이가 아니라 친구같이 친했다. 어머니가 친정동생을 늘 옆에 끼고 사는 일이 시어른께는 죄스러운 마음이 있는 것을 맏이인 나는 잘 알고 있었다. 그래서 나는 내 고모 두 분이 어머니의 친정 일로 시누이 노릇을 할까봐서 어머니와 삼네 이모의 방패막이가 되곤 했었다. 이날도 나는 이모의 뒤를 졸졸 쫓아다니며 자꾸 말을 걸었다. "그동안 이모는 어디 있었어?" 이모는 삼각산 기도원에서 좀 더 들어가면 절이 있는데 그 절에서 공양하며 지냈다고 했다.

"이모, 그럼 지금 이모는 부처님 믿어?" 하고 내가 올려다보며 묻자 "내가 부처님을 믿겠니. 거기서 밥 얻어먹어야 하니까 중들처럼 합장도 하고 스님처럼 행세한 거지." 했다. 하긴 평생을 교회 성가대원으로 예수를 찬양하던 이모가 아무리 밥줄이 절에 붙어 있다 해도 금방 부처를 믿는 마음이 생겼겠는가. 그래도 가만히 뜯어보니 이모가 스님과 많이 비슷해졌다고 느껴졌다.

그 이튿날 낮에 이모가 보자기 하나를 들고 나서며 나더러 따라오라고 했다. 들길을 요리조리 한참을 가다가 발을 멈춘 곳이 중국인 채마밭 앞이었다. 이 근처에 중국인 채마밭이 있을 줄은 몰랐다. 어제 온 이모가 여기 이렇게 넓은 채마밭이 있는 것을 어떻게 알았을까 신기해하는데 "따라 들어 와." 했다.

누런 호박이 넝쿨 채 달려있는 고랑도 지나고 잎을 다 떨군 들깨밭이랑도 지나자 가도 가도 끝이 없이 넓은 가지밭이 나왔다. 사람들이 이랑마다 앉아있었다. 나는 속으로 저 사람들이 가지밭에서 오줌을 누고 있나 생각하였다. 그런데 이모가 몇 고랑 건너서더니 이모도 시골 여인들 김매다가 밭고랑에 앉아 오줌 누는 자세로 밭에 앉았다. 그러더니 나더러 "뭣 하고 있어? 빨리 가지를 따 먹어." 했다.

진보라색 가지는 늘씬하고 야들야들 반짝반짝 윤이 흘렀다. 이모가 "굵은 것은 씨가 앉아서 목이 아려. 가늘고 긴 것만 따서 먹어." 하더니 하나를 뚝 따서 몸뻬바지에 문지르고 꼬다리에 붙은 떡잎을 엄지손가락으로 한 돌기 벗기고 먹기 시작하였다. 금방 이모의 입술에 진보라색 진물이 번져 나왔다.

나도 길고 가느다란 가지를 하나 골라 뚝 따서 꼬다리에 붙은 떡잎을 발라냈다. 떡잎에는 가시 같은 털이 따끔거렸다. 이모처럼 옷자락에 문지르는 척 하다가 한 입 베어 물었다. 가지 껍질이 꽈리처럼 앞니 네 개에 반동을 주며 터지고 가지 살이 혀 위에서 구르며 부드럽게 씹혔다. 세상에, 이런 맛있는 것이 있었는가. 가지가 이렇게 맛이 있는 것이었나?

한참 먹다가 나는 "이모, 돈도 안내고 이렇게 막 먹어도 돼?" 하면서도 가지를 계속 따서 떡잎을 벗기고 푸른색이 나오는 꼬랑지까지 먹었다. 열 개 넘게 먹은 것 같았다. 이모가 12개를 새로 따서 보자기에 싸가지고 나오며 열 개 값만 돈을 지불하였다. 이모가 시꺼민 입으로 "남들도 다 그렇게 해. 전시가 되어서 그대로 두어도 안 팔리니까 주인이 알고도 모르는 척 하는 거야." 했다.

돌아오며 이모는 누런 호박도 공짜나 다름없는 값으로 샀다. 날(生)로 먹을 수가 없는 호박은 죽에 넣었고 그날부터 점심은 가지로 때웠다. 가지는 우리들의 배를 든든하게 채워주었다. 사돈 할머니도 같이 가고 내 뚱보 동생도 가서 오줌 누는 자세로 밭고랑에 앉아

가지를 실컷 따 먹었다. 날씨가 서늘해지고 가지 빛이 바래져서 누렇게 변하고 가지마다 씨앗을 품어 뚱뚱해질 때까지 우리들은 가지로 끼니를 때웠다.

매일 밤 막내삼촌과 사돈총각이 중국집 채마밭에 들어가서 가지와 이제 막 밑이 들기 시작하는 무 같은 것을 서리해 온 것을 알고 나는 기겁하였다. 거저 주다시피 하는 농작물이 아니던가. 아무리 전시이지만 남의 물건을 장난삼아 도둑질하는 그 심리를 이해할 수 없었다. 나는 끌끌 혀를 찼다. 인민군대에 끌려가서 그렇게 혼이 난 삼촌이 아직도 철이 덜 들었다고 개탄하였다.

■ ■ ▪

나는 6·25동란 이후 가지를 먹은 일이 거의 없다. 동란 중 너무 많이 먹어서가 아니다. 나에게 있어 가지는 먹는 식물이 아니라 하나의 신성한 나의 생명줄로 생각하기 때문이다.

아비규환

연락병 역할을 하는 셋째 동생 말캥이가 왔다. 내일이 추석이니 잠깐 을지로 집에 들르라는 조부의 전갈이셨다. 그렇지 않아도 삼네 이모가 두고 온 짐도 가지러 갈 겸 근간에 기도원에 다녀와야 한다기에 나는 이모가 떠나기 전에 동생들 가을 옷도 챙겨 올 겸 을지로 집에 들러야겠다고 생각하던 참이었다.

아침 일찍 떠나왔는데도 우리 둘은 대낮이 되어서야 집에 당도하였다. 그런데 서울시가의 분위기가 예사롭지가 않았다. 살벌하였다. 사람들의 동작도 뜀박질을 하는 것 같았고 살기가 돋은 인민군들이 급한 걸음으로 움직이고 있었다. 공연히 왔나 보다 생각하며 현관문에 들어섰다. 그때였다. "불이야, 불이야." 하는 고함소리에 여러 사람들이 뛰는 구둣발소리……. '탕탕탕!' 하는 무거운 총소리가 계속 나다가 '따따따따' 하는 따발총 소리가 연이었다. '와아 와아' 하는 소리가 더 세가 불어나며 군중의 함성으로 변하였다.

우리는 현관문을 박차고 밖으로 나왔다. 남산 밑은 이미 불바다가 되어 검은 연기에 휩싸여 있었다. '팡!' 하는 소리와 동시에 불방망이가 하늘에 포물선을 그리며 날아가 주택가에 떨어지는 것이 보였다. "저게 뭐야?" 하는 사이 불방망이는 계속 날아와서 이 집 저 집에 떨어지면 그곳에서 불이 일며 급속도로 사방에 번져나갔다. 조부가 상황을 알아본다며 조모와 우리 둘에게 어디에도 가지 말고 집 현관문 앞에 서 있으라고 이르고 골목길을 빠져 나가셨다.

불이 난 곳의 사람들이 불을 피해 집단으로 몰려 행길로 쏟아져 나오고 삽시에 우리 옆집이 타기 시작하더니 우리 집 지붕에도 연기가 솟아올랐다. 이윽고 연기가 골목길을 덮었다. 약속이나 한 듯이 우리도 코를 막고 뛰었다. 처음에는 조모의 손을 잡았는데 어느 틈에 나 혼자 뛰고 있었다. 화마는 쫓아오고 사람들은 식구들의 이름을 부르며 뛰고 또 뛰고 불은 기름을 먹었는지 빠르게 번지고 연기는 눈을 뜰 수가 없게 매웠다. 아수라장이 된 을지로5가 가까이까지 나는 땅을 짚을 사이도 없이 군중들 짬에 끼어 저절로 뛰었다.

'할머니는? 내 동생은?' 속으로 생각은 하면서도 내 얼굴은 뒤를 돌아볼 수가 없을 정도로 앞 사람 등에 박혀 있었다. 뒤에서 따발총 소리가 들렸다. '악' 소리가 들리며 사람들이 제각기 앞 사람을 밀쳐서 모두 한 덩어리가 되어서 앞으로 꼬꾸라졌다. 내 의도와는 상관없이 허우적거리며 또 일어나서 한참 그렇게 기다 걷다 하다가 커다란 하수구에 사람들이 들어가 박히는데 나도 끼었다. 또 따발총 소리가 드르륵 훑고 지나갔다. 내 뒤에 있던 사람들이 좍 쓰러졌다. 총소리가 날 때마다 사람들이 쓰러졌다. 그리고 쓰러진 사람들은 일어나지 않았다.

나는 살아 있었다. 뒤따라오는 사람들이 총에 맞아 쓰러지는 것을 보고 사람들은 그 곳이 더 위험하다고 느꼈는지 깨진 하수구 틈새로 벌렁벌렁 기어나가 또 뛰었다. 앞사람이 뛰면 다 뛰었다. 나도 뛰었다. 큰 굴이 나왔다. 사람들이 노도같이 밀리며 시멘트 굴로 몰려 들어가고 있었다. 나도 밀려서 들어갔다. 온 몸이 진땀으로 젖어 있었다. 굴속에 들어간 사람들 중에 주저앉아서 꺼이꺼이 우는 사람도 있었다.

굴 속 양 옆에는 질척한 물이 흐르는지 고였는지 발치가 축축했다. 옆의 사람이 청계천 끝머리 쪽 같다고 말하며 씹어뱉듯이 "죽일 놈의 새끼들." 하더니 "아이들이 어디 있는지……." 하다가 혼잣말처럼 '인민군이 퇴각하면서 지른 불'이라고 했다. 옆에 엉거주춤서서 부들부들 떨고 있는 나를 보더니 "큰애기는 어디 사니?" 하고 묻는다. "오장동이에요." 하자 "방산시장 오장동 일대가 다 탔어. 나쁜 놈들. 민간인의 집을 왜 태워……." 했다.

뜬 눈으로 밤을 새웠다. 굴다리 속이지만 새벽녘은 추웠다. 누기로 온몸은 축축하였다. 그런데 굴다리 초엽에서 고함소리가 들려왔다. "아이들 손을 꼭 잡았어야지. 두 아이를 잃어버렸으니 이제 큰

아들 돌아오면 어떻게 보겠나…… 우후후후…….” 분명히 조부의 목소리였다. 나는 사람들을 비집고 입구 쪽으로 발을 옮기며 “할버지, 할버지, 나, 옥희 여기 있어요.” 했다. 조모가 먼저 들었는지 “옥이냐, 우리 옥이…… 아이고, 살아 있었구나. 우리 큰애기가 살아있었구나…… 아이구! 그런데 말캉이를 잃었단다.” 하셨다. 사람들이 길을 내 주었다. 조부가 “아가, 아가 내 새끼, 살아 있었구나. 고맙다. 내 새끼.” 하며 다시 ‘우후후후’ 하고 우셨다.

조부의 품에 안겨서 울고 있는데 누군가가 살며시 내 손을 잡았다. 돌아다보았다. 어스름한 새벽 빛 속에 말캉이 동생이 옆에 서 있었다. 조부와 조모가 한 층 더 소리를 높여서 아이고를 연발하며 “네가 없어지면 우리 두 늙은이는 죽어야 한다고 생각 했단다. 살아 있었구나. 내 새끼 살아 있었구나.”, “세상 이런 변이 있나.” 좋을 때나 궂은일에나 늘 조부가 잘 쓰시는 문구였다.

제재소는 화마가 용케도 비켜갔다. 조부가 숙직실로 우리 둘을 데리고 들어가시며 “옥이는 살아있을 거라고 나는 생각했다. 아무데 내 놓아도 걱정 없는 아이이니……. 우리 말캉이, 네 애비가 눈에 넣어도 아파하지 않는 우리 말캉이가 없어졌으면 우리도 다 산 것이라고 생각했단다.” 하셨다.

숙직실 안에 들어가 채 자리에 앉기도 전에 큰고모가 거의 실신한 사람처럼 머리를 풀어헤치고 제재소로 들어왔다. “아버님, 우리 애순이가 죽었어요. 배곯아 죽었어요. 소금물만 마시니 젖이 나와야 지요. 우리 애순이 내가 죽인 거나 같아요. 아이고, 아이고", "그게 무슨 소린가. 애순이가 죽다니. 그래 애순이는 어찌하고 왔나?" 조모가 물으셨다. "아버님, 도와주세요. 아버님 모시러 왔어요." 했다. 조부가 "어서 가자꾸나." 하고 나서자 큰고모는 "아이고, 아이고 불쌍한 우리 애기." 하면서 조부의 뒤를 따랐다.

이제 겨우 2살 된 애순이. 큰고모는 아들 셋을 내리 낳고 애순이를 얻었다. 얼마나 애지중지 사랑한 딸이었는지 모른다. 예쁘게 생기기도 했었는데. 가끔 큰고모가 공습을 피해가며 조부께 들린 일을 나는 알고 있었다. 식량 살 돈을 타간 것은 아닐까 나만의 짐작이었다. 그런데 애가 굶어 죽을 지경에까지 이르도록 왜 그대로 있었는지 모를 일이었다. 그래도 우리는 죽이라도 이어 먹었지 아니한가.

도살장 동생들의 걱정이 태산 같아서 나는 서둘러 제재소 숙직실을 나섰다. 될 수 있는 대로 신작로를 피해서 고꾸라지며, 논두렁에 나자빠시며 겨우 도살장에 도착했더니 사돈할머니가 "세상이 심상치가 않아. 어제부터 부쩍 인민군들이 산을 타고 넘어가고 있어. 분명히 도망가고 있는 것 같아." 하셨다.

■ ■ ■

애순이의 조그마한 시신은 애순이가 늘 덮고 자던 이불에 누워 있었다고 하셨다. 조부는 아직 말랑말랑한 애순이의 시신을 마지막으로 씻겨주고 외갓집에 올 때도 들고 오곤 했던 인형을 애순이 시신 옆에 놓고 이불호청으로 둘둘 말아서 남산 밑 어느 한 구석에 묻어 주었다고 하셨다.
같이 죽는다고 난리를 하는 고모를 조부는 눈물로 꾸짖으며 겨우 떼어 말렸다고 하셨다.

불꽃은 재가 되고

사람이 악이 받치면 무엇인들 못하겠는가. 기운 이란 정신과 상통하는 것인지 어제 하루 온 종일을 생사의 갈림길 에서 헤매고 굴다리 안에서 밤을 새웠고 먹은 것도 없는데 내 몸 어디에서 이런 새 기운이 솟아나오는지 나 스스로 생각해도 신기했 다. 무아지경이 되어 기며 달리며 도살장에 무사히 도착하였다. 뚱 보 동생이 커다란 눈망울을 굴리며 "언니, 어떻게 된 거야? 사돈할 머니가 그러시는데 밤새껏 활활 타고 있는 자리가 우리 집이 있는 을지로4가와 5가 근방 같다고 하셨어. 우린 한잠도 안자고 언니 기 다렸어." 했다.

사돈할머니가 다가와서 운동화 앞 축에서 반쯤 나와 있는 내 오 른발가락을 보고 "누가 쫓아왔어? 어떻게 된 일인지 말 좀 해 봐. 할아버지 할머니는?", "무사하세요." 하고 간단히 대답하자 "그런데 그젯밤부터 많은 사람들이 큰길이 아닌 산을 타고 넘어가다가 여기 들려서 물을 얻어 마시고 퇴각 지령을 못 받았느냐고 물어. 아직 못 받았다고 했더니 빨리 여기서 뜨라고 했어." 하셨다. 조갈이 난 나는 물을 마시고 나서 대충 어제 있었던 일을 말하였다.

"우리 집이 다 탔어요. 사람들이 그러는데 퇴각하는 인민군들이 불을 지른 거래요. 나도 봤어요. 남산에서 불방망이를 총으로 쏘는 가 봐요. 커다란 반딧불이 같이 생긴 불덩어리가 날아와서 떨어지는 집에 불길이 확 일어나곤 했어요. 기름불 같았어요. 금방 옆집에 번지며 눈 깜빡 하는 사이에 온 시가가 불지옥이 되더라고요. 지금도 타고 있어요. 그래도 산림동 제재소는 요행히 불을 피해서 할아버지, 할머니, 말캥이도 거기 계세요. 모두 무사하세요." 했다.

속으로 한참 망설이다가 큰고모네 애순이가 죽었다는 말도 했다. 내 뚱보 동생은 성품이 깊고 온후해서 집안 아기들을 잘 보살펴 주고 업어주어 애기들은 뚱보 동생을 아주 따랐다. 애순이가 죽었다는 소식을 듣자 동생은 '왜?' 하고 무엇인가 물을 듯 하다가 아무 말도 하지 않고 커다란 눈에서 눈물만 떨어뜨렸다. 나도 참았던 눈물이 쏟아져 나왔다. 어제 오늘 나에게는 울 겨를조차 없었다. 늘 있는 둥 마는 둥 마새없이 조용히 내 곁에 있는 넷째 동생과 세 살배기 영순이를 와락 껴안고 소리를 죽여가며 한참을 울었다.

이모는 기도원에 무슨 금은보화라도 놓고 왔는지 기를 쓰며 갔다 온다고 떠나갔다. 사람들이 망우리 산을 넘어 북행하고 있는데 어쩌자고 역행으로 삼각산에 가려고 하느냐고 아무리 말려도 이모는 외고집을 부리며 떠났다. 고향을 떠나온 후 이모는 역마살이 끼었는지 마음먹었다 하면 지체 없이 자리를 뜨곤 하였다. 더욱이 이심한 기근에 조카들에게 한 입이라도 덜어주고 싶은 마음도 있었을 것이란 짐작도 안 가는 것은 아니었다. 그러나 이모가 지금 이 마당에 어디를 가나 마음 붙이고 편하게 숨 쉬며 살 곳이 있었겠는가. 나에게는 이모가 뜬 자리가 너무나 컸다.

날이 어두워지자 우리들은 도살장 앞문에 모여서서 신기한 풍광을 보았다. 짙은 주홍색으로 뒤덮인 하늘에서 오로라(aurora)를 보았다. 석양이 내뿜는 강력한 불빛과 지상에서 내뿜어 올리는 화염이 서로 대응하듯 이글거리며 시오리가 넘는 이곳 산등성이에서도 서울 시내가 환하게 들어나 보였다. 이게 현실일까. 내가 지금 살아있는 것일까? 하늘로 가는 멀고 먼 길이 내 앞에 있는 것은 아닐까? 따발총에 맞아서 내가 지금 죽어 하늘로 가는 길을 걷고 있는 것은 아닐까? 하는 착각에 빠진다. 그러나 도살장 앞으로, 옆으로 급하게 달려가는 발소리를 듣고 나는 착각에서 현실로 돌아와 동생들을 몰고 안으로 들어왔다.

그들은 도깨비들 같이 밤에만 움직였다. 노력동원도 밤에만 우리를 불러내어 닦달하지 않았는가. 지금 걷기 쉬운 큰길도 피하고 산같이 높은 망우리 고개를 넘는 일도 밤에만 하고 있었다. 벌건 대낮이 무서웠나 보다. 고개를 넘고 있는 사람들의 외양이 우리가 만났던 얼뜨고 겁에 질린 눈빛을 한 어린 인민군 병사들은 아니었다. 홑겹 광목 군복을 입은 사람들은 더더구나 아니었다. 천을 대고 소잡하게 만든 운동화를 한 켤레씩 얻어 신은 사람들은 아니었다.

몸에 착 달라붙은 인민복 윗도리에 양 옆구리에 둥글게 폭을 넣어 만든 '당꼬바지'에 무릎까지 올라오는 가죽장화를 신고 있는 사람들이었다. 그들은 서류가방만 들고 있었다. 보기만 해도 위세당당한 모습의 그들이 빛을 피해 깊은 밤, 산을 넘어 도망가는 모습은 아이러니컬 했다. 해방 직후 내 고향 신의주에 진군해 와서 밤이면 여자를 찾아 동리 집집을 수색하며 못된 짓을 골라 자행하던 로스케 장교가 입었던 복장과 똑같았다. 그러나 지금 전자는 도망자이고 후자는 전승 진주군이었다. 둘 다 무섭고 싫은 존재이기는 마찬가지였다.

전황이 이미 바뀌고 있다는 것을 아무리 어린 내 눈에도 확연하게 알 수가 있을 것 같았다.

■ ■ ■

9월 15일에 유엔군이 인천상륙작전을 시작했고
16일은 낙동강 전선에서 유엔군이 총반격을 시작하였다.
18일은 국군 선발대가 서울 영등포에 상륙한 지점이었다.

전쟁터 어귀

하필이면 전란을 피해서 여기까지 찾아 나왔는데 알고 보니 바로 망우리 도살장이 전쟁의 길목이었다. 인민군대가 서울로 진격해 들어올 때도 이 길로 들어왔고 패전으로 퇴각해 나가는 길도 망우리 고갯길이었다. 인민군들이 정신없이 이 길로 퇴각하기 시작할 때에서야 우리는 피난 자리를 잘 못 잡은 것을 깨달았다. 그러니 이제 전쟁 막바지에 이른 지금 뭐, 어찌할 도리가 있겠는가.

오늘은 새벽부터 둔중한 대포소리가 서울 쪽에서 들려왔다. 필시 국군이 서울로 들어오며 쓰는 대포소리일 것이라고 예측되었다. 국군과 UN군이 날로 승전해서 서울로 입성하는 날이 멀지 않았다는 소식은 이곳 우리들도 이미 듣고 있었다.

도살장을 중심해서 사나흘 전만 해도 밤을 타 도망가는 사람들의 발걸음이 그리 다급하게 보이지는 않았다. 그들은 물도 얻어 마시며 빨리 여기를 뜨라고 우리들 걱정까지 해주지 않았는가. 그러나 지금은 그때 상황과는 판이했다. 그들은 어두운 밤을 기다릴 새가 없었는지, 낮을 밤으로 이으며 산을 넘고 있었다.

사돈할머니와 나는 하루에도 몇 번씩 짐을 꾸리는 척하다가 풀고는 또 새로 싸는 척하였다. 부역하다 도망 나온 행세를 하기 위함이었다. 그들이 다리 폭을 있는 대로 벌리고 산등성이께로 올라갈 즈음에는 우리는 또 다른 사람의 의심을 사지 않기 위해서 짐을 풀었다 쌌다 했다.

짐을 풀고 싸고 하다가 나는 짜증이 버럭 나는 것을 참을 수가 없었다. 조부가 땀을 흘리며 우리들 머리맡에 산더미로 쌓아놓은 짐 속에는 아버지의 양복이 몇 벌씩이나 들어 있었고 고향에서 봄, 가을 마다 조모와 어머니는 인척이 경영하는 주단가게에 들려 우리들의 혼숫감으로 사재기 해 두었던 양단 모범단 호박단을 싸고 또 싼 보자기가 나왔을 때는 나는 사돈할머니께 부끄럽기도 했고 한심하다는 생각까지도 들었다.

난시에 이게 왜 필요하겠는가. 어째서 오늘까지 이것들이 쌀로 바꾸어지지 않았을까. 내다버리고 싶은 충동마저 일었다. 소중하기는커녕 부담스러웠다. 그러나 이것들은 우리들의 생명과 같이 3·8선을 넘어올 때 가지고 온 것인 것을……. 조부가 얼마나 소중하다고 생각하셨으면 이곳에까지 옮겨다 놓으셨을까.

이제 오장동 집이 깡그리 타서 재만 남은 마당에 여기 실어다가 놓은 것만 남은 셈이었다. 우리 집의 통재산은 이것이 다였다. 그러나 지금은 이성보다는 감성이 앞서는 어려운 시기여서 제 발로 걸어 다닐 수 있는 동생들보다 나에게는 부담이 되는 짐들이었다. '조부가 선견지명이 있으셨구나.' 생각한 것은 먼 훗날, 부산 피난지에서 대학등록금이 모자라 쩔쩔 맬 때에야 비로소 깨닫긴 했지만……

짐을 싸면서도 나와 사돈할머니는 중국집 채마밭 속에 채소 저장용으로 파놓은 움막에 숨어있는 두 집 막내가 제발 조용히 그곳에 엎드려 꽁꽁 숨어 있어주기만 해도 천행이겠다고 생각하였다. 이런 저런 모든 일이 죄다 내 짐이었고 내 책임이어서 어깨를 짓눌렀다.

지금은 우리들에게 있어 사람이 제일 무서운 시기였다. 미친개보다도 승냥이보다도 사람이 제일 무서웠다. 그 중에서도 빨갱이들이 제일 무서웠다. 저들이 도망가다 무슨 심사로 되돌아서서 "동무들 왜 여기 머물러 있는 거요? 반동이구만." 하고 가타부타 없이 그들의 특기인 따발총으로 '따까따띠' 우리 노누를 쏴 죽이는 것은 아닐까?

시간이 지날수록 사람들이 망우리 산골짝에 발 디딜 틈이 없이 좍 깔려서 뛰고 있었다. 그들은 다리 네 개라도 모자라는 듯이 죽기 살기로 뛰었다. 가파른 곳은 네 발로 기다 뛰었다 했다. 이제는 온 산이 누런 인민군 옷으로 덮였다. 24시간을, 그 이튿날 24시간을 이어서 이렇게 많은 사람들이 산등을 향해서 뛰고 있었다. 귀가 떨어져도 상관없다는 듯이 뛰었다. 뛰는 길만이 살 길이라는 듯이 뛰었다.

조명탄이 터져서 사위가 대낮보다도 밝아져서 우리는 그들의 모습을 환히 볼 수가 있었다. 그러나 그들은 자기의 몸을 감추려하지 않았다. 그럴수록 더 죽을힘을 다해서 뛰고 있었다. 장화를 신은 사람, 미니스커트에 긴 장화를 신은 여군들도 무더기로 뛰는 것이 보였다. 그들 속에는 민간인 차림새의 사람들도 많았다. 얼마나 많은 사람들이 쳐내려 왔기에 몇날 며칠을 도망가고 있어도 끝이 없는가. 조명탄은 그들의 길을 터주고 있는 것 같았다. 폭격은 없었다. 쥐도 도망가는 길은 열어놓는다 하지 않았던가. 그 열어놓은 길목에 피난 온 우리들은 숨을 죽이고 웅크리고 있었다.

■ ■ ■

날짜를 짚어보면 국군 선발대가 서울에 입성한 것이 9월 26일이었으니 인민군이 인해(人海)를 이루어 퇴각하기 시작한 것은 20일이 넘어서부터인 것 같았다. 얼마나 많은 인민군 쪽 군경이 쳐들어왔었는지 밤낮을 가리지 않고 산을 덮으며 넘는 날이 대엿새는 계속되었다. 새벽부터 나던 대포소리는 유엔군의 함포사격 소리였다.

격전지

몇 날을 계속되던 대포소리도 그쳤다. 밤낮을 가리지 않고 산을 넘던 엄청난 수의 인민군들도 더 이상 보이지 않았다. 풀벌레 소리가 간간이 울다 말다 하였다. 도살장을 둘러싼 풀밭은 괴괴하였다. 무엇인지 불길한 예감이 도는 정적이었다. 나는 자꾸 사돈할머니가 뭐 하시나 돌아보다가 이윽고 고구마를 찌기 시작하였다. 며칠 전 신작로 길섶에 한 아낙이 들고 나와 파는 것을 좀 사다놓은 것이었다. 그녀가 햇고구마라고 했다. 어린 동생들이 비상시기를 피부로 느끼는지 죽이면 죽 먹고, 감자면 감자 먹고, 오늘은 또 잠자코 고구마를 먹었다. 더 달라고 칭얼거리지도 않았다. 나는 동생들이 한없이 고마웠다.

나는 아이들이 가끔 설사를 해서 밤에 여러 번 일어나곤 했다. 변소대용인 풀밭에 나가 앉아 아이 옆에 같이 쭈그리고 앉아서 밤하늘을 올려다보다가 별똥별이 지나가면 속으로 '하나님' 하고 불렀다. 교회에 안 나간 지도 꽤 되었다. 기도도 제대로 하게 되지 않았다. 해가 지면 산등성이가 마치 커다란 동물이 엎드려 있는 것 같이 보여 섬뜩하니 무서웠다. 무서워져서 무섭지 않은 척 하느라 "오늘 고구마 맛있었어?" 라는 쓰잘 데 없는 질문도 하다가 동생의 뒤를 닦아준다.

이 아이, 저 아이 설사하는 일이 나에게는 또 큰 걱정이고 큰일이었다. 다행히 말똥냄새가 나는 건위고장환을 열 알정도 먹이면 만병통치가 되었다. 약이라도 있으니 얼마나 다행인가. 나는 아이들이 구역질을 해가며 마지막 알 삼킬 때까지 지켜보아야 했다.

새벽이었다. 흘러가듯 총성이 내 귓전을 때리며 지나갔다. 그 총성이 시발이 되어 일제히 총소리가 연이어 울렸다. 총소리가 아주 가까이에서 들려왔다. 나도 사돈할머니도 머리를 들 수가 없어 기면서 아이들 머리맡에 이불을 덧씌워 주었다. 특히 나는 내 남동생 머리 위에 두꺼운 핫이불을 올려놓아 주었다. 지금까지는 없었던 상황이었다.

총알이 도살장 외벽에 맞는 것 같았다. 우리들은 더 움츠리며 이불 속에 머리를 박았다. 도살장 뒤쪽에서 오는 총소리가 분명히 더 가까이서 들렸다. 앞문 쪽에서는 여유롭게 간간히 들려오는 소리는 기관포 소리가 아닐까. 그렇다면 서로 마주보고 우리를 겨냥해서 총을 쏘고 있는 것이 분명했다. 총알이 '팍' 하며 안쪽 벽에 맞고 떨어졌다. 나는 겁결에 "할머니이!" 하고 소리쳤다. "이건 안되겠다." 사돈할머니의 다급한 소리.

도살장 바닥에 누운 동생들을 엎드려 기어서 자리를 옮기게 했다. 내 생각에는 직각형으로 난 도살장 코너가 벽도 두텁고 제일 안전할 것 같아 이불을 끌어당겨 코너에 몰아붙이고 동생들의 머리를 들이밀어 주었다.

날이 밝아 왔다. 소총소리가 옆으로 비껴가는 것 같았다. 기관포 소리가 가까워졌다. 사돈할머니가 느닷없이 소리를 질렀다. 긴 막대기에 하얀 천 조각을 매고 몸은 문 안쪽에 숨기고 막대기를 흔들기 시작하셨다. "항복이요. 쏘지 마시요. 우린 민간인이요. 총 쏘지 마시오." 미친 듯이 울부짖었다. 그리고 날더러 뭐 민적이고 있느냐고 소리를 버럭 지르셨다. "흰 천을 내둘러. 빨리 '항복이요' 해. 우리 다 죽어. 가만있다가는 우린 양쪽에서 쏘는 총에 다 죽어." 사돈할머니는 비참한 목소리로 울부짖으며 나에게 소리를 힘껏 지르셨다.

사돈할머니는 오른쪽에서, 나는 왼쪽에서 죽을힘을 다해서 흰 천을 휘누르며 소리를 질러대었다. "우린 민간인이요. 우리는 민간인이요." 그러다가 나는 안쪽을 향해서 "너희들은 가만히 엎드려 있어. 머리 들고 나오면 죽어." 했다. 나는 필사적이었다.

나는 러닝셔츠를 손에 들고 사돈할머니 같이 몸은 문 뒤에 숨기고 팔을 있는 대로 뻗어 소리를 질렀다. "항복이요. 항복이요. 쏘지 마세요. 엉엉엉!" 울며 러닝셔츠를 있는 힘껏 흔들었다. 이 흰 천

조각에 우리들의 생명이 걸려있는 듯 온 힘을 다해서 흔들었다. 내 목은 쉬어서 기러기 울음소리같이 끼익끼익 하기만 했다. 총소리가 딱 멈추었다.

사돈할머니와 내가 얼굴을 마주보았다. 그 순간이었다. 도살장 앞문에서 군화가 뛰어들었다. 대 여섯 사람이었다. 장총에 칼을 꽂고 그 칼끝이 우리를 겨냥하고 있었다. 나는 기절을 하고 엎어졌다가 사돈할머니의 목소리를 듣고 깨어났다. "국군이다! 우후후후. 국군이군요. 우리도 국군가족입니다." 하더니 이불 깃 하나를 '드드득' 뜯었다. 한 무더기의 사진이 나왔다. 사돈할머니는 아들을 만난 듯이 말을 놓으며 "내 아들이 국군 대위야. 지금 전선에 있을 것이구만. 이 사진 좀 보시우." 연상 눈물을 닦으며 사진을 펼쳐 보이고 있었다. 금방 군화소리를 내며 부동의 자세를 취한 국군들이 사돈할머니께 거수경례를 올렸다.

나는 반가운 마음이 일기 전에 끔찍한 생각도 들었다. 국군사진을 이불 속에 감추고 있었으니……. 인민군들에게 들켰으면 우린 그 자리에서 몽땅 총살당했을 거야.

어젯밤 이 산을 넘어 퇴각한 인민군들이 금곡에서 재집결하고 인원과 군비를 재정비해서 다시 서울로 쳐들어왔다는 것이다. "수고가 많으셨습니다. 다친 사람은 없습니까. 이 건물에 적들이 숨어 있다는 정보를 받았어요. 집중 포격한 것입니다.", "적들이 전멸상태로 퇴각했으니 염려 마십시오. 지금 여기가 최전방이고 적들이 언제 또 밀려들어올지 모릅니다. 차라리 서울이 안전할 것입니다. 서울로 들어가시는 것이 좋겠습니다." 했다.

사돈집은 단출하였다. 할머니와 손녀딸 옥란이와 사돈총각이 전부였다. 나는 내 넷째 동생 영희를 시켜서 움막에 숨어있을 막내삼촌과 사돈총각을 불러오게 하고 삼촌과 내 남동생과 영희 동생을 산림동 제재소까지 좀 데려다 달라고 부탁드렸다. 사돈할머니는 나는 듯이 떠나가셨다. 그동안 같이 고생한 나를 돌아다보지도 않고 이불을 둘둘 말아 막내아들의 등에 지우고 미련 없이 활개를 내저으며 돌아가셨다.

하긴 사돈할머니가 떠나가시며 나에게 하실 말씀이 무엇 있었겠는가. 여기 잘 있으라고 하시겠는가. 같이 가자고 하시겠는가.

나는 떠날 수가 없었다. 짐이 너무 많았다. 최소한 이 사지판에 뚱보 동생과 나와 세 살배기 영순이는(이 어린 것을 누구에게 떠맡기겠는가) 남아 있어야 했다.

■ ■ ▪

사돈할머니의 셋째 아드님이 바로 LA 근교에 사시는 김봉건 재미동포 애국단체연합회장이시다. 기마병으로 평양에 제일 먼저 입성하여 태극기를 꽂은 장본인이시기도 하다.

김봉건 회장님의 큰형님은 나의 이모부가 되신다.

서울이 어느 정도 평정을 찾았을 때 사돈할머니는 시루떡 한 판을 손수 들고 제재소에 들르셨다. "그때 어린 것들만 사지판에 남겨두고 우리만 집으로 떠나온 것이 미안하고 목에 가시가 걸린 듯이 아팠어요." 하시자 조부는 "그때 상황이 어쩔 수 없는 때였는데요. 그동안 아이들 잘 보살펴 주시고 모두 무사한 것 감사드립니다." 하셨다.

조부와 사돈할머니는 겹사돈이 된다.

죽음의 거리

뚱보 동생과 나와 세 살 배기 애기동생. 이렇게 셋만 남게 되었다. 도살장 안이 휑해졌다. 소름이 끼쳤다. 이제 어떻게 하나? 여기서 오늘 밤을 보낼 수는 없었다. 우선 이곳을 떠야 한다고 나는 생각하였다.

짐을 정리하고 자잘한 쓰레기는 도살장 뒷문 밖에 내놓았다. 그리고 머리를 들었다. 웅덩이 가까이에 시체 하나가 눈을 부릅뜬 채 나를 올려다보고 있었다. "엄마얏!" 나는 소리를 지르며 뚱보 동생에게는 밖에 나오지 말라고 소리쳤다. 시체는 여기저기에 널려있었다. 양 손을 쭉 뻗고 엎어져 있는 시체, 옆으로 누워 자는 것 같은 모습의 시체, 무릎 한 쪽을 세우고 있는 시체가 이제라도 벌떡 일어나서 나에게 걸어올 것같이 보였다. 제 키보다도 긴 총을 안고 누워있는 시체도 있었다.

나는 이 끔찍한 시체를 일부러 보려고 한 것은 아니었다. 시체들이 내 시선을 끌고 간 것이었다. 인민군 복장을 하고 있는 시체는 어려 보였다. 나는 정신을 추스르고 되돌아 들어오며 "왜 돌아왔을꼬 그냥 북쪽으로 곧장 퇴각했으면 죽지는 않았을 것을." 중얼거리다가 "뚱보야, 이렇게 하자." 하고 오직 하나 남은 충직한 내 부하인 뚱보 동생에게 "자, 이제부터 짐을 옮긴다." 했다. "어디로?", "이르는 대로 해. 오늘 밤 여기서는 못 자. 무서워서."

나는 우선 잰걸음으로 신작로 가에 있는 통장네 기와집에 가 보았다. 사방을 둘러보아도 사람 하나, 개 한 마리 없었다. 인민군 시체 하나가 환히 열린 대문 기둥에 기대고 잠자는 듯이 앉아 있었다. 집 안은 텅텅 비어 있었다. 모두 서울로 들어간 것 같았다. 나는 안채에서 얇은 이불을 끄집어내어 죽은 시체에 씌우고 이불 모서리를 모두어 잡고 끌어다가 밭고랑에 밀어 넣었다. 그리고 도살장으로 달려갔다.

도살장과 통장네 집 사이는 한 200미터쯤 되는 것 같았다. 좁은 들길 한 가운데에 애기 동생 영순이를 세웠다. 그리고 나는 짐 하나를 머리에 이었고 뚱보 동생에게도 한 짐 이어 주었다. "뚱보야, 여기서 기다리고 있다가 언니가 짐을 내려놓고 영순이한테 오면 그때 네가 여기서 떠나는 거야. 알았어?" 나는 또 잰걸음으로 애기 동생한테서 발을 멈추고 한 번 도닥여주고 "예쁘지, 우리 애기. 여기 있으면 큰언니도 오고 작은언니도 온다. 알았지? 여기 가만히 서있어." 하고는 다시 통장집을 향해서 뛰었다.

내가 짐을 부리고 영순이한테로 되돌아올 때는 뚱보 동생이 애기를 다독여 주고 떠나서 통장집을 향하고 나는 도살장을 향하고 이렇게 엇갈리면서 짐을 나르는데 영순이가 갑자기 째지는 소리를 내며 울기 시작하였다. 가뜩이나 죽은 도시인 고요 속에서 아이의 울음소리는 귀성(鬼聲)같아 나를 더 공포심에 휩싸이게 해 주었다. 사실 도살장 주변에서 망우리 산을 향해서 총대를 겨누고 적의 동태를 주시하고 있을 국군도 나는 왜 그런지 무서웠다.

우리들이 여기 있다는 사실을 될 수만 있으면 숨기고 싶었다. 그러나 야속하게도 영순은 울음을 멈추지 않았다. 어르면 더 울고 속상해서 꼬집어주면 더 울었다. 뚱보 동생이 가까이 오더니 나에게 악을 썼다. "애기도 무서워서 우는데 꼬집어 주면 어떻게 해." 커다란 눈으로 나를 노려보더니 아이를 업고 짐을 나르기 시작하였다.

기와집 안방은 아늑하였다. 정말 살 것 같았다. 해지기 전에 나는 밥을 지었다. 밥을 빚어 주먹밥을 만들고 소금을 좀 뿌렸다. 일제 말기에 우리는 이런 소금 바른 주먹밥을 많이 먹었다. 뚱보 동생은 애기가 흘린 밥풀을 연신 주워 입에 넣어 주었다. 그러나 아무리 뚱보 동생이 아이들을 잘 봐 준다 해도 밤에 아이들 뒤 보는 일은 절대로 큰언니 몫으로 돌리고 일어나는 법은 없었다.

하늘에 반달이 걸려 있었다.

"뚱보야, 오줌 안 매려?"

"아니."

나는 안마당에서 소피를 보며 아까 밭고랑에 밀어 넣은 인민군 시체가 생각이 나서 "뚱보야, 자니? 뚱보야, 자니?" 하다가 얼른 방으로 들어왔다.

통장네 기와집으로 옮긴 것은 열 번 잘한 일이라고 생각하였다.

하얀 국화가 피어 있었다

신새벽에 떠난 조부가 도살장에 도착하셨을 때는 해가 중천을 넘어 있었다. 몇 발 옮길 때마다 검문을 받았고 왜 가느냐고 꼬치꼬치 캐물어서 이렇게 늦어졌다고 미안해 하셨다. "도살장이 텅 비어서 너희들을 다 잃어버린 줄 알았다." 조부는 우리 셋을 안고 수염이 가득한 얼굴을 우리들 머리에 비비며 우셨다.

어제 사돈할머니가 아이들을 데리고 조부한테 왔을 때 사실 조부는 사돈할머니가 좀 야속하게 생각되었다. 그러나 사돈집 식구가 다 거들어도 저 많은 짐을 가져올 수는 없는 일인 것을 조부도 잘 아셨다. 그래도 군인들이 욱시글거리는 최선방에 어린 여자아이들만 남기고 발이 떨어졌을까.

마음 같았으면 당장이라도 도살장으로 떠나오고 싶었지만 이미 저녁골이 되어가고 있었고 야간 통행이 금지된 상태여서 어쩔 수 없이 밤새 동이 트기만을 기다렸다고 하셨다. 도살장에 발을 들여 놓았을 때 조부는 눈앞이 아뜩해지더라고 하셨다. 아이들이 다 죽었구나. 비감한 마음으로 큰 길로 내려와 들어다 본 기와집에 우리들이 풍로에 불을 지피고 있는 것을 발견하고 이게 꿈인가 생각이 들었다고 하셨다. 안도의 한숨을 내쉬며 "어린 마음에 이 많은 짐을 옮기고 기와집으로 숨어들은 일은 우리 옥이 아니면 못할 노릇이지." 조부는 너무도 잘했다고 칭찬하시며 조용히 말씀하셨다. "우리 옥이, 치마 입은 아이지만 큰 사람 되지……."

"밭머리를 휘돌아 가면 전에 우리 집에서 일했던 정씨네가 산다. 그 곳에 가서 바퀴 달린 것 아무 것이나 하나 빌려가지고 오마. 이것 먹으며 기다리고 있거라." 하셨다. 찐빵이었다. 정씨는 반색을 하며 집 내 안부를 묻고 리어카를 선뜻 내주며 "아이들이 도살장에 피난 나와 있는 것을 알았으면 저의 집에 데리고 왔을 텐데. 큰길에서 떨어져 있어서 여긴 아무래도 좀 나았을 텐데요." 하며 큰길가까지 리어카를 끌어주었다고 조부는 말 하셨다.

조부는 짐을 차 위에 다 올려 싣고 영순을 짐 위에 앉혔다. 구차할 정도로 산더미같이 많아 보이던 짐이 차 위에서는 별 것이 아니었다. 우리를 데리러 오신 조부의 존재가 커 보여서 그랬는지도 모른다. 짐을 다 싣고 어제 하룻밤을 지낸 기와집 뜰을 한 바퀴 돌아보았다. 뒤울안으로 돌아가는 길 모서리에 흰 국화가 쏟아지듯 피어 있었다. 몰랐구나. 이 계절에 흔한 꽃이 국화인데 오늘 내 눈에 띈 흰 국화가 어찌 그리 반가울꼬. 세월이 무상한 전쟁 통에도 국화는 피어나 있었다.

바퀴가 몇 굴레 돌자 그제야 마음이 즐거워지며 "영순아, 어제 왜 그렇게 울었어?" 했다. 영순이 금방 고개를 돌려서 뚱보언니를 보았다. 무던한 내 뚱보 동생이 영순이와 눈을 맞추고 씩 웃어주는 것이 보였다. 뚱보가 인기가 있는 것은 왜일까.

뚱보 동생은 어릴 때부터 뚱보였다. 사업을 하는 우리 집에는 늘 선물이 많이 들어왔다. 우리 집의 제일 웃어른이신 노할머니(曾祖母)가 깃 나누기를 하실 때 나는 연상 노할머니의 치마폭에서 하나씩 더 빼오곤 했다. 나중에 보면 노할머니 몫, 할아버지와 할머니 몫이 다 뚱보 동생에게 돌아가곤 하였다.

이번 난리 통에 뚱보 동생이 없었으면 어찌했을꼬 나를 너무 많이 도와 준 내 동생. 나는 뚱보 동생을 바라보다가 "기집애……." 하고 씩 웃었다. 공연히 눈물이 핑 돌았다.

신작로 길에는 인민군의 시체가 깔려 있었다. 국군과 인민군이 교전을 했는데 국군의 시체는 없었다 아주 어린 인민군의 시체들 뿐이었다. 조부는 시체를 비켜가며 리어카를 끌었다. 나는 뚱보 동생과 같이 리어카의 뒤를 밀며 왠지 시체가 무섭지가 않고 측은하고 가엾게 느껴져서 어제 한 말을 속으로 다시 되뇌었다. '그냥 내친 김에 북으로 퇴각하고 돌아오지 않았으면 죽지는 않았을 것을. 저들의 부모가 얼마나 기다리고 있을까.'

망우역도 지나고 청량리역도 저만치서 지나고 동대문 근방에 당도했을 때 차마 눈뜨고 볼 수가 없는 광경이 벌어져 있었다. 시체가 무더기로 바닥에 깔려 있었다. 모든 시체는 누런 홑겹 군복에 운동화를 신고 있었다. 군화 하나 못 얻어 신고 총알이 비 오듯 하는 전쟁터에 철모도 없이 천으로 된 주름잡은 빵떡모자를 쓰고 천릿길 전쟁터에 누구를 위해서 나섰더란 말인가.

서울은 단 며칠 사이에 별천지로 변해 있었다. 물자가 넘쳐나고 있었다. 막내삼촌이 자랑하듯 혀를 길게 빼며 오렌지 가루를 핥으며 웃었고 조모는 하얀 쌀밥에 미제 깡통 소고기를 넣어 끓인 찌개에 오이김치를 주셨다. 무서운 변화였다.

죽을 먹다가 밥을 먹어서 뱃속이 놀랐는지 먹자마자 화장실에 직행해야 했다. 먼저 온 식구도 다 한 차례씩 겪었다고 했다. 제재소 숙직실에 붙은 화장실은 오물로 그득 찬 지가 오랬고 화장실 들어가는 입구까지도 물똥자리가 번져 있었다. 조모가 부지런히 그 위에 재를 뿌리거나 흙구덩이 속에 묻기도 하고 흙으로 덮어도 보았지만 식구가 쏟아내는 오물을 처리하기에는 역부족이었다. 궁둥이를 까고 앉자마자 용케도 쌕쌕이 비행기 폭음 같은 소리를 내며 왕 쉬파리가 덤벼들었다. 아무리 쫓아도 막무가내였다.

악도리 판이 된 서울

을지로로 행진해 들어오는 국군과 유엔군을 연도에 운집하고 있던 사람들이 박수를 치며 기쁨의 눈물로 환영하였다. 어떤 사람들은 군인들 대열에 뛰어 들어가 군인의 목을 끌어안고 대성통곡하는 사람도 있었다. 어린 내 마음도 감격에 차 있었다. 그러나 이렇게 좋은 세상이 왔는데 어머니와 아버지는 어찌 되었을까.

서울 시가는 축제의 도가니로 변했고 물질이 세상을 덮을 정도로 넘쳐나고 있었다. 낮에 순희와 정애가 찾아왔다. 우리 셋은 학교로 향하였다. 몇몇 친구들이 운동장에서 서성이고 있었다. 그들은 주르륵 우리 셋을 감싸며 아는 대로 소식을 전해주었다. 키다리 생물선생을 비롯해서 세 분이 폭격에 가셨고 수학선생과 철학선생이 부역으로 종로경찰서에 잡혀 들어갔고 '엘리자베스 테일러' 같이 예쁜 순영이가 죽었고…… 나와 같은 팀의 배구선수 정섭언니가 자살하였고…….

합숙 때마다 은행나무 가지에 걸터앉아 구성지게 퉁소를 불던 정섭언니. 야생마처럼 몸집이 커서 '야마오도꼬'(산사람의 일본 말)란 별명으로 불렸지만 한없이 따뜻한 여자. 합숙 때마다 자기 옆에서 자라고 하던 언니가 자살을 했다니. E대 체육과에 들어가서 그렇게 도 좋아하더니…… 성격이 곧아서 보안서원에게 고분고분하지 않다가 곤혹을 치른 것은 아닐까? 그리고 그 성격에 차라리 죽어버린 것은 아닐까. 정섭언니의 죽음은 나의 마음에 큰 충격을 주었다.

"너 들었어?" 친구들은 이런 소식도 전해주었다. 우리학교 재단 이사장님이신 내과의사 이 박사는 동리사람이 모인 곳에서 인민재판을 받았는데 보안서원이 "가난한 사람을 착취해서 부자가 된 이 자를 사형합시다. 동무들, 이의 있습니까?" 하고 물었다. 다들 가만히 있자 "이의 없소? 좋소" 하고 어디론가 끌고 갔다. 국군이 들어오자 산 속에 숨어있던 정희 오빠가 며칠을 시체더미를 헤집고 찾아다니다가 집 가까운 삼청공원에서 누가 누군지 알아볼 수 없는 시신들 가운데서 아버지가 재판 받는 날 입고 나가셨던 셔츠 포켓에 명함이 한 장 들어있어서 아버지의 시신을 찾아낼 수가 있었다는 소식이었다. 우리들은 모두 울었다. 친구가 "정희가 울면서 직접 말하는 것을 들었어." 하자 우리들은 어깨를 들썩이며 더 울었다.

7월 어느 날 보안서원에게 끌려가신 황 교장 선생님의 생사는 모른다고 했다. 친구 하나가 나에게 다가서며 종로경찰서에 붙잡혀 간 '왕눈이'라는 친구가 나를 만나 보았으면 한다고 했다. 내키지는 않았어도 우리는 다 같이 종로경찰서에 가 보자고 의견을 모았다.

나는 어릴 때부터 경찰서라는 곳이 무서웠다. 일본순사가 긴 칼을 차고 서있는 것이 무서웠다. 경찰서 앞을 지나야 할 일이 있을 때는 일부러 돌아가거나 아버지의 옆에 바싹 달라붙어 다니곤 하였다. 그런데 경찰서에 있다는 왕눈이는 왜 나를 찾았을까?

종로경찰서는 우리 학교에서 가까웠다. 우리 넷이 경찰서 문에 발을 들여놓는 순간 애간장을 흔드는 비명소리가 들렸다. 나는 자지러지듯 놀랐다. 안으로 들어서던 발을 되돌려 나오려고 했다. 그동안 얼마나 못 볼 것을 보았고 세상에 없는 꼴을 겪었는가. 나는 더 이상 끔찍한 일은 정말 보고 싶지가 않았다.

그때 출입문이 열리며 비명소리가 더 크게 들려오는데 그보다 더 나를 깜짝 놀라게 한 것은 내 이름을 부르는 소리였다. "옥희야, 으흐흐흐, 옥희야, 나 좀 도와 줘. 나는 그 사람들이 같이 일을 좀 도와달래서 조금 도와준 것뿐이야." 그때 야구방망이 같은 몽둥이가 왕눈이의 어깨를 후려쳤다. "아이고, 아이고 사람 살려요. 나 죽어. 믿어주세요. 나는 나쁜 짓을 안했어요.", "이 미친 ×이, 증거가 다 있어. 너 그 사람 잡아다가 인민군대 내 보내지 않았어? 바른대로 실토해!"

방망이가 여기저기서 떡치듯 내려치면 "아그그, 잘못했어요. 용서해 주세요. 아무 것도 몰라서 한 짓이에요." 하고 애원하는 소리.

무서운 광경이었다. 악에 받쳐서 인정사정없이 때리는 사람. 맞아서 죽는 듯 숨넘어가는 소리. 넓은 방에 발 들일 틈이 없을 만큼 부역자들이 가득 잡혀와 있었다. 아주머니같이 나이 들어 보이는 여인들이 축 늘어진 채 죽은 듯이 누워 있었다.

단발머리를 한 여학생들도 많았고 대학생 또래의 여인들도 많았다. 나는 어떤 여자 분에게 시선을 꽂았다. 그녀는 눈을 감은 채 신음소리만 내고 있었다. 철학 선생님이었다. "아, 선생님……." 소문은 듣고 있었다.

철학 선생은 올 초에 여자대학을 나와 사회의 첫발로 우리 학교에 취임해 오셨다. 용모도 아름다웠다. 장안에서는 이렇다 할 유복한 집안의 따님이라고 했다. 갓 여대를 졸업한 매력 있는 선생님을 우리는 모두 선망의 눈으로 그 시간을 기다리곤 하였다. 4월 개학 이후 철학 선생은 교실에 들어오기만 하면 한숨을 섞어가며 '인생은 무엇인가? 우리는 왜 살아야 하나' 이런 서두로 공부를 시작하곤 하셨다. 우리는 졸업반이었다.

어느 날, 그 시간에도 선생님은 칠판에 '우리는 왜 사는가?'를 써놓으셨다. 그리고 학생들을 향해서 돌아설 때 나는 손을 번쩍 들고 "선생님!" 하고 불렀다. 선생님이 눈을 크게 뜨시고 조금 당황하는 기색으로 나를 보셨다. "선생님, 저희들은 여학교 졸업반입니다. 저희들은 이제 인생의 꽃봉오리로서 내년에는 사회나 대학에 갈 희망을 가슴에 품고 있는 학생들입니다. 그런데 선생님은 매 시간 들어오시면 '우리는 왜 사는가. 인생이란 무엇인가' 라는 세상을 비관하는 것 같은 말씀만 하시니 이 시간이 저희들에게는 맞지 않는 시간 같습니다." 하였다.

너무나 당돌한 질문에 선생님은 당혹하셨고 급우들은 전입해 온 지 얼마 되지도 않은 아이가 되바라지게 선생님께 무례한 질문을 하는 일이 의외였던지 일제히 나를 돌아다보고 있었다. 선생님이 금방 표정을 바꾸시며 웃는 낯으로 "학생이 좋은 질문을 해 주었어요. 이 질문에 대한 답은 다음 철학시간에 하겠습니다. 그러나 철학이란 '왜?' 하고 질문을 던지는 학문입니다. 비감하게 생각하지는 마십시오." 하셨다.

선생님은 그날로 모교의 스승을 찾아가 학생으로부터 갑작스러운 질문을 받고 굉장히 당황했는데 이럴 때는 어떻게 해야 하느냐고 물어보았다고 하셨다. 며칠 후 나는 배구연습을 하다가 학교 정문 올라가는 계단에 선생님과 나란히 앉았다. "내 일생 처음 얻은 경험이 되어서 정옥희, 아주 인상 깊어. 나는 학생을 잊지 않을 거야." 하셨다.

부유한 가정에서 태어났고 남이 우러러보는 일류대학을 나온 재원이 무엇이 모자라서 빨갱이 노릇을 했단 말인가. 나는 차라리 못 본 척 하는 것이 선생님을 위한 길인 것 같아 슬그머니 자리를 옮겼다.

옆방은 남자 취조실인지 동물의 멱따는 소리 같은 굵은 비명소리가 들려왔다. 맹수의 울음소리였다가 뚝 그쳤다가 또 여러 사람이 같이 지르는 비명소리. 귀를 막아야 했다. 취조하느라 때리는 사람도 거의 실성한 것 같았고 맞는 사람도 죽을힘을 다해 맞고 있었다. 여기서는 변명이 통하는 세계는 아니었다.

경찰서원이 "학생들 뭐 하고 있어? 나가!" 했다. 돌아서는데 다급하게 나를 부르는 소리가 들렸다. "옥희야, 너는 이북에서 왔지 않니. 나 좀 살려 줘. 네가 보증만 서 주면 나는 나갈 수 있어. 옥희야, 나 좀 살려다오." 나는 어떻게 해야 할지 몰라 서 있는데 "이 ×이, 네 ×이 얼마나 무고한 사람들을 죽였는지 알기나 해? 너희들은 몽땅 총살감이야." 방망이가 내리쳐졌는지 더 이상의 소리는 들려오지 않았다.

이게 무슨 날벼락인가. 오른뺨은 좌익(左翼)이라는 빨갱이한테 죽어라 얻어맞고 왼뺨은 우익(右翼)한테 이래저래 죽도록 얻어맞아야 하는 세상이 왔으니. 이 땅이 내 땅 맞지? 내 나라 내 땅 맞지? 그런데 왜 같은 동족끼리 총으로 쏴 죽이고 몽둥이로 때려서 죽이고

칼 찬 일본사람들이 죽으라면 죽는 시늉을 하며 살아왔다. 평생 배고파 굶주리며 보릿고개를 넘기며 살아온 우리가 아닌가. '사상'(思想)이 뭐라고, 우리 선량한 시민에게 이 무슨 '개뼈다귀'같은 상황이란 말인가. 진짜 빨갱이가 무엇인지나 알고 철없이 뛰어들었다가

저 지경을 겪다니……

이제 겨우 이리떼 같은 빨갱이 손에서 놓여났다 싶었는데 이번에는 우리 편 사람들에게 뼈마디가 갈기갈기 갈라져 찢기도록 얻어맞고 있으니. 아이고 저 사람 중에 진짜 빨갱이는 몇이나 있겠는가.

헤어질 때 친구가 이런 말도 했다. "글쎄, 대구에서 여자 간첩 두 명을 잡아 총살시키는데 마지막으로 할 말이 있으면 하라고 하자 둘 다 똑같이 '무슨 무슨 장군 만세'를 부르더니 한 여자는 총 한 방 맞고 금방 죽더래. 그런데 나이가 좀 들어 보이는 여자는 총 세 방을 맞고서야 눈을 뜬 채로 쓰러지더래.", "왜 그랬대?", "그 여자는 아이가 둘이 있는 간첩이래. 아이를 낳은 어미는 금방 죽지 않는대나 봐. 대체로 그렇대나 봐……."

■ ■ ▩

먼 훗날 서울 근교에서 철학 선생은 평범한 주부가 되어 살고 있는 것을 본 사람이 있었고 왕눈이 내 친구는 그 때 밂은 후유증인지 허리를 세우지 못하고 구부정하게 걸어가는 것을 보았다는 친구가 있었다. 무지(無知)에서 오는 실수로 고초를 당하긴 했어도 아무도 그들을 찾아가는 사람은 없었다. 부역자와 내통했다는 소리를 듣지 않기 위해서였다. 얼마나 외로운 세상을 살아왔을꼬. 그러나 대한민국이 그들을 총살하지 않은 것은 감사한 일이었다.

부모님도 환도하시고

서울은 시시각각으로 변해가고 있었다. 늠름한 국군들이 4열종대로 을지로 큰 길을 메우며 행진해 들어오는 모습이 어찌 그리 장할꼬. 탱크와 트럭에 탄 UN군들의 모습도 아름답고 감사했다. 온 서울시내 사람들이 연도에 나와 손바닥이 찢어져라 박수를 보내며 감격의 눈물을 흘렸다. "대한민국, 만세! 만세! 만세!"

군함들은 피난 나가 있던 군경가족들을 인천 항구에 내려놓았다. 서울은 사람과 물자가 며칠사이에 넘쳐흐르도록 가득 찼다. 단 며칠 전까지 겪었던 아픔과 고통이 도섭스럽게 빨리도 감해져갔다. 제재소에는 세상이 변했다고 곤댓짓하던 수레꾼들도 돌아와 다시 순한 사람들이 되었다. 조부는 함경도에서 왔다는 김씨를 데리고 시내 어느 곳에 틀어박혀 있었던 사과상자도 실어왔고 청량리 일대에 굴러다니던 통나무도 실어왔다. 톱질을 하고 도끼를 내리쳐서 장작을 만들었다.

땔감이 모자라는 서울이었다. 장작은 불티나게 팔렸다. 일꾼들은 신이 나서 숙직실 변소 맞은편에 커다란 구덩이를 파고 어디서 구해왔는지 엄청 큰 드럼통도 주어다가 묻고 변소도 새로 세웠다. 신천지가 따로 없었다.

흙먼지만 날리던 시장판에는 사람들이 와글와글 하였다. 떡장수 옆에서도 와글거렸고 돼지머리 보쌈 파는 아주머니 옆에도 와글거렸다. 그동안 못 먹은 보상이라도 받아야 한다는 듯이 먹고 있었다. 동생들은 동생들대로 손에 신가루(오렌지 가루)를 들고 혀를 날름거리며 빨고 있었고, 떡과 초콜릿도 들고는 어느 것부터 먹어야 할지 망설이는 것 같았다. 그러나 나는 마음 한 구석이 공허했다. '다들 떠났다가 돌아오는데 우리 어머니와 아버지는 어찌 되었을까?'

나는 어머니의 막내 동생인 덕원이모가 군경 가족이라는 것을 생각하지 못했다. 덕원이모의 시모 되시는 사돈할머니와 두 달 가까이나 망우리 도살장에서 같이 지냈는데도. 아버지 어머니가 덕원이모와 같이 군경가족의 일원으로 미국 군함을 타고 오실 줄은 몰랐다. 시월 중순이 넘어 있었다.

인천에서 트럭을 타고 서울로 들어오신 어머니와 아버지는 오장동 집으로 나는 듯이 달려오셨다. 그러나 그곳에는 집도 없고 아이들도 없었다. 오장동 일대는 허허벌판이 되어 있었다. 기가 꽉 막히더라고 하셨다. 장춘공원 자락이 내다보이는 곳까지 화마가 닿았는데 아버지와 어머니는 용케 집 자리를 찾아 그 자리에 주저앉아서 통곡하셨다. 모두 돌아가셨구나.

노부모와 어린 것들을 놓아두고 둘만 살겠다고 피난 나갔다 온 일이 가슴을 찢어놓더라고 하셨다. 아버지가 다시 일어나 집터를 살폈더니 부엌자리에 오그라든 수도꼭지가 삐죽이 나와 있었고 그 가까이에 반은 묻혀있는 쇳덩어리가 발에 채였다. 무엇일까? 아, 식구들의 은수저가 불에 녹아 있었던 것이었다.

산림동 제재소로 오신 아버지와 어머니는 조부모님께 땅에 엎드려 큰 절을 올리며 머리를 들지 않으셨다. 조부모님도 우리 형제들도 다 울었다. 기쁨의 눈물이었다. 어머니가 안고 계셨던 갓난아기를 조모가 받으시며 "이 난리 통에 딸 잘 낳는 솜씨가 있는 너의 어미니까 무사히 이렇게 예쁜 딸을 낳을 수가 있었던 것이야." 하며 웃으셨다. 1950년 8월 15일생인 애기의 이름을 아버지는 부산에서 낳았다 하여 팔금산(釜山을 풀어 쓰면 八金山이 된다)이라고 지었다고 하셨다. 어머니가 아이들이 보고 싶어 하늘을 보며 기도를 드렸는지 애기의 코가 집안에 없는 약간 하늘을 향해 솟아있는 것이 예뻤다.

이튿날부터 조부와 아버지는 제재소 일꾼들과 같이 걸어서 청량리를 왕래하셨다. 본래부터 청량리에는 원목 적치장이 있었던 곳이다. 제재소는 날로 성업을 이루고 있었다. 국군과 UN군이 평양을 향해 진군하고 있었다. 불원간 국군이 압록강까지 수월하게 진격하리라는 소식도 들렸다. 얼마 안가 전쟁은 끝나고 통일이 올 것인가.
그래야겠지. 그러나 대한민국 국민들에게는 더 치열하고 무서운
'1·4후퇴'라는 전쟁의 마구리가 입을 벌리고 기다리고 있었던 것
을 누가 알았을까?

제 2 부

전란 중에도
꽃은 피었네

마지막 화물열차

날씨는 왜 이다지도 추울까. 가만히 서 있어도 윗니와 아랫니가 턱턱 마주친다. 덜덜덜덜 부르르 떨린다. 온다던 트럭이 오지를 않는다. 온 식구가 발을 동동 굴렸다. "돈을 다 주는 것이 아니었어." 조부가 말하셨다. "그런 사람은 아닌데……. 좀 더 기다려 봅시다." 아버지의 초조하고도 자신 없는 대답이었다.

9·28 이후 우리들은 국군과 UN군이 승승장구로 순조롭게 북진하고 있다고 들었다. 압록강 물로 통일의 축배를 올린다는 소식도 들려왔다. 감격에 찬 소식들이었다. 이러다가는 머지않아 눈물을 머금고 떠나온 내 고향 신의주에 가는 날이 오겠구나.

조부는 3·8선을 넘을 때 가지고 온 철산고을의 전답 땅문서를 망우리로 피난 나가는 아이들 짐 속에 넣지 않은 것을 다시 후회하셨다. 인민군이 퇴각할 때 오장동 일대에 불을 질러 집이 탈 때 문서도 다 타버린 것을 못내 섭섭해 하셨다.

그러나 11월 초부터 들리는 소식은 그게 아니었다. 중공군 20만이 소리 소문 없이 압록강을 넘어 승전에 취해있는 우리 국군과 UN군을 이미 포위했다고 했다. 압록강 물을 뜨러갔던 2개 연대는 궤멸 당했다는 소식도 들려왔다. 평안북도의 산세는 아주 험악해서 우리 쪽의 기갑사단이 발로 걸어 내려오는 중공군을 당할 수가 없다는 것이었다. 크리스마스에는 집으로 돌아가 식구들과 지내겠다고 좋아했던 미 제2사단은 대부분의 병력을 잃었다고 했다. 무섭고도 사실이 아니었으면 하는 소식이 꼬리에 꼬리를 물고 우리들 귀에 들어왔다.

낮에는 숨소리조차 죽이고 숲속에 엎드려 있던 중공군이 깊은 밤이 되면 개미떼들처럼 기어 나오며 '삘리리이' 하고 호적을 불면 그 소리를 들은 UN군들은 고양이 앞의 쥐처럼 다리가 오그라들어서 주저앉는다고 했다.

일생동안 태어날 때하고 장가갈 때 두 번 밖에 목욕을 안 한다는 되놈들이 여자들을 겁탈한다는 소식도 들렸다. 소문이 소문을 낳았다. 자라보고 놀란 가슴 솥뚜껑 보고도 놀란다 하지 않는가. 석 달 동안 빨갱이를 경험한 서울시민들은 치를 떨며 귀 떨어지면 나중에 주워가리라 싶게 서둘러 서울을 빠져나갔다. 9·28 이후 그렇게도 활기차고 북적대던 서울은 하루가 다르게 무인공포 도시로 변해가고 있었다.

우리가 기다리는 트럭운전기사는 생소한 사람은 아니었다. 목재가 많이 팔려 트럭으로 실어 보낼 때 자주 부리던 운전기사였다.

그는 부산피난지까지 가는 요금을 선불로 요구해서 아버지는 난리 때이니 그리 요구하는 것이 당연하겠다싶어 선뜻 그리하셨고 자기 식구와 또 다른 친척, 한 가족만 더 태우고 올 테니 준비하고 있으라고 득달같이 약속을 했다는 것이다. 연탄불은 꺼진지 오래고 트럭 위에서 먹으려고 빚은 주먹밥도 식어서 누룽지같이 굳어버렸다. 빨리 떠나야 할 텐데.

집 둘레가 조용해진 것을 보니 다른 집들은 이미 다 피난지로 떠났나 보았다. 조부와 아버지의 마음은 더 초조해지기만 하셨다. 조부는 어린 것들이 추워 달달 떠는 것을 보며 "차가 없으니 이제 이 어린 것들을 데리고 어찌해야 하는가? 3·8선을 넘어올 때도 식구가 많아 평양에서 6개월을, 해주에서는 아예 집을 사서 1년 반을 머물렀지 아니했는가. 도대체 어떻게 된 형국인가. 국군이 압록강까지 올라갔다더니 헛소문이었나? 통일이 다 되었다더니." 조부는 수염을 흔들며 불평 반 한탄 반을 되뇌고 계셨다.

트럭운전기사의 말을 떡같이 믿은 우리 식구들은 이틀 전에 당장이라도 떠날 만반의 준비를 다 해 놓고 있었다. 집은 아래층 응접실용 다다미방 한 칸만 남겨두고 문짝마다 판때기를 대고 못을 박았다. 적치하 3개월간의 배곯음을 생각해서 독마다 채워놓았던 쌀은 가지고 떠날 만큼 짐 보따리에 넣었다. 9·28 이후 제재소는 돈을 갈고랑이로 긁어모으듯 나무가 팔려 돈이 들어왔다. 오장동집이 다 탄 후 제재소 사무실에서 지낸 뭇식구를 위해 돈이 들어오는 대로 조부와 아버지는 서둘러 산림동의 아담한 이층 양옥집을 헐값에 샀다. 날마다 들어온 돈은 가마니에 넣어 집으로 가져와 저녁마다 온 식구가 둘러앉아 세었다. 그렇게 쌓아 넣었던 돈도 그젯밤 문을 다 걸어 잠그고 돈다발을 전대에 넣어 식구 솔솔이 전대를 허리에 둘러찼다. 열 살배기 내 남동생에게까지도 전대를 채워주었다. 돈은 피난지로 운반하는 목적이긴 해도 만일의 경우 식구가 이산되었을 때를 대비한 것이기도 했다.

조모가 한사코 말리는데 아버지는 "우리가 나라를 지켜야지 누가 지키겠습니까. 나는 마음이 있어도 나이가 많아 안 받아주니 성관이라도 나가 공산군과 싸워야 합니다." 하시며 이제 갓 17살 된 동생을 제2훈련병으로 자원입대시켰다. 나는 속으로 아버지의 뜻은 옳지만 제대로 훈련 한 번 받아본 일도 없이 졸속으로 조직된 군대에 어린 삼촌을 보내는 아버지의 뜻을 찬동할 수가 없었다. 우리가 석 달 동안 그 고생을 한 일을 아버지는 부산으로 피난 가 계셔서 겪어보지 않으니 알 턱이 없으신가 보았다.

더구나 삼촌은 이미 한 번 인민군으로 사지(死地)에 끌려갔다가 온 사람이지 아니한가. 그러나 우리 집안에서 아버지의 완강한 뜻을 누가 막을 수 있겠는가. 조부조차도 큰아들인 아버지의 의견을 늘 존중하셨고 아버지는 우리 집의 절대군주로 군림하며 살아오셨다. 삼촌은 계속 어머니인 조모의 눈치만 살피다가 할 수 없이 떠나갔다. 1950년 12월 초순, 그날도 추운 날이었다.

1951년 1월 2일, 우리는 뜬 눈으로 냉구들에서 하룻밤을 또 지새웠다. 아직까지 오지 않는 트럭을 더 기다리는 일은 허사고 바보 같은 일이었다. 인생을 오래 사신 조부가 말하셨다. "다른 사람한테 돈 또 받고 이미 가버린 거야. 이 난리 통에 누구를 믿겠는가." 날이 허옇게 밝자 아버지는 밖으로 나갔다 오시더니 "이제라도 용산역에 나가면 마지막 기차를 잡아 탈 수가 있다네요. 빨리 떠나야 할 것 같아요." 하셨다.

우리는 발바닥에 불이 붙은 듯 후다닥 일어났다. 마지막 기차를 못 얻어 타면 끝장이다. 쌀은 도로 독에 부어넣고 짐도 추리고 대식구가 용산역을 향해서 뛰었다. 뚱보 동생과 나는 이불을 둘둘 말아 머리에 이었다. 겹겹이 껴입은 옷은 내 몸을 속박했지만 벗어버릴 수는 없는 일이었다. 찬 대기 속에 토해져 나온 내 날숨에서 담배 연기 같은 허연 김이 쏟아지곤 하였다.

해소병이 있으신 조모가 기침을 하며 계속 우시며 따라 오셨다. "내가 살아서 무얼 하겠다고…… 이 추위에 성관이를 사지에 내놓고……." 하시며 한숨을 쉬셨다. 나는 걸음을 좀 늦추며 조모 옆으로 다가가서 조모의 겨드랑이에 손을 넣어 부축해 드렸다. 조모를 위로할 말이 생각나지가 않았다. 속으로 조모가 가엾다고 생각하였다.

아! 낙동강 1

조부는 거의 사색이 되어서 뛰셨다. 큰 짐을 지시고 어린 손자의 손을 꼭 잡고 계셨다. 셋째 동생 말캥이가 넷째의 손을 잡았다. 세 살짜리 영순은 아버지가 업으셨다. 그 무서운 인민군 치하에서 겨우 살아나왔는데 이게 웬 일인가. 어쨌든 우리는 당장 용산역을 향해서 뛰어야 했고 마지막 열차를 절대로 잡아타야했다. 온 식구의 생명이 걸린 문제였다.

트럭 같으면 웬만한 큰 짐도 집어던져 올려놓기만 하면 될 일인데 믿었던 트럭은 운임을 통째로 받고 없어졌으니 짐을 줄일 수 있는 만큼 줄이긴 했어도 두 벌 세 벌 껴입은 옷들이 발을 옮길 때마다 우리들의 걸음을 방해하였다. 그래도 눈치가 멀건 아이들은 어느 누구 하나 칭얼대지 않았다. 어머니는 지난 해 8월 15일에 피난지에서 낳은 딸 부잣집 막내딸, 팔금산(釜山)을 신주 모시듯 가슴에 안고 진땀을 뻘뻘 흘리며 뛰고 계셨다. 신장(腎腸)이 약하신 데다 노산이어서 얼굴은 퉁퉁 부어 있었다. 뚱보 동생은 어머니 옆에서 어머니를 도우며 뛰고 있었다.

버스만 타면 우리 집에서 용산이 곧 이었는데 뛰어야 하는 이 길이 왜 이렇게 멀던지. 그러나 우리는 힘들다는 생각을 할 겨를이 없었다. 이윽고 아버지가 용산역 쪽을 바라보시더니 "뛰자! 살았다. 기차가 서 있다. 빨리 빨리 뛰어. 옥이는 할머니 부축해 드려라." 하셨다. 식구들은 어디서 새 힘이 솟았는지 곤두박질하듯 뛰었다. 기차는 금세 떠나려는가. 화통 칸에서 연기가 솟아 나오고 있었다. 화물차 제일 뒤 칸에 도착한 아버지는 껑충 한번 올라 뛰어야 잡히는 높은 손잡이를 꽉 잡고 매달렸다. 그 모습이 우리 식구가 다 타기 전에는 출발시킬 수 없다는 결의로 손등의 핏줄이 몽땅 튀어나올 정도로 매달려서 이미 올라앉아 있는 몇몇 사람들에게 소리를 질렀다. "짐 좀 받아 주세요." 하셨다. 그들이 곧 도와주었다.

이 기차가 부산으로 가는 기차인지 우리는 알 수가 없었다. 누구에게 묻고 말고 할 겨를이 있을 리 없었다. 그저 올라탔다. 기차 머리가 남쪽을 향하고 있는 것은 확실하였다. 이버지가 계셔서 참 든든하였다. 짐을 받아 올린 아버지는 디딜방아를 밟듯이 발로 짐짝을 편편하게 눌러놓고 아이들을 끌어올리고 그 위에 하나씩 앉혔다. 조부도 조모도 어머니도 그리고 나와 뚱보 동생과 남동생과 또 셋째 넷째 다섯째 딸들……. 그리고 어머니 품에 안겨 폭 잠이 든 넉 달 배기 막내. 애기가 울고 보채면 자기가 천덕꾸러기가 되는 것을 알고 있기나 한 듯 착하게 조용히 잠만 자고 있었다.

한숨을 돌리자 나는 이 길이 무슨 길인가? 꿈은 아닐 터이고……. 열 명이 넘는 대가족이 공산주의를 피해서 사선을 넘어 신의주에서 서울로 온 것이 엊그제 아니던가. 공산군 치하 삼석 달을 그 고생을 하며 견뎠는데……. 이제 또 공산군을 피해서 서울을 떠나 다시 부산으로 피난을 가지 않으면 안 되니. 다행히 화물열차를 얻어 타긴 했지만. 사람이 내일의 일을 어찌 알겠는가.

내 옆에 쪼그리고 앉아 있는 조모의 무릎을 도닥이며 나는 "할머니, 좀 편하게 앉으세요. 오래 타고 가야할거예요." 했다. 식구들의 얼굴이 안도의 빛이 돌았다. 이 기차가 공산치하에 그대로 머물 수 없다는 것을 우리는 무언중에 확신하는 안도였다. 그래도 지금까지는 어느 식구 하나 상한 곳 없이 건재해서 피난 가는 길이긴 하나 화물열차에 몸을 싣고 있는 일이 감사했다. 화물칸이면 어떠냐. 지붕이 있지 아니한가. 감사한 일이었다. 단 한 가지, 제2훈련병으로 나간 삼촌만 빠져있는 일이 서운하고 가슴 아팠다.

당장 떠날 것 같았던 기차는 우리 식구가 화물칸에 올라타고 나서 턱에 닿았던 숨을 고르고도 한참을, 그리고 사지가 노곤해지며 사르르 잠이 올 때까지도 기차는 푹푹 소리를 내며 흰 연기만 뿜어 올린 채 꼼짝 않고 있었다. 혹시 이 기차가 떠나지 않는 것은 아닐까? 그럴 리는 없었다. 20만의 중공군이 쏟아져 내려오는데 기차를 놓고 가지는 않을 것이었다. 어머니가 우리들 손을 잡고 기도를 드리기 시작하셨다. "하나님 아버지시여, 우리에게도 저 애굽을 떠나올 때의 유대인들에게처럼 불기둥 구름기둥을 내려 주시고 저희들의 갈 길을 인도하여 주시옵소서. 믿는 사람들이 외롭고 당황하고 슬프지 않게 저희들 곁에 계셔 주시옵소서." 하셨다. 나는 가슴이 콱 막혀서 진정한 기도가 나오지 않았지만 코 멘 소리로 '아멘' 하였다.

조모는 주일이면 커다란 천 가방에 성경책과 찬송가책을 넣어가지고 빠짐없이 교회에 나가시곤 했는데 오늘은 제2국민병에 나간 막내아들의 생각으로 가슴이 아프신지 눈도 감지 않고 '아멘'도 안 하시고 입을 꾹 다문 채 어느 한 점만 내려다보고 계셨다.

나는 화물칸 안을 둘러보았다. 눈으로 사람의 수를 세어 보았다. 우리 식구 외에 어른 아이 모두 8명이 타고 있었다. 짐이 들어차 있기는 했어도 화물차의 칸은 넓었다. 기차가 떠날까봐 걱정하던 나는 이제 이 기차가 왜 안 떠나나 하고 조바심마저 일기 시작하였다. 어느 사이에 김밥장수들이 기차 옆으로 게걸음을 걸으며 "김밥 있어요. 김밥 사세요." 했다. 둘둘 만 채 썰지 않은 김밥을 내려다본 순간 갑자기 배가 '꼬르륵' 했다. 그때까지 배가 고픈 것을 의식하지 못하고 있었다. 조부가 얼른 김밥장수 아주머니를 불러 한 사람 앞에 두 개씩 돌아가도록 사서 우리들에게 나누어 주셨다. 조부

가 옆 사람들에게도 "김밥 좀 드릴까요?" 하고 물으셨다. 잠깐 동안
이기는 해도 소풍가는 것 같은 즐거움이 들기도 하였다.

제일 구석에 자리 잡고 있는 아주머니가 밥을 싸가지고 왔노라
고 했고 우리 바로 옆 사람네 남자가 퍼뜩 일어나더니 우리 식구의
머리를 헤집으며 뛰어 내려가 김밥과 찐 계란을 사들고 돌아왔다.
이번에는 아버지가 기차에서 뛰어내려서 물을 구해 오셨다. 조금
재미도 있었다.

해가 뉘엿해졌다. 화통 칸의 증기소리가 갑자기 커졌다. 이제 떠
나려는가. 그 때였다. 까맣게 물들인 커다란 미군 파카를 입고 군인
들이 휴가 때 들고 나오는 국방색 커다란 자루를 둘러멘 30세는 족
히 되어 보이는 한 남자가 달려오더니 다짜고짜 그가 들었던 자루
를 우리 칸에 던져 넣었다. 냅다 던지는 바람에 우리는 '어멋' 하며
머리를 숙이지 않을 수 없었다. 아버지가 머리 위에 떨어지려는 그
자루를 배구 토스하듯 받아쳤다. 그 힘에 의해서 자루는 맞은 편
기차 벽에 부딪히며 그 아래에 떨어졌다. 누가 맞았으면 목뼈가 부
러질 뻔 하였다.

참으로 불한당 같은 사람이구나 하고 생각하는 사이 그는 나는
듯이 껑충 뛰어 올라 손잡이를 틀어쥐더니 후다닥 기차 칸 안으로
올라탔다. 올라탄 그는 돌아서서 우리 식구의 맨 앞 즉, 화물 칸 문
을 향해서 앉았다. 그의 등이 건장하게 보였다. 함부로 말을 붙이기

어렵게 생겼다. 생김새 모양으로 그는 아무런 인사 한마디도 없이 저물어가는 겨울 하늘을 응시하고 있었다.

그가 자리를 잡자마자 기차는 바퀴소리를 내며 움직이기 시작하였다. 파카 입은 남자가 육중한 화물칸 문을 드드득 하고 닫았다.

아! 낙동강 2

신나게 달리던 기차가 오산에서 바퀴를 세우자 오래 기다린 듯한 피난민들이 보따리를 이고 지고 혹은 아이들을 업고 끌고 서로 밀치며 열려진 화물칸에 달려들었다. 동병상련이랄까. 이 칸, 저 칸에서 먼저 타고 있던 사람들이 너도나도 손을 내밀며 도와주고 있었다.

그들은 허둥거리며 아이를 공을 던지듯이 던져 올리고 짐도 던져 넣어 잠깐사이에 화물차는 새 피난민 모두를 게 눈 감추듯 삼켜버리고 밖에는 장사하는 사람들만이 김밥 더 살 사람은 없나 하고 기웃거리고 있었다. 기차는 마지막 한 사람도 다 데리고 가려는가 싶었다. 한참을 더 정차하고 있었다. 나중에 안 일이지만 화통 칸 바로 뒤에 붙은 몇 개의 차량에는 미군부상병들이 많이 타고 있었다고 누군가가 말하였다.

문 여닫는 일은 자연히 문 가까이에 자리하고 있는 파카아저씨가 하였다. 화물칸의 문은 바닥에 레일이 깔려있어 여닫이가 수월

할 것 같은데 워낙 문이 크고 무거워서 우리들 힘으로는 꿈쩍도 하지 않았다. 그는 힘도 황소같이 셌다. 기차가 정차하면 그는 육중한 문을 스르르 열고 뛰어내리곤 하였다. 우리들도 그를 따라 조르르 나가 머리를 수그리고 기차 칸 밑으로 기어들어가서 선로를 가로질러 오줌을 누고 부리나케 되돌아오곤 하였다.

당장 은색으로 번쩍이는 기차바퀴가 움찔하고 움직이기 시작하는 것 같아서 조마조마하며 일을 보곤 하였다. 우리가 그렇게 서두르며 다시 화물칸에 되돌아온 뒤에도 파카아저씨는 한참 있다가 돌아왔다. 돌아온 파카아저씨의 그 많은 파카 주머니가 눈에 띄게 불룩하고도 축 처져있었다. 내 시선이 자꾸 그의 불룩한 호주머니에 가곤 하여서 나 스스로가 곤혹스러워 시선을 돌리곤 하였다.

파카아저씨가 언제 끌어당겨왔는지 화물칸에 탈 때 던져 넣었던 군대자루가 그의 곁에 와 있었고 그는 어깨를 치켜 올렸다 내렸다 하며 조심스럽게 파카 호주머니의 것을 꺼내서 자루에 담는 것 같은 동작을 하였나. 가끔 깡통 부딪치는 소리 같은 것도 들렸다. 나는 어디서 무엇을 사가지고 오는가 하고 생각하였다.

기차는 두 시간이 지났는데도 떠날 기미가 없었다. 한참 조용하던 파카아저씨가 불쑥 일어났다. 그가 아직 열려져 있는 문으로 가서 '퍽' 하는 군화소리를 내며 땅에 내려섰다. 왜 또 내려갈까? 나는 그의 눈치를 보다가 나도 내려섰다. 그가 기차 칸 밑으로 기어 레일을 넘어 건너편으로 나서는 것이 보였다. 나는 머리를 수그리고 그의 행적을 좇았다. 뚜벅뚜벅 앞으로 걸어가는 군화가 보였다. "아하, 어디를 가는구나." 나도 소피 볼 때처럼 기차 밑으로 들어가 레일을 건너고 그가 걸어가는 쪽을 살금살금 뒤따랐다. 그는 우리가 탄 화물칸 앞의 또 하나 앞의 칸에 다가서더니 육중한 문을 밀었다. 그가 껑충 점프해서 안으로 올라서는 것이 보였다.

나도 열려진 문 쪽으로 가까이 다가섰다. 금방 수수께끼는 풀렸다. '히야!' 하는 감탄사가 내 입에서 튀어나왔다. 미군 보급물자가 가득 실려 있는 칸이었다. 그가 인기척을 느꼈는지 돌아보더니 턱으로 "너도 가져가." 하는 시늉을 하고는 다시 파카포켓에 닥치는 대로 주워 담는다. 나도 두 손을 짚고 껑충 올라 뛰어 안으로 들어갔다. 재빠르게 내 능력껏 미제물건을 주워서 세타 안섶에도 호주머니에도 넣었다. 모두 먹는 것이었다. 누가 와서 도둑이라고 잡으면 어떻게 하나 하고 가슴이 두근거리긴 해도 내 눈에 보이는 크고 작은 미제깡통을 못 본 척 할 수는 없었다. 내 옷 어디든지 넣을 만한 곳에는 재빠르게 질러 넣었다. 비싸고 맛있는 귀한 양키물건을 마냥 집어 안았다.

더 들고 나올 수 없을 만큼 안았다. 미국물건을 이렇게 많이 본 일도 없었고 이렇게 많은 미제물품을 가져보기도 난생 처음이었다. 파카 아저씨가 일어섰다. 나도 그를 따라 냉큼 일어섰다. 불룩해진

배와 욕심껏 끌어안은 깡통으로 하여 겨우 기차 칸 밑을 다시 기어 나와 우리 화물칸에 도착하자 내가 안 돌아오는 일을 걱정하고 계시던 어른들이 처음엔 어리둥절하다가 "무슨 짓이냐!" 하고 나무라셨다. 어머니가 조용히 "겁도 없이." 하며 꾸중하셨다.

그러나 그 말이 끝나기도 전에 같은 칸에 있던 사람들이 너도나도 들고 일어났다. "학생, 어디 그게 있었어? 우리도 당장 가서 집어 오자구." 하며 서둘러 일어섰다. 이제는 파카아저씨도 내놓고 호주머니에서 별의 별 것을 쏟아내고 자루에 담고 있었다. 뚱보 동생이 음성을 낮추며 "언니, 그게 어디 있었어?" 하며 히물히물 웃었다.

어머니는 본래 젖이 풍부하지가 못했다. 우리들 딸애들은 그런 대로 어머니 젖으로 자랐지만 내 남동생이 태어나자 조부는 젖이 풍부한 유모를 얻어 내 집에서 기거하게 하며 동생을 맡겼었다 ……. 이번 피난길로 서울을 떠나올 때 갓난애기 팔금산을 위해서 쑤어온 암죽도 다 떨어졌고 간간히 미숫가루를 찬 물에 개서 먹이는 터여서 아버지가 나음 기차 정차 시에는 나뭇가지를 좀 주어다가 물을 끓여야 되겠다고 벼르던 중이었다. 어른들이 무어라 하시든 나는 다음에 파카아저씨가 나가면 나도 또 따라가서 이번에는 우유를 들고 오리라고 생각하였다.

기차는 떠날듯 말듯 미루적거리다가 대여섯 시간 만에야 겨우 움직이기 시작하였다. 미제물품을 가지고 오지 못한 사람들은 못내 섭섭한 표정들이었다. 1951년 정월 초엿새. 기차는 속력을 내며 천안과 청주를 그대로 지나치고 대전역에 도착하였다. 지난 번 인민군 침입 때 타버렸는지 역사는 보이지 않았다. 파카아저씨의 동정을 살피고 있던 사람들이 기다렸다는 듯이 우르르 몰리며 그의 뒤를 따랐다. 나는 뚱보 동생의 옆구리를 쿡 찔러 따라 나오라는 신호를 했다. 밖에는 눈이 내리고 있었다. 바람은 눈을 흩뿌리고 내 귀가 째지는 것같이 시려서 목테로 머리까지 싸맸다. 그러나 추위를 의식할 새는 길지 않았다.

우리 일행은 몽땅 보급물자칸에 올랐다. 뚱보 동생을 끌어올려주자 얼른 깡통 몇 개를 주워 제 윗도리 밑으로 집어넣었다. 나는 수월하게 가루우유 세 통을 찾아들었다. 내가 조용한 말로 동생에게 "뭘 가졌니?" 하고 묻자 커다란 눈으로 나를 올려다보며 "언니가 가져온 것 비슷한 것 집었어." 했다. 그 말이 우스웠다.

내가 든 유유가루 깡통은 그리 무겁지는 않았다. 도둑질도 이력이 났는지 일행이 많아서였는지 지난번만큼 가슴이 뛰지는 않았다. 무엇을 잔뜩 집어넣었는지 동생의 몸이 눈사람처럼 되었다. 뒤를 힐끗 돌아보았다. 우리와 같이 온 사람들이 저마다 호주머니에 보자기에 베갯잇 같은 자루에 양껏 물품을 집어넣어 어깨에 지고 나오는 것이 보였다. 우리를 포함해서 일곱 여덟이 짊어지고 나온 자리가 눈에 띄게 비어 있었다.

그사이 아버지는 돌멩이 셋을 주어다 세우고 그 위에 쌀을 안친 깡통을 올려놓고 조부가 여기저기서 주워 오신 나뭇가지에 불을 지폈다. 조모는 솥이 얇고 바깥이 추우니 물을 두 배 반은 더 넣어야 한다고 하셨다. 우리뿐이 아니었다. 누가 먼저 시작한 지혜인지는 모르나 급조된 깡통 솥이 돌멩이 풍로 위에 위태롭게 올라앉아 거품을 뿜으며 끓었다. 기차와 평행선이 되어 끓는 깡통 솥이 줄잡아 스무 개는 더 되어 보였다. 며칠 동안 김밥만 먹다가 좀 설익든 타든 간에 밥을 먹을 수 있게 된 일이 기뻤다.

어머니가 한 짐보퉁이 속에서 숟갈과 그릇 몇 개를 찾아내었다. 밥이 좀 타긴 했어도 대성공이었다. 밥을 다 떠내고 이번에는 물을 끓였다. 끓는 물 한 그릇에 나는 얼른 내가 집어온 깡통에 구멍을 송송 뚫어 꺼낸 우유가루를 더운 물에 넣어 갠 후 우유를 탔다. 어머니가 나를 물끄러미 바라보시더니 잠자코 그것을 애기 입에 떠 넣어주셨다. 아마 그때 어머니는 극성스러운 큰딸이 고맙기도 하고 피난길이 슬프기도 하지 않았을까? 우리가 밥을 먹는 사이 파카아 저씨는 깡통에 달린 깡통열개로 수월하게 따서 군대 야전용 숟갈로 잘 먹고 있었다.

기차는 얼마나 달렸을까. 한 칸에 탄 일행은 "아, 낙동강! 아, 낙동강!" 하는 파카아저씨의 고함소리에 깜짝 놀라서 일제히 얼굴을 들었다. 기차는 낙동강 위를 지나고 있었다. 한강보다도 더 넓고 푸르게 보였다. 기가 질리고 무서웠다. 벙어리처럼 말이 없던 파카아저씨가 낙동강을 보자 저렇게 소리 지르는 이유는 무엇일까? 낙동강과 무슨 관계가 있을까? 하고 궁리하다가 '혹시 도망병……?' 이라는 생각까지 했다.

우리 기차가 초량에 도착해서 헤어질 때 나는 꾸벅 인사를 하며 "낙동강 아저씨, 잘 가세요" 했다. 파카아저씨가 아닌 낙동강아저씨가 된 그는 전쟁이 끝나고 오늘날까지 낙동강과 어떤 관계가 있었는지는 영영 알 수도, 알아볼 수도 없는 일이었다.

판자집

우리 부모님이 석 달 동안 기숙하셨던 대청동 거택은 본래는 여관이었다. 코가 유난히도 납작하게 들어가 박혀서 '시츄' 종류의 강아지를 연상케 하는 주인 아주머니를 우리 형제들은 곧 코맹맹이 아주머니라 불렀다. 할머니라고 부르는 것이 더 어울릴 정도로 연세가 있어 보였다. 그녀는 대학교 2학년생의 막내아들을 두고 있었다.

집은 일본식 적산가옥으로 보였다. 넓은 정원에는 큰 소나무와 벗나무들이 어울려 서 있어서 어느 부잣집 별장에 온 느낌이 들었다. 울안 한 기운데에 우물이 있었다. 우리 식구에게 코맹맹이 아주머니는 8조와 장지문을 사이에 둔 6조 다다미방 두 방을 내 주며 "보자보자, 부산아가." 하며 이 집에서 태어난 팔금산을 안았다. 어머니에게 "많이 고상했제. 개안노?" 했다. 딸을 바라보는 눈빛이었다. 그녀는 시선을 나에게 돌리더니 "너그 어머이, 아버이 참 좋은 사람들이데이." 하였다. 그래서 방을 준다는 뜻같이도 들렸다.

아! 고마운 분. 그곳에 적당히 짐들을 부렸다.

사흘째 되던 날 조부와 아버지는 부산진 어느 목재상에 가서 각목과 판자와 집짓기를 위한 도구를 사들였다. 코맹맹이 아주머니가 뜰 안에 '하꼬방'을 지어도 좋다는 허락을 주었기 때문이었다. 부둣가에서 노무자 두 사람도 데리고 오셨다. 평생 목재와 더불어 살아온 부자(父子)는 이틀 동안에 가능한 한 넓은 방 2개를 도깨비 장난하듯 세우고 고물상에서 사온 문짝도 각 방마다 달았다. 맨 흙바닥에 얼기설기 놓은 벽돌 위에는 후로링나무를 끼워 맞춰 깔아서 좀 삐걱거리는 소리가 나기는 해도 쓸 만한 마루방이 되었다.

ㄱ자로 된 담벼락 모서리에 세워진 소위 안방에는 손바닥만한 창도 내어서 골목길 건너에 있는 산부인과 간판이 내다보이기도 했다. 지붕에는 천막을 쳤다. 부엌? 참, 부엌은 여분의 연탄난로를 주인집 막내아들이 들어다 안방 입구 쪽에 놓아주고 불씨도 그가 가져다 넣어주어 그 위에 새 연탄을 올려놓았다. 빈 사과상자 두 개를 옆으로 포개놓았더니 훌륭한 찬장이 되었다. 사과상자마저 주인집의 것이었다. 부산사람들에게 신세라는 신세는 다 지면서 피난민 하꼬방 생활이 시작되었다.

코맹맹이 아주머니는 아침저녁 하루에 두 번씩 우물가에 쌀을 씻으러 나오곤 하였다. 그녀는 쌀을 씻을 때마다 입을 한껏 내밀고 계속 '쉿쉿쉿' 하였다. 나는 그것이 재미가 있어서 "아주머니, 쌀 씻을 때마다 왜 쉿쉿 하세요?" 하고 물으면 그녀는 웃으며 "내사, 살이 아플까봐 앙 그러나" 했다. 내가 "쌀이요. 쌀." 하면 "살? 살이 어찌 됐나?" 하곤 했다. 부산 사투리는 애교가 있었다.

우리가 3·8선을 넘어와 서울에 도착해서 아버지가 사놓은 대현동 산꼭대기 한옥 집에 들어간 이튿날 어머니는 이웃에게 인사차로 시루떡을 쪄서 돌린 일이 있었는데 그때 뚱보 동생이 서울말을 쓴다고 "쩍 쪼꼼 가져왔시요." 라고 말한 생각이 나서 웃음이 나왔다. "이북에서는 떡을 쩍이라고 해요?" 라는, 그 말 속에 이북사람을 무시하는 듯한 이웃집 아줌마의 말이 떠올랐다.

하꼬방에서 나와 우물가를 지나서 집 반을 에돌아야 변소가 나왔다. 공중변소처럼 칸이 세 개나 있었다. 대낮에는 거의 주인집 방 방마다 문들이 열려 있고 무심히 들여다보면 젊고 예쁜 여자가 침대에 누워서 긴 다리 한 쪽을 다른 다리 위에 꼬아 올리고 책을 읽고 있던가, 속내의만 걸친 여자는 화장을 하고 있는 중이기도 했다. 그래서 나는 얼른 눈을 피해야 했다. 몸집이 크고 잘 생긴 여자는 가끔 나를 보면 한쪽 눈을 꿈뻑하며 손을 들고 '하이' 하였다. 나는 얼떨결에 웃어주며 '하이'는 일본말의 '네' 라는 뜻인데 왜 나더러 하이라고 했을까 하고 머리를 갸웃거렸다.

가무잡잡하게 생긴 조그마한 체구의 또 한 여인은 절대로 나를 아는 척하지 않았다. 그것이 나에게는 왠지 편했다. 나도 못 본 척

하고 돌아서며 늘 속으로 '참말로 예쁘게도 생겼다.'고 감탄하곤 하였다. 그런데 그 예쁜 여자는 이 집 대문 맞은편의 집에 잘 드나드는 것 같았다. 나는 그 건넛집 현관 입구에서 껌을 짝짝 씹는 여자와 입술연지를 빨갛게 칠한 여자들이 히히거리는 옆에서 예쁜 여자가 누구를 기다리는지 새초롬하게 서 있는 것을 보곤 하였다.

이른 아침이면 이 집 막내 대학생 아들은 긴 대빗자루를 들고 뜰을 쓸곤 하였다. 그 대학생은 같은 집에 사는 젊은 여인들과 같이 마당을 쓸었다. 그들은 마당을 쓸면서 아름다운 화음으로 같이 노래를 부르곤 하였다.

그리운 카포리 섬나라에는
그대와 나하고 단 둘이서
사랑을 속삭이던 그때가
언제나 언제나 그리워.

바닷물은 출렁거려
변치 않는 내 마음 .
그대와 나하고 단 둘이서
사랑을 속삭이던 그때여.
언제나 언제나 그리워.

내가 사춘기에 들어서는 때여서 일까. 그들이 아침마다 부르는

화음이 어찌 그리 낭만적으로 들렸는지 모르겠다. 어떤 때는 일본
말로 <BLUE HAWAII>라는 노래도 불렀다.

푸른 바닷물과 푸르른 하늘
아, 그리워라. BLUE HAWAII.
언제나 꿈에 보이는 곳.
그리워라. BLUE HAWAII.
맑은 날의 하늘색을 그대로 비추인
푸른 바닷물과 푸르른 하늘
아! 그리워라. BLUE HAWAII.
BLUE HAWAII. 우리들을 부른다.

직역을 하면 이런 가사였다. 해안가 사람들이어서일까. 항구도시
여서일까. 남녀는 자주 '하와이' 노래를 부르고 있었다. 일본말도
잘들 하였다. 그 노랫소리가 왜 그리 듣기 좋았는지. 그 때 귀동냥
으로 배운 이 노래를 나는 60년이 지난 오늘까지도 기억하고 콧노
래로 부르곤 한다. 3년 동안 내가 지냈던 하꼬방 우물가가 늘 눈에
선하게 떠오르곤 한다.

그때 노래를 부르며 마당을 쓸 때 주인집 막내아들은 몸집이 큰
서글서글한 여자를 '메리누나' 라고 불렀다. 가무스름한 예쁜 여자
에게는 "쥬리, 나 그것 좀 집어 줘." 하는 말을 들었다. 왜 그들의
이름이 한국 이름이 아니었는가는 나중에 어느 주말, 드레스를 입

은 두 여인이 미국 군인들의 팔을 끼고 나가는 것을 보고 알았다.
메리는 늘 백인 친구와 같이 있었고 주리를 찾아오는 사람은 항상
흑인이라는 것도 알았다.

천지에 나부끼는 광고쪽지

부산은 바닷가이건 산꼭대기건 피난민으로 꽉 들어찼다. 하루가 다르게 다닥다닥 하꼬방이 세워졌다. 그제도 어제도 오늘도 보따리를 이고 지고 아이들을 업고 끌며 이곳으로 모여들었다. 그들은 제각각 듣고 겪은 전황 뉴스를 쏟아 내놓았다. 제2국민병들이 막사에서 하룻밤에도 대여섯 명씩 죽어나간다는 소식도 그들이 듣고 왔다.

피난 나오며 직접 보았는데 해체된 국민병 대부분이 굶어 죽어가거나 병이 들어 패잔병보다도 더 비참한 몰골로 둘씩 셋씩 서로 기대고 의지하며 밀리고 밀려서 남쪽으로 내려오는 것을 보았다고 했다. 그게 무슨 말인가? 제2국민병이 굶다니! 병이 났다니! 나라에서 징집해 나간 사람들을 그 지경으로 만들리는 없을 터였다. 믿고 싶지 않은 말들이었다. 그러나 이 말들은 사실이었다. 우리 식구들 가슴에 대못을 쿵쿵 박는 큰 충격을 주었다. 조모는 아예 식음을 전폐하고 앓아 누우셨다.

이미 부산시내의 전기선대나 벽에는 손바닥만한 여지도 없을 정
도로 '누구누구는 이리로 오라'는 알림쪽지가 붙었다. 높은 곳에는
서커스 하는 사람처럼 선 사람의 어깨 위에 또 올라선 사람이 아슬
아슬하게 양팔을 올려서 사람 찾는 광고지를 붙였다. 더 이상 빈칸
은 눈을 비비고 찾아봐도 없었다. 시내 전체가 종이딱지로 도배한
것처럼 되었다. 특히 역 가까이나 버스정류장이나 시장같은 사람이
많이 모이는 곳은 더했다. 쪽지 하나하나가 절규하며 손짓하고 있
었다. 모두가 "여기야, 나 여기 있어. 여기로 와." 하고 있었다. 과묵
하신 조부가 "안되겠다. 성관이를 찾아봐야겠다." 하셨다.

가까운 문방구점을 찾아가 도화지와 크레용을 사왔다. 종이는 반
절해서 지면은 작지만 글씨는 크게 썼다. 조모가 보시는 앞에서 '정
성관아, 대청동 어디어디로 오너라!!' 쓰고 아버지의 이름도 써넣었
다. 수 십장을 만들었다. 그 이튿날 풀을 쑤어 들고 조부와 나는 부
산시내에 사람 눈에 잘 띨만한 곳을 찾아 이미 붙여진 쪽지의 글자
와 글자 사이를 비집듯 붙였다. 누더기 조각판에 누더기 한 조각이
더 붙여지곤 하였다. 부산진역 가까이에도 붙였고 초량진역 가까이
에도 붙였다.

중공군이 우리가 생각하는, 일본인 선생들이 가르쳐 준 그런 중
국패잔병(支那殘兵)은 아니라고 했다. 아직 하복을 입고 있는 국군이
나 UN군들에 비해 그들은 겉은 국방색이고 안은 흰색을 대서 누빈

방한복을 입고 있었고 낮에는 흰옷으로 뒤집어 입으면 눈 위에서도 행색이 드러나지 않는다고 했다. 그들은 총을 들고 정면으로 적과 마주 서는 것이 아니고 항상 매복해 있다가 기습을 노리는 전법을 썼고 깊은 밤에만 기어 나와 고요한 정적을 깨며 갑자기 '삘리리' 하고 호적(胡笛)을 불거나 꽹과리를 와장창 두들긴다는 것이다. 그러면 미군은 전의는커녕 오금이 저려서 일어나 서지도 못한다는 것이었다. 중공군은 이런 고도의 심리전을 쓴다고 하였다.

거기다가 한국전에 나온 중공군들은 대부분이 중국 국민당과의 싸움에서 전쟁경험을 쌓은 자들이고 설상가상으로 그들은 장개석 국민정부가 도망할 때 버리고 간 미국제 무기를 가지고 있다는 것이었다. 이런 조건을 가진 중공군인데다 숫자까지 엄청나 어떤 때는 사나흘 간을 밤과 낮을 이어가며 밀리고 밀리는 싸움을 해야 했다는 것이다. 야간 싸움에 익숙지 않은 미군은 고전할 수밖에 없었다. 이제 한국의 끝머리땅, 부산까지 그들이 몰려오면 우리는 바다에 빠져 죽는 수밖에 없는 노릇이었다.

며칠 후 부시시 일어난 조모는 막내아들 성관을 찾으러 나서야겠다고 하셨다. 전혀 내색을 하지 않고 계셨던 조부도 그대로 앉아서 편안하게 아이를 기다릴 수가 없다며 조모와 동행하겠다고 하셨다. 조모는 말을 안하셨어도 '옥이가 아들이면 자원해서 전쟁터에 내보냈을까. 동생이 한 다리 건너니까 내보낸 것이야.' 하고 생각하시는 것 같았다.

두 분은 주섬주섬 챙겨 들고 떠나가셨다. 어머니가 "삼촌이 어디 있는지나 알고 이 전쟁터에 두 노인이 헤매시겠습니까. 또 서로 길이 어긋나면 더 큰일이 아니겠습니까." 하고 말려도 "애비가 동생을 제2국민병에 내보낼 때 억지로라도 내가 말렸어야 하는 건데…… 다 내 잘못이지. 어린 아이를 사지판에 내놓고 앉아서 밥숟가락이 입으로 올라가는 에미가 있겠는가." 하시며 떠나셨다. 나는 자꾸 눈물이 나왔다.

초량에서 운동화를 하나씩 사 신은 조모와 조부는 걷기 시작하셨다. 피난민과 허줄한 모습의 제2국민병 같이 보이는 사람들이 걸어오는 신작로길로 들어섰다. 정말 제2국민병들이 거지가 다 되어서 둘씩 셋씩 떼를 지어 어떤 집 문전에서 밥을 얻어먹으며 남쪽으로 내려가고 있는 것을 두 분은 보셨다. 참으로 황당한 정경이었다. 남의 집 귀한 아들들을 불러다 놓고……. 나라 지키겠다고 나간 사람들을! 조모는 분통이 터져서 참을 수가 없었다.

국민병같이 보이는 사람들에게 다가가서 "정성관이라는 사람 아십니까?" 하고 묻곤 하셨다. 조부가 "거, 그냥 울면서 아이를 찾을 것인가." 하며 핀잔을 주셔도 할머니의 눈에서는 눈물이 샘솟았다. "불쌍한 내 새끼……."

두 분은 그냥 무턱대고 북상하셨다. 모두 남쪽으로 걸어오는데 반해서 두 분은 반대방향으로 거슬러 올라가며 마주 오는 사람들의 얼굴을 일일이 들여다보았다. 꼭 실성한 사람같이 "정성관이라는 사람을 아십니까. 혹시 정성관이라는 사람을 본 사람 있습니까. 제2국민병으로 나간 아들을 찾습니다." 하셨다. 길가에 거적데기를 쓰고 누워있는 시체도 많았다. 그것들을 일일이 들여다보셨다. 삼촌은 아니었다. 생면부지의 사람인데도 이 추운 데에 누워있는 누군가의 자식이 불쌍해서 눈물이 또 나왔다.

국민병으로 나갔던 사람들은 곧 알아볼 수가 있었다. 피난민들은 가족단위로 짐을 이고지고 걸음을 재촉하고 있는데 반해서 국민병으로 나갔던 사람들은 우선 짐이 없었고 남자들끼리 둘씩 셋씩 서로 기대고 의지하며 걷고 있었다. 그들은 지칠 대로 지친 모습이었다. 조부는 그들 몇 사람에게 밥을 사주었으나 끝이 없는 것 같았다. 또 요행히 삼촌을 만나면 돈도 더 들 것 같아서 돈을 아끼기로 했다. 연방 "세상에 이런 변이 있는가." 하고 짐승 같은 소리로 울부짖으며 "나라에서 이럴 수는 없지. 있을 수 없는 일이지." 하시며 걸었다.

"밤에는 피난민들과 같이 허물어져가는 헛간에서 자고 새벽에 우물가에서 막대기같이 언 손으로 눈만 좀 씻고 다시 길을 나섰어. 자꾸 걸어오는 군인들을 보며 아들을 만날 수도 있겠다는 희망을 품었다가도 해가 기울고 밤이 되면 설움이 복받쳐 오르며 절망하곤 했단다. 본래 성관이는 건강한 체질이 못되지 않니. 그래서 혹시? 하고 생각하다가도 방정맞은 생각은 필사코 털어버리곤 했어. 이게 무슨 일이니? 일본시대 때도 이러지는 않았는데." 2주 만에 돌아오신 조모의 보고 말씀이었다.

"살아있으면 언젠가는 돌아오겠지. 에미가 이렇게 기다리는데 하나님이 무심하시지는 않으시겠지." 좀 누워야겠다며 조모는 베개를 끌어당기셨다.

그로부터 한 달 쯤 뒤 어느 날, 나이가 들어 보이기도 하고 젊어 보이기도 한 깡마른 사람이 우리 집 문을 두드렸다. 문을 열고 나갔던 말캥이 셋째가 "언니, 누가 왔어." 한다. "누군데?" 하며 나갔더니 "여기가 정성관의 집인가요?" 했다. 가슴이 철렁해지며 "그런데요." 해놓고 나는 "이거 어쩌나, 삼촌이 돌아가셨구나." 하는 불길한 생각이 치켜 올라와서 입을 다문 채 그를 바라보았다. 그가 "조금 들어가서 앉아서…… 앉아서…… 물을 좀 주시면 좋겠습니다." 했다. 나는 '와앙' 하고 울음을 터뜨렸다. "우리 삼촌 돌아가셨어요?" 하자 그가 마시던 물그릇을 놓고 부들부들 떨면서 "그게 아니구요. 그런 게 아니야요." 했다. 평안도 사람의 말투였다. 이 사람의 존재가 무엇인가?

"성관이가 몹시 아파요. 저기 초량 넘어가는 그늘진 곳에 좀 뉘어 놨어요. 빨리 누군가 좀 데리러 갔으면 좋겠어요." 했다. 장삿길을 찾아보고 있으시던 아버지가 달려오셨다. 조부도 뛰어오셨다. 조모가 혼절을 하셨다. 나는 우왕좌왕 "물, 물, 물 떠와. 빨리!" 하였다. 아버지가 사지가 축 늘어진 삼촌을 업고 돌아오셨다. 조모가 "아이고, 아이고, 얘가 살아있는 것 맞는가?" 하셨다. 아버지가 성관의 몸을 안은 채 "미안하다. 내가 너에게 죽을죄를 졌구나." 하시며 눈물을 흘리며 용서를 빌었다. 그동안 아버지는 동생을 사지판에 내보내고 남다른 마음고생을 하신 것 같았다. 조부가 어머니보고 "에미야, 어서 미음이라도 쑤어 먹이시게." 하셨다.

우리는 모두 삼촌을 들여다보고 있었다. 삼촌이 눈을 떴다. 멍한 눈망울을 굴리더니 삼촌은 분명히 말하였다. "형님, 이분 덕에 살았어요. 차령관사람이에요." 했다. 아! 고향사람이 우리 삼촌을 살려주었구나. 나이는 42세. 성은 차씨. 그는 단신 월남했다고 한다. 차씨 아저씨는 재봉사였고 재주가 좋았다. 오랫동안 우리 집에서 함께 살았다. 수복 후 장가도 보내주었다.

■ ■ ▦

제2국민방위군사건 : 1950년 12월 21일 국민방위군 설치법이 공포되어 만17~40세의 남자를 예비병력으로 뽑았다. 전세가 불리하여 이들을 남하시키는 과정에서 방위군 간부들의 부정행위로 수많은 장병들이 굶어죽거나 병들어 죽었다. 이들의 부정처분 물자는 당시의 돈으로 무려 24억 원. 양곡 52,000섬. 현금과 물자는 방위군 간부들과 정치자금으로 들어갔다. 이로써 신성모 국방장관이 사임되고 간부 5명이 사형 당했다.
양동주 편저, 『20세기 세계와 한국』, 동아일보, 2001. 참조.

새들고아원

국제시장에는 팔도강산 사람들이 모두 모여 있었다. 가게마다 미제 물품들이 산더미같이 쌓여 있었다. 가끔 미제 물건 가게에서는 '따벌'이라고 하는 좀도둑을 붙잡고 "요놈의 새끼가 또 훔쳤어. 요놈, 오늘 한번 혼나 볼래?" 하며 주먹으로 좀도둑의 머리를 쥐어박고 훔친 물건을 다시 뺏는 일이 자주 있었다. 주위에 둘러 서 있던 사람들은 "때리지 말고 줘서 보내요" 했다. 그들은 난리통에 식구를 하나 둘씩 잃어버린 사람들일지도 모른다. "이것만 가지고 가. 이 새끼, 다시 오지마. 요거 그저……" 매일 같이 골치를 썩던 가세 주인늘은 쥐었던 주먹을 펴며 좀도둑들을 돌려보내는 모습도 볼 수가 있었다.

좀도둑들은 미군이 서울에서 후퇴할 때 많은 전쟁고아들을 비행기로 실어 피난지로 데려왔는데, 그곳에서 도망쳐 나온 아이들이라고 했다.

피난민들은 모두 장삿길로 나서서 국제시장으로 모여들었다. 미군복바지를 무더기로 어깨에 걸머지고 이 사람 저 사람에게 쪼르르 달려가서 군복 바지자락을 들어 보이며 내 것을 사달라고 애원하곤 하다가 M.P가 몽둥이를 들고 나타나면 논물 안의 올챙이들보다도 더 빠르게 궁둥이를 흔들며 자취를 감추곤 하였다. 미제물건 가게도 연쇄적으로 따따따딱 하는 소리를 내며 문을 닫았다.

M.P가 몽둥이를 들고 나타나는 시간은 잠시잠깐이고 장사꾼들은 눈만 딴 데 잠깐 돌렸다가 어느새 다시 제자리로 나와 있었다. 언뜻 보면 활기찬 시장 같으나 사실은 오늘 벌어 오늘 끼니를 해결해야 하는 피난민들의 사활이 걸린 마당이기도 하였다.

거리에는 '휴전반대' 시위대로 들끓고 있었고 한쪽 다리를 잃은 상이용사들도 지팡이를 휘두르거나 휠체어를 탄 중 상이용사들이 휴전반대 데모에 나서고 있었다. 참으로 처참하여 눈뜨고 볼 수가 없었다. 그런가 하면 주말의 주택가에는 등치 큰 미군들이 쏼라쏼라 하며 하늘거리는 옷을 입고 항상 껌을 씹는 여인들을 찾아가고 있었다. 그녀들의 특색은 입술연지를 크게, 그리고 짙게 바른다는 것이다. 그들은 티내기를 좋아하는 것 같았다.

미군들은 여자가 서있는 대문 안으로 제 집 들어가듯 유유히 사라지곤 하였다. 주말의 이 도시는 그들이 주인이고 우리들은 그들의 곁붙이로 사는 고용인 같아 나도 모르게 그들이 무섭기도 하고 위축되기도 하였다.

들려오는 전선의 상황은 비감했다. 1951년 2월에는 미군이 대대적인 공격을 시도했으나 선제공격을 감행해 온 중공군에게 포위되어 크게 패해서 우리 측은 장교 323명, 사병 7,142명을 잃었다는 것이었다(백선엽 장군의 '남기고 싶은 이야기' 제127화 참조). 우리 집 가까이에 있는 미 제3육군병원에는 연일 부상자가 실려 들어오고 있었다. 이 큰 재난을 어떻게 감당할 수 있겠는가. 오직 하나님께 기도하는 수밖에 없었다. 집에서 걸어 내려와서 대청동 길을 건너면 얼마 안 가 큰 교회가 나왔다. 중앙감리교회라고 했다. 시간만 나면 어머니와 나는 이 교회에서 눈물을 흘리며 기도하곤 하였다.

나는 내 친구들이 우리 집 '하꼬방'을 찾아오는 일이 싫었고 창피하였다. 그러나 우리를 너무 잘 알고 있는 조순희는 예외였다. 조순희네 가족들은 아버지가 고위직에 계시는 '동아상사'의 직원들과 같이 큰 집 온채를 빌어서 같이 세 들어있었고 생활비도 어렵지 않은 것 같았다. 순희가 찾아와서 학교가 시작되었다고 알려주었다. 새들원이라는 고아원에서 공부를 한다고 했다. 동생들은 남일국민학교에 이미 들어가 있었다. 며칠 안 되어 동생들이 "와이카노?" 하며 부산말을 쓰기 시작하였다. 그 때마다 나는 픽 하고 웃었다. 성관삼촌은 아직 돌아오기 전이었다.

새들원은 우리 집에서 걸어 5, 6분이면 갈 수 있는 거리에 있었다. 꼭 일본 신사(神社) 같은 건물이었다. 신발을 벗고 들어가면 보통 교실의 두세 배는 됨직한 큰 홀이 나왔다. 홀 마룻바닥에 학생들이 여기 한 무리 저기 한 무리씩 나뉘어 앉아 있었다. 알고 보니 그것이 학년끼리 모여앉아 있는 모습이었다. 사람들이 부산으로 다 모여들었다고는 해도 한 학년에 많아야 7, 8명 적게는 2, 3명이었다. 같은 배구반이었으며 친구들이 삼총사라고 불렀던, 나와 순희와 혜성이가 나란히 마루 위에 무릎을 꿇고 앉았고 종숙이와 임순이도 우리 앞에 앉아 있었다. 오랜만에 만난 친구들은 모두 반가워서 어쩔 줄을 모르고 있었다.

차두형 선생님은 4학년, 5학년, 6학년(지금의 고등학교) 학생들을 같이 앉게 하고 나머지 1, 2, 3학년 학생을 모두 묶어서 앉게 하였다. 유순하고 늘 평안한 모습의 내 뚱보 동생도 3학년 아이들 속에 끼어 앉아서 무척 즐거운 표정을 하고 있는 것이 보였다. 차 선생님은 나에게 특별한 인연이 있는 분이셨다. 내가 3·8선을 넘어 종로에 있는 조그마한 사립학교 4학년(고등학교 2학년)에 전입학해서 들어갔을 때 내가 속하게 된 2반 담임이 차 선생님이셨다.

학교가 외견으로 너무 조그맣고 건물 자체가 옹색해서 나는 처음에 학교가 마음에 들지 않았었다. 그러나 차차 학교의 내력을 알게 되고 배구반에서 활동하게 되면서 나의 생각은 달라졌다. 3·8선을 넘는 2년 동안 학업에 굶주렸던 나는 이 학교의 설립을 박순천 선생님과 박승호 선생님과 황신덕 선생님 세 여성동지들이 세웠으며 '참대'처럼 곧고도 굳은 절개를 지닌 여성교육을 목표로 삼고 있다는 뜻이 내 마음을 끌어당겨 주었다. 그때부터 대나무는 나의 인생의 이정표 역할을 해 주었다.

해방이 되어 박순천 선생님은 정계로 나가 대한민국 국회의장이 되셨고, 박승호 선생님은 사회사업 방면으로 나가셨고 학교는 황신덕 선생님이 맡으셨다. 한국에서 중국요리 제1인자로 꼽히는 정순원 선생님이나 우리가 잘 아는 호원당떡집을 창시하신 조자호 선생님은 모두 황 교장님과의 깊은 연고로 성심성의를 다해서 학생들을 가르치신 분들이었다. 학교는 조그마해도 교사진은 쟁쟁하였다.

재학 시 이런 일도 있었다. 지리시간이었다. 선생님이 우리 교실에 들어오시자 "누구누구 어디 있어?" 하셨다. 평양에서 왔다는 나와 키가 비슷한 그 학생은 자리도 나와 가까웠는데, 느닷없는 선생님의 물음에 "전데요." 하며 손을 들었다. "누구라는 아이가 네 동생이지? 공부 좀 시켜. 언니가 있으면서 왜 그래?" 하셨다. 부끄러워서 얼굴이 홍무가 된 그 학생은 쿨쩍거리며 울기 시작하였다. 평양에서 왔다는 반장이 손을 들었다. "선생님, 동생의 얘기를 왜 언니의 반에 와서, 그것도 친구들 앞에서 얘기해서 망신을 주는 거예요?" 하고 항의하자 선생님이 "동생 얘기를 언니에게 하지, 그럼 누구에게 하나." 하셨다. 학생들이 들고 일어나며 한 마디씩 항의하였다. 교실 분위기가 갑자기 험해졌다. 선생도 지지 않고 "선생님에게 대드는 거냐?"고 호통을 치셨다.

방과 후 교장선생님이 그 학생을 부르셨다. 지리 선생도 그 자리에 있었다. "아무리 교사(敎師)지만 잘못하신 것은 사과하는 것이 옳은 도리입니다. 교사는 학생 한 아이, 한 아이를 인격체로 대해야 합니다." 하셨다. 지리 선생이 머리를 푹 숙인 채 서있는 아이에게 "미안하다. 너를 망신 주고 싶은 마음은 추호도 없었다. 듣고 보니 언니는 공부를 잘 한다는데 동생이……. 그저 부탁하고 싶어서 한 말이었다."고 하셨다.

나는 속으로 서울사람들이 3·8선을 넘어오느라 오랫동안 학교를 쉰 일을 어찌 알겠는가. 3·8선이 사선(死線)이라는 것을 어찌 알겠는가. 황 교장님이 월남한 학생들을 무조건 받아주신 일도 앞을 내다보실 줄 아는 멋있는 분이라는 생각이 들었다. 그러나 그 멋있는 교장 선생님이 6·25가 일어나고 얼마 되지 않아 납북되셨다. 7월 중순께였다고 한다. 보위부 간부라는 사람이 좀 조사할 것이 있다며 교장 선생님을 모시고 갔다는 것이었다.

동란 중 석 달 동안 학교에는 지리 선생을 위주로 한 몇몇 빨갱이 선생님들과 빨갱이 학생들이 들끓고 있었고 9·28 수복 후 그중 몇몇은 월북했고 더러는 부역자로 붙잡혀 심한 곤욕을 치렀다는 말도 들었다. 9·28 수복 이후 흩어졌던 학생들이 알음알음으로 학교에 모여들었을 때 우리들은 그때 처음으로 교장 선생님께서 납북되셨다는 소식을 들었고 모인 학생들은 교문 앞 은행나무 밑에서 크게 크게 교가를 불렀었다. 교장 선생님께서 들으실 수 있도록 눈물을 흘리며 불렀었다.

참대의 곧은 절개 본을 삼고서/ 곧고도 굳은 절정 목숨을 삼아/
이 나라 삼천만의 등불이 되리/ 천만리 멀리 가도/ 마음성 모교

평양까지 끌려가셨던 교장 선생님은 구사일생으로 10월 중순께에 돌아오셨다.

황신덕 교장 선생님께서는 학생들에게 말씀하셨다. "수많은 사람이 오랏줄에 묶이어서 밤이고 낮이고 북상하였다. 주먹밥이 배급되기도 하고 간간히 호명도 하는데 학교를 같이 설립한 박승호 형님의 이름도 나왔고 소설가 이광수 선생의 이름도 나왔어. 정계 문화계 및 교육계의 이렇다하는 저명인사들의 이름이 줄줄이 호명되어서 그제야 아! 북으로 끌고 가는구나 하고 생각했어. 정부가 국군이 인민군을 물리치고 북상 중이니 안심하라고 해서 서울 시민들은 고스란히 앉아서 적을 맞이한 셈이었지.

그때 배가 고픈 것은 잘 모르겠는데 이를 닦을 수가 없는 것이 제일 난감하더라고 나뭇가지를 꺾으려고 해도 묶인 사람이 같이 움직여야 하고 보안서원이 도망가는 줄 알고 그 자리에서 총살할

지도 모르고 가다가다 공습이 오면 엎드려 있다가 또 일어나 걸었어. 연세가 많아 보이는 한 노인이 가다가 쓰러져 죽었는데 보안서원은 팔목의 끈을 뒷사람과 연결시켜주고는 몇 발 걸어 내려가서 두어 번 땅을 파는 척하다가 주검 위에 흙을 끼얹고는 돌아오더라구. 모두 못 본 척했어. 우리를 감시하며 따라 걷는 보안서원이 일체 서로 간의 대화를 금지해서 묵묵히 걸을 수밖에는 없었어.

며칠이나 지났는지도 몰라. 발이 퉁퉁 붓고 부르트고 입에는 조갈이 나서 차라리 죽는 것이 낫겠다고 생각하며 산등성이를 기어오르는데 옆의 사람이 "평양근처 같은데요……." 하며 소곤거리는 소리가 들렸어. 바로 그때였어. 갑자기 소이탄이 터지면서 천지가 환해졌다가 전보다도 더 캄캄해지더라구. 모두 엎드리며 나가떨어지기도 했는데 내 손이 허전한 것 같아. 내 손목을 더듬어 봤어. 오랏줄이 풀린 것인지, 끊어졌는지. 어쨌든 내가 묶인 몸이 아니더라고 번개처럼 '이때다. 도망가자!' 하는 생각이 들더라.

산등성이에서 몸을 굴렸지. 그 다음에는 동물같이 네 발로 엉금거리다가 그 다음에는 두 발로 일어서서 죽기내기로 뛰었어. '평양!' 평양이면 내가 자란 곳이 아니던가. 큰길가로 나와 어림짐작으로 어렸을 때 다니던 교회생각이 나더라구. 아직 동이 트기 전인데 용케 나는 교회를 찾았어. 살금살금 교회 속으로 숨어들어갔더니 이게 웬일인가. 아직도 내 어렸을 때 계셨던 교회 지킴이 아저씨가 나오시드라구. 할아버지가 다 된 지킴이 아저씨를 붙들고 나는 소리를 죽여가며 꺼이꺼이 울었어. 거기서 할머니 옷을 얻어 입고 피난민으로 가장하고 대동강 기슭에 주둔하고 있는 미군영에 양 팔을 들고 뛰어 들어갔어." 교장선생님의 말씀이 끝나자마자 그 자리에 있던 선생님들과 학생들이 한 덩어리로 부둥켜안고 울며 웃었다.

건강을 회복할 새도 없이 1·4후퇴로 부산으로 피난하신 선생님은 곧 새들고아원을 물색해서 아이들을 거두어 주셨다. 그리고 마룻바닥에 앉아 엎드려 공부하는 우리들을 연민의 눈으로 보곤 하셨다. 학교에서는 공책과 연필도 주셨다. 선생님들은 고아원에서 손으로 미는 등사판을 이용해서 손수 철필을 긁어 교재를 준비해 주시곤 했다.

전쟁 전에는 뚱보 동생과 나는 영어가 전 '빽빽이'였다. 그도 그럴 것이 우리는 고향을 떠나올 때까지 '로시아어'를 배웠다. 내가 서울의 학교에 입학할 때는 반 친구들이 영어책을 줄줄 읽을 줄 아는 때였다. 나는 영어사전이 필요했다. 아버지는 나를 데리고 종로의 영창서관에 가서 제일 크고 제일 비싼 영어사전을 사 주셨다. 당시 '콘사이스'라고 하는 조그마한 사전을 사야했는데 아버지도 나도 비싸고 큰 것이 좋은 줄 알고 있었다. 나는 그 큰 사전을 잘도 들고 다녔다.

인민군이 서울에서 후퇴하며 불을 질러 오장동 집이 재로 변할 때 내가 그렇게도 애지중지하며 밤을 새가며 책장을 들추곤 했던 영어사전도 집과 같이 타버렸다. 가방 하나가 가득 차는 무겁고 큰 영어사전을 나는 한 번의 불평 없이, 그저 감사하는 마음으로 들고 다녔다. 옆의 학우들이 내 영어사전을 보며 "너, 이 큰 사전을 들고 다니니?" 하며 웃어도 나는 개의치 않았었다.

주변 사람들의 권유로 아버지는 동생들을 집에서 거리가 좀 멀긴 해도 이름 있는 제동국민학교에 넣어 주셨다. 아침마다 영천 종점에서 전차에 올라탄 아이들은 종로2가에서 내릴 때는 얼굴들이 찡그려 있곤 하였다. 가끔 나와 뚱보 동생도 몸은 전차 밖으로 나왔는데 책가방이 나오지를 않아 가방끈을 힘껏 잡아당기며 발을 구르기도 하였다. 지금 새들고아원 마룻바닥에 앉아서 국어고전을 듣는 나는, 틈틈이 이런 생각이 떠오르곤 하여 비시시 웃음이 나오곤 하였다.

새들원에서 공부하는 학교는 우리뿐만이 아니었다. 이화여고 학생들도 이곳에서 공부하고 있었다. 우리들은 그 아이들하고도 친해졌다. 이화는 명문이 아닌가. 내가 뚱보 동생과 같이 아버지께 이끌려서 이화여고를 찾아갔을 때 교감 선생님은 영어 알파벳을 내놓고 나에게 읽어보라고 하셨다. 나는 악바리여서 쩔쩔거리며 '아, 베, 세, 데……'하고 읽자 교감선생님이 웃으며 "4학년에는 받아줄 수가 없습니다. 큰 아이는 3학년에는 넣어줄 수가 있겠지만. 동생은……." 하고 미안해서인지 입을 쩍쩍 다시며 "지금 우리 학교는 이북에서 오는 아이를 가능한 한 받아주고 있습니다만. 동생은 너무 어립니다." 하셨다. 좋게 말해서 '어리다'고 한 교감선생님의 뜻을 아버지와 나는 그 때 알고 있었다.

아버지가 "3·8선을 넘어오느라고 2년간이나 학교를 쉬었습니다. 넣어만 주시면 따라갈 수는 있는 아이들인데요." 하시자 교감선생님이 딱 잘라 "동생은 안되겠습니다." 하셨다. 눈물이 많아 잘 우는 나는 그때도 찔끔거리며 3학년이라도 이 학교에 들어가고 싶다고 하였다. 만나리 교회인 영락 교회에서 신의주 친구들을 보면 다 좋은 학교에 들어가 있었다. 그러나 아버지는 "학교가 다르면 동생을 누가 데리고 다니나? 둘이 같이 다닐 수 있는 학교를 찾아보자." 라고 하신 말씀이 지금 바로 가까이에 있는 이화 아이들을 보니 떠올랐다.

그렇게 몇 학교가 모여 한 마루방에 앉아서 공부하던 어느날 나보다 한 학년 아래고 같은 배구반 중위 센터하던 아이가 쉬는 시간에 무르팍을 질질 끌며 앉은뱅이걸음으로 앞으로 나가더니 이화여고 그룹 옆에 들어가 앉았다. 순희와 나는 "쟤가 왜 저러나?" 하며 바라보고 있는데 그녀가 우리를 돌아보고 씩하고 웃었다. 그날부터 그 중위 센터 아이는 우리에게 돌아오지 않았다. 언젠가 남산 밑의 그녀의 집에 놀러갔을 때 그녀는 자기 어머니가 무릎을 가릴 정도

로 긴 부루마(여자운동선수들이 입었던 팬츠)를 입고 농구를 하는 사진
을 우리에게 보여주며 어머니가 이화여고 출신이라고 은근히 자랑
했는데 지금 중위 센터아이는 계획적으로 이화여고로 옮겨 앉은 것
은 아닐까? 그녀는 이화 졸업생이 되었고 새들원에서 그렇게 옮겨
앉은 아이가 대여섯 명이 넘었다고 들었다.

외숙모

삼월도 지났다. 진해에서는 벚꽃소식이 들려왔다. 어머니와 나는 자갈치시장에 들렀다가 국제시장에 들렀다. 그저 한 바퀴 돌아보기 위해서였다. 시장을 벗어나오는데 어머니가 발을 딱 멈추셨다. 마주 선 여인도 금방 발이 땅바닥에 붙어버렸다. 어머니가 "형님 아니세요?" 하자 "동생, 국태엄마 맞지?" 서로 물었다. 나도 "외숙모⋯⋯." 하였다. 외숙모의 양 어깨 위에는 미 군복바지가 수북하게 올라있었다.

외숙모가 올망졸망한 아이들을 데리고 인천까지 왔다는 소식은 바람결에 듣고 있었던 터였다. 그러나 그때의 우리 집 형편이 외숙모의 거취를 살필 계제가 아니었다. 그리고 신림동에 새집을 장만해서 들어가랴, 겨울 준비하랴 눈코 뜰 새 없는 와중에 중공군이 노도같이 쳐 내려와서 부리나케 부산으로 피난 나온 때였다.

어머니는 그간 외숙모를 잊은 것은 아니었다. 큰오라버니에 대해서도 그 안부가 늘 걱정스러웠던 터였다. 그런데 부산에서 형님을 만나다니……. 어머니와 외숙모는 서로 부둥켜안은 채 말을 잇지 못하고 우시며 우리 집 하꼬방에 들어오셨다. 외숙모가 어깨에 메고 계셨던 군복바지를 나는 내 어깨에 옮겨졌다. 상당히 무거웠다 (손위올케를 평안도에서는 '형님'이라 함).

어머니가 "그래, 오라버니는 어떻게 되셨어요?" 큰오라버니의 안부부터 물었다. "국군이 선천(宣川)에 들어온 것은 10월 14일이었어요. 동네사람들이 모두 나가 태극기를 흔들며 환영했지요. 이틀이 채 안되어 국군이 후퇴했어요. 태극기를 흔든 사람들은 다 죽게 되었어요." 외숙모는 그간의 있었던 일을 눈물을 삼키며 말하기 시작하셨다.

몇십 년을 살아오던 집이었다. 외숙이 재촉하였다. 며칠만 있으면 다시 국군이 들어올 텐데 대충 짐을 싸지 무얼 그리 꾸물대느냐고 핀잔을 주었다. 외숙모는 이것저것을 자꾸 챙기며 날이 추워오는데 이 어린 것들을 데리고 맨손으로 떠날 수는 없지 않느냐고 대꾸하였다. 아이가 올망졸망 일곱이나 된다. 서둘러 길을 나서자 이웃집의 김씨네, 이씨네, 박씨네…… 그동안 국군 오기를 손꼽아 기다리다가 달려 나가 눈물로 태극기를 흔들었던 사람들이 외숙네처럼 아이들을 앞세우고 집을 나서고 있었다.

며칠 있으면 집으로 되돌아갈 수 있을 거라고 한 예측은 아주 빗나갔다. 이 많은 식구를 업고 지고 짐을 조금씩 버리면서 남쪽을 향해서 걸을 수밖에 없었다. 뒤에서 중공군이 쫓아오기 때문에. 선천을 떠나 정주를 거쳐 신안주까지 온 식구는 걷고 또 걸었다. 다행인지, 운이 좋았는지 신안주에서 평양까지는 드럼통을 가득 실은 화물열차 지붕에 올라탈 수가 있었다. 평양에서 해주까지 다시 걸어서 3·8선을 넘어 청단에 도착하였다.

그때 당시 남북의 군사가 서로 대치하고 있는 임진강은 최전방 지대인데 온 식구가 같이 이곳을 빠져나가는 일은 다 같이 죽자는 뜻과 같았다. 사리원에는 중공군이 우리를 앞서고 있었고 도망갔던 인민위원들이 하나 둘씩 돌아와서 피난민을 감시의 눈으로 보기시작하자 외숙모는 외숙을 먼저 인천의 막내동생(나에게는 막내이모) 집으로 떠나보내는 것이 낫겠다고 생각하였다.

외숙을 떠나보내기 전날 외숙모가 돌아앉아서 짐 속에 싸고 또 싼 금덩어리 하나를 꺼내서 외숙이 지고 갈 담뇨 끝에 넣어 누비고 있는데 몸집이 건장한 사람이 문을 밀고 들어오며 "전시에는 그게 제일이지요." 하며 내일 같이 떠나자고 했다는 것이다. 자기는 남쪽과 북쪽의 정보원 신분증을 다 가지고 있으니 자기와 같이 가면 안전하다고 말하더라고 했다. 외숙모는 마음이 꺼림칙하기는 해도 뾰족한 도리가 없어 예정대로 떠나기로 작정하였다. 외숙모의 마음에는 도리어 혼자보다는 동행이 있는 것이 낫겠다는 마음도 들더라고 하였다.

빈집이 많아 한데서 자지는 않았다. 밥을 지을 수 있는 집에서는 밥을 지어 주먹밥을 빚었다. 철없는 아이들은 맛이 없다며 도리질 하고 날씨는 추워오고 외숙모는 어린 칠남매를 겨우 이끌고 인천 에 도착하였다. 외숙은 오지 않았다. 외숙모는 큰아들 영조를 다시 오던 길로 나가 아버지를 찾아보게 하였다. 아버지를 찾으러 떠나 간 큰아들 마저도 영영 돌아오지 않았다. "난리 때는 식구가 헤어 지는 것이 아니었나 봐요." 외숙모가 우시며 하신 말씀이었다.

인천에서 만나자고 했으니 외숙모는 인천을 떠날 수가 없었다. 외숙모는 노숙을 하며 철로에 떨어져 있는 석탄을 대야에 주어다가 팔았다. 몇 날 며칠을 석탄 대야를 머리에 이었더니 머리가 다 빠 져서 대머리가 되더라고 했다. "동생, 대머리면 어떠우. 오라버니와 아들아이가 살아만 온다면 대머리 아니라 그보다 더한 일이 있어도 나는 괜찮겠어요. 두 사람이 살아만 있다면…… 으흐흐흐……." 우 리는 부둥켜안고 강물 같은 눈물을 흘렸다.

그 어려운 와중에 밑에서 두 번째 아이가 자꾸 아프다고 울었다. 배가 아프다고 하였다. 사나흘을 앓더니 그 아이는 결국 죽었다. 숨 을 할딱거릴 때 외숙모는 "죽으려면 빨리 죽어라. 고생하지 말고" 했더니 그날 밤 숨을 거두더라고 말하였다. 지게꾼을 불러 돈을 얼 마 주고 적당히 묻어달라고 하고 떠나왔다는 것이다. "동생, 내가 죄가 많은 사람이지요." 우리는 계속 강물 같은 눈물을 흘리고 또 흘렸다.

외숙모가 머리에 칠보를 꽂고 가마를 타고 선천 두못골, 내 외가로 시집올 때는 새색시를 본 동네사람들이 모두 눈이 부시게 예쁘다고 하였다. 함박꽃 같다고도 하였다. 외숙이 의주사범(義州師範 : 지금의 사범대학)을 졸업하고 첫 부임지인 초산 소학교에서 첫눈에 든 여인을 아내로 맞은 것이었다. 학교에서는 줄곧 일등만 하는데다가 미인이어서 이름난 학생이었다. 두 사람이 결혼 후 마침 교사직으로 여기저기 전근 다니는 남편의 직업 관계로 외숙모는 시댁에는 잘 올 수도 없었지만 어쩌다 와도 부엌에 들어서는 법이 없었다고 하였다. 그렇게 도도했던 외숙모는 외숙이 떠나간 이후로는 서리맞은 야생 들국화보다도 더 초라하고도 누추하게 시들어 버렸다.

영도(影島)에 피난 와있던 막내이모는 그 얘기를 듣고 눈물을 펑펑 쏟으면서도 올케를 원망하는 말을 끊이지 않았다. "올케는 무엇이 그리 연연해서 그때까지 못 떠나 왔답디까? 오라버니네만 못한 집도 다 떨쳐놓고 남쪽으로 와서 사는데 왜 그렇게도 부르쥐고 있다가 지금에야 내려왔답니까? 결국은 오라버니도 그 잘생긴 큰아들도 다 잃어버리지 않았습니까." 하였다.

막내이모는 외숙모의 손아래 시누이여서일까. 불쑥 "금덩어리도 그렇지요. 혼자 끼고 나오지 말고 집에서 떠나올 때 나누어 오라버니 옷에다가도 깊숙이 넣어드리고 떠나올 일이지 피난 도중에 그걸 꺼내서 오라버니 짐에 넣어드렸다니 그것도 잘못한 일입니다." 하였다. 하긴 외숙모도 그리 말하지 않던가. 같이 가자고 한 그자가 외숙을 가해했을 거라고 그 금이 탐이 나서 그랬을 거라고 말하지 않았는가. 막내이모 말에 일리가 있는 것 같았다.

미국으로 이민 오신 외숙모는 남편은 체념하더라도 큰아들의 행방만은 백방으로 알아보았다. 그리고 북으로 다시 되돌아간 큰아들이 살아있다는 것과 월남가족이 있는 사람들을 정배 보내다시피 하는 산골, 자강도에 보내져서 그곳에서 결혼하여 딸이 하나 있다는 소식을 찾아내었다. 이 소식을 들은 외숙모는 오늘까지 산 보람을 느낀다며 캐나다에서 사업하는 작은아들을 평양으로 보냈다. 아들 며느리 손녀딸의 선물을 바리바리 꾸려서 보냈다. 그때가 1992년 4월이었다. 그러나 평양에서 만난 안내자는 형은 이미 세상을 떠났고 그 부인과 딸도 소식을 모른다는 것이었다. 왜? 왜 그럼 살아있다고 했을까? 외숙모의 실망과 슬픔은 무엇으로 표현하리오. 그 후 외숙모는 세상을 포기하다시피 하고 긴 한숨으로 인생을 마감하셨다. 이 슬픔이 내 외숙모만의 것이랴. 우리 민족 전체의 슬픔이었다.

사업의 실패

평생 목재(木材)밖에 모르시는 조부와 아버지는 어느 날 대낮쯤에 통나무 두 트럭을 사다가 우물가에 부려놓았다. 그리고 튼튼해 보이는 지게꾼 두 사람을 데리고 와서 하루종일 토막을 내고 장작을 패기 시작하였다. 조부와 아버지는 패진 장작개비 일곱, 여덟 개를 한 묶음으로 다발을 만들어 대문 바로 안에 산더미같이 쌓아올렸다. 집 둘레가 톱밥냄새로 가득 찼다. 톱밥냄새 속에서 자란 나는 아! 좋은 냄새! 하며 연상 코를 벌름거리며 아하, 장작장사를 시작하는구나. 하긴 장작도 나무장사는 나무장사니 하고 생각하였다.

코맹맹이 주인아주머니가 나와 보고 입이 쫙 벌어졌다. "내사 마, 정사장이 장작장사 한닥키로 마, 그리하소 했는데 이렇게 많은 것을 우리 집 대문 안에 쌓을 줄 누가 알았노?" 아주머니는 어처구니가 없다는 듯 혀를 끌끌 차면서도 내치진 않았다. 내가 보기에도 좀 너무한 것 같아 속으로 많이 미안하였다.

시장조사를 좀 했어야 했다. 부산은 우리나라 최남단이고 따뜻한 지방이다. 겨울에도 눈을 보기가 어려운 곳이다. 거기다가 근래는 집집마다 구공탄을 써서 대부분의 본토 부산사람은 말할 것도 없고 피난민들도 가격도 싸고 집게 하나면 다루기도 손쉬운 구공탄을 쓰지 누가 요사이 장작불을 때서 밥을 짓는가. 별장같이 아름다운 집 대문 앞에 커다랗게 '장작있습니다' 하고 써 붙인 꼴은 내가 보기에도 꼴불견이었다. 몇 단은 팔렸다. 그러나 한 달이 넘도록 장작더미는 줄어들지 않았다. 하는 수 없이 아버지는 주인집에 거저 다 넘겨주고 부엌 가까이에 날라다 쌓아주기까지 하였다. 그날 저녁은 온 식구가 시무룩하였다. 이것이 첫 번째 사업실패였다.

어느 날 아버지는 빵 만드는 기술자를 데리고 왔다. 그리고 조부가 거처하는 방 옆에 빵 굽는 가마를 세웠다. 진흙을 이겨 내 키의 한배 반 정도의 한증막 같은 가마를 짓고 가운데에는 오븐(Oven)을 집어넣었다. 비를 막을 수 있는 판자 지붕도 올렸다. 뜰이 워낙 넓어서 마당을 가로막는 일은 없었다. 그러나 내가 보기에는 역시 이 집의 미관을 해치는 볼품없는 장소를 만들어 버렸다.

빵 기술자는 사흘을 연속 와서 빵 굽는 법을 가르쳐 주었다. 채로 친 밀가루에 적당한 물을 붓고 이스트를 섞고 팔이 부러져 나갈 정도로 반죽을 해야 했다. 집에서 식구를 위해 만드는 손칼국수하고는 그 양이 우선 다르다. 엄청 많아서 반죽하는데 온 몸의 기운을 쪽 뽑았다. 기술자의 말로는 반죽을 잘해야 빵이 맛이 있게 구워진다니 어찌 하겠는가. 아버지도 어머니도 나도 집안 식구가 온통 들러붙어서 죽기내기로 밀가루 반죽을 하지 않으면 안 되었다.

밤 12시에 반죽이 끝나면 그 위에 이불 같은 것을 씌워 놓아 뜨뜻하게 해주고 정각 3시에 일어나 빵을 빚어 가마에 넣어야 했다. 만일 단 일분이 늦어져도 부풀어 올랐던 밀가루 반죽은 링 위에서 얻어맞고 쓰러진 레슬러마냥 비참하게 너부러진다. 온 식구가 밤을 새워야 했다. 대문 앞으로 딱딱이를 치며 야경꾼이 지나가다가 들여다보곤 하였다.

학교에서 돌아오면 어머니가 들고 시장에 나가 앉았던 자리에 나와 뚱보 동생이 남은 빵을 인계받아 장사를 하였다. 누구하나 돌아보는 사람조차 없었다. 저녁이면 아침에 들고 나갔던 빵이 그대로 돌아오곤 하였다. 어느 날 내 옆에 우리 빵과 비슷한 것을 들고 나온 중학생 또래의 한 남자아이가 큰 소리로 "자, 빵 사세요. 빵이요. 지금 당장 구운 따끈따끈한 빵이 천원에 2개애— 천원에 2개애." 노랫가락처럼 소리를 길게 뽑으며 손님을 끌었다.

우리도 빵 하나에 500원이고, 그 학생의 빵이 특별히 싼 것도 아니었다. 그런데 사람들은 소리 지르는 그 학생의 빵을 사가지고 갔다. 내가 물끄러미 바라보자 "누나, 소리를 질러요. 나처럼요" 했다. 나는 차마 소리가 나오지 않았고 빵장사 하는 일이 부끄러웠다. 목에 가래가 끼어서 나는 "내 빵 사세요. 천원에 두 개애⋯⋯." 하는 소리가 죽어도 나오지 않았다. 옆의 학생이 자기 빵을 다 팔고 우리 것도 팔아 주었다.

아버지는 절대로 빵을 파는 우리들을 보러 나오지 않으셨다. 또 빵을 고스란히 들고 들어오는 우리들을 나무라지도 않으셨다. 그리고 "저녁엔 빵 먹자." 하셨다.

온 집안 식구들이 수면 부족으로 쓰러지기 직전이었다. 거기다가 기술자가 가르쳐 준대로 열심히 만들었는데 웬일인지 사흘 연속해서 반죽한 것이 링에서 쓰러진 레슬러같이 넙적 주저앉았다. 보다 못한 조부가 "아이들 다 다치겠네. 고만 두시게." 하셨다. 아버지도 이미 마음을 굳히셨는지 그날로 빵장사를 집어치웠다. 나와 뚱보 동생이 기쁨을 내색할 수는 없어서 눈을 내리뜨고 실실 웃으며 서로 옆구리를 찔렀다. 두 번째의 빵장사 사업도 실패였다.

성관이 삼촌을 부축해서 집에까지 데려다 준 차령관 아저씨는 재봉사였다. 아버지가 차씨아저씨에게 "재봉틀을 사주면 '쯔메에리' (남학생복)를 만들 수 있겠는가?" 하고 물었다. 차씨아저씨가 "재봉틀만 있으면 무엇이든지 만들 수가 있습니다." 하였다. 그날로 아버지는 수복 후 서울에 가서도 쓸 수 있는 이름 있는 '싱가미싱' 두 대를 사서 조부방을 조금 더 넓히고 들여놓았다. 기술자 한 사람도 또 구했다.

나는 안다. 아버지가 왜 싱가미싱을 두 대나 사왔는지. 어머니가 오랫동안 손에 익혀 써오던 싱가미싱을 오장동 집이 탈 때 다 타버린 아까운 품목 중의 하나인 것을 아버지는 알고 계셨다. 이 미싱은 우리와 같이 3·8선을 넘어온 기계였다. 그날부터 우리 집에서는 밤이고 낮이고 재봉틀 소리가 끊이지 않았다. 어머니와 조모는 성관 삼촌까지 해서 갑자기 늘어난 식구들의 식사준비로 손이 사뭇 바빠지셨다.

미싱소리와 함께 두 재봉사의 노랫소리가 구성졌다. 그들은 손과 발을 연상 움직이고 그들의 일에 별 용무가 없는 두 사람의 입으로는 열심히 노래를 불렀다. 어떤 때는 궁둥이까지도 들썩이며 김정구가 부른 <두만강 푸른 물에>도 나오고 황금심이가 부른 <왜 모른 척 하시나요>도 나오고 이난영의 <목포의 눈물>도 나왔다. 한창 유행하는 <영도다리 난간 위에 초승달이 외롭다>라는 노래도 입을 맞춰 부르다가 누가 먼저랄 것 없이 쿨쩍이며 눈물을 닦기도 하였다.

국제시장 입구에는 조그막씩한 가게 부스가 있었다. 한 열 칸이 넘는 이 부스의 대부분은 목까지 치받쳐 올라오는 학생복, 소위 '쯔메에리' 가게가 차지하고 있었다. 아버지는 그 부스 하나를 빌어서 두 재봉사가 눈만 뜨면 만들어 내는 쯔메에리를 보기 좋게 내다 걸었다. 시장에 사람은 왁자지껄하고 많은데 왜 이렇게도 장사가 안

되는지 알다가도 모를 일이었다. 아버지는 가게만 내주고 절대로 가게에는 나앉지 않으셨다. 어머니와 하얀 수염이 얼굴 가득한 조부가 산신령같이 앉아 있곤 하였다. 간간히 하루에 한두 개 팔려도 돈은 되지 않았다. 우리는 가지고 온 돈을 다 써 버렸다. 쯔메에리 가게도 문을 닫아야할까? 그러나 이것마저 문을 닫을 수는 없었다.

신의주의 '신양양행'을 경영하던 구 사장을 만나고 돌아온 아버지가 내일부터 '성냥'을 판다고 하셨다. "웬 성냥이냐." 하고 조부가 묻자 아버지는 "아버님도 아시지요? 신양양행의 구 사장 말입니다." 구사장이 누구에게 준 거금(巨金) 대신 성냥으로 빚을 받았다고 했다. 큰 창고에 가득 되리만큼의 많은 성냥을 받았다고 했다. 당시의 성냥은 바로 '돈'과 같은 물건이었다. 아버지는 구 사장 부인의 전갈을 받고 병원으로 달려가 구 사장을 보는 순간 구 사장의 생명이 오래가지 않을 것을 곧 감지할 수가 있었다. 폐병 3기가 넘었다고 했다.

고향에서 구 사장이라 하면 모르는 이가 없을 정도로 풍채 좋고 큰 부자이기도 하였던 구 사장이었다. 잘 나갈 때 기생을 마누라로 얻은 부인이었다. 그랬던 구 사장은 이미 예전의 구 사장이 아니었다. 구 사장이 기운 없는 목소리로 "정 사장, 얼마나 살기 힘들어? 성냥 갖다 팔아서 써. 많아. 아주 많아. 마음껏 가져다 팔아 쓰라구." 했다.

그 때 아버지는 하는 일마다 되는 일이 없어 살기가 막막하던 때였다. "형님이 어서 나아야 할 텐데요……." 하면서도 목이 메어서 말을 끝맺을 수가 없었다. 구 사장은 우리 뚱보 동생과 동갑내기인 어리광쟁이 딸이 하나 있었다. 구 사장이 딸아이 얘기를 꺼내다가 말았다. 아버지가 금방 "형님, 우리는 손이 많으니까 성냥을 팔아 반은 아주머니 드리겠습니다." 했더니 구 사장은 손사래를 치며 "우리 집사람 분은 충분히 남겨놓았어. 염려 말고 가져가라구." 하였다.

이튿날부터 우리는 시장바닥에 나앉아서 성냥을 팔았다. 성냥은 현금이나 같았다. 생활필수품이고 없어서 못 파는 그런 귀중품이었다. "성냥이요. 성냥이요." 하고 호객을 하지 않아도 포장된 것을 몇 개만 열어서 피라미드같이 쌓아놓고 나머지는 누기가 찰까 담요 같은 데에 꼭꼭 싸서 발밑에 놓았다. 우리 집 살림이 한 고비를 넘긴 셈이었다. 사람이 죽으라는 법은 없는 것 같았다. 우리 집 가계(家計)가 날로 좌악 피기 시작하였다.

조별단과 이화학당

해가 바뀌었다. 학제가 변경이 되어 미국처럼 9월이 신학기가 되었다. 새들원 뜰에도 봄은 왔다가 여름이 지나고 겨울도 갔다가 또 왔다. 세월도 부산 앞바다의 파도처럼 왔다가는 또 갔다. 그 사이 6학년(고3) 졸업반 공부는 1951년 6월에 어설픈 대로 끝을 맺었다. 그러나 졸업식을 할 계제는 못되었다.

서울대학교와 연희대학은 영도에 가교사를 세웠다고 들었다. 거의 비슷한 시기에 서울에서 내려온 수많은 대학교와 중학교도 문을 열었다. 어느 학교나 학생이 모자라는 형편이었다. 나는 이화대학 국문과를 제1지망으로, 제2지망은 사학과를 선택하였다. 마감시간 전에 겨우 원서를 접수했다.

필기시험은 없었다. 면접시험만 보았다. 시험 장소는 기억에 없다. 가슴에는 지망학과가 적힌 이름표를 붙이고 긴장한 얼굴로 심사관 앞에 섰다. 지망생들은 모두 각자의 신발을 들고 있다가 심사위원들 앞에서 조용히 자기의 발밑에 내려놓는다. 가끔 지망생들은 면접이 끝나고 나올 때 신발을 놓고 나오다가 되돌아가서 들고 나오며 무안해 하기도 했다. 그럴 때마다 우리들은 쿡쿡 웃었다. 소곤거리는 학생들이 부산 사투리를 많이 쓰고 있었다.

국문과 합격증을 받아들고 어떻게 이 기쁜 소식을 아버지께 말씀드리고 거금의 등록금을 받을 수가 있을까. 합격의 기쁨보다도 등록금 납부할 걱정이 태산 같았다. 우리 집 살림은 그 때 말이 아니었다. 장작장사, 빵 장사, 학생복장사를 두루 실패하고 아버지는 아예 의욕을 잃은 생활을 하고 계셨을 때였다. 그러나 아버지는 큰딸인 나의 이화대학 합격증을 보시고 오래간만에 웃으셨다. "잘했다. 네가 등록금 걱정할 것 없다. 아버지가 3·8선을 넘어와서 제일 먼저 너희들 학교부터 넣어준 것 알지 않느냐. 걱정하지 마라."하셨다. 조부도 "암, 무슨 수를 써서라도 등록금을 해 줘야지." 하셨다.

그 날부터 어머니는 신의주에서 부터 가지고 온 우리와 같이 해주 앞바다에서 배를 타고 3·8선도 넘었던, 그보다 더 기 막히는 일은 망우리 피난지에까지 리어카로 끌고 와서 화마를 피할 수 있었던, 이제는 1·4후퇴로 화물칸 타고 부산에 피난 와야만 했던, 우리와 함께 살아남은 예장감을 이제는 국제시장 번화가에 펼쳐놓고 팔기 시작하셨다.

그 시대 고향에서는 웬만한 집들은 대개 미리미리 아이들 혼숫감을 준비해 두던 때이고 특히 딸이 많은 우리 집은 봄가을, 철이 바뀔 때마다 포목상에 들어오는 양단, 모본단, 호박단같은 귀한 비단을 사재기 해 두었던 물건들이었다. 오래된 물건들이지만 그럴수록 흔치않은 상질(上質)의 이 물건들은 곧 부산 아낙들의 눈에 띄었고 부른 값 그대로 순식간에 팔려나갔다. 나는 그 돈으로 이화여자대학교 51학번 국문과 학생이 되었다.

입학식은 대신동 언덕 위에 일만 개의 조각 판자로 세워진 강당에서 예배로 시작되었다. 젊고 발랄한 신입생들은 얼굴에 홍조를 띠운 채 행복한 표정들이었다. 입학식 전에 조교가 나와 신입생 다섯 명을 추려 뽑아 사진을 찍는데 나는 뽑아주지 않았다. 그 다섯 명 중의 하나인 나의 친구 조순희는 짙은 곤색 양복을 새로 맞추어 입은 것이 신선해 보였고 김숙이는 연두색 저고리에 비로드 치마에다가 빨강 댕기까지 드린 한복차림이었다.

김활란 총장은 그때 공보장관직도 겸하고 있었다. 첫눈에 여성 선구자다운 위엄이 있었다. 키는 조그마하나 전체적으로 왜소하게 보이지는 않았다. 얼굴은 네모지고 머리는 올백으로 넘기고 있었다. 하얀 저고리에 검정색 통치마를 입은 수수한 모습이 어찌 그리 권위가 넘쳐 보일까. 첫 마디가 "여러분, 이화에 오신 것을 환영합니다." 하시는데 외양에 비해서 목소리는 여간 연하지 않았다. 손이 얼마나 예쁜지 평생 설거지 한 번 안 해 본 사람 같았다.

곧 이어서 학생과장이라는 분이 이화 학사보고를 하였다. 1886년

5월에 미국 북감리교회가 파견한 미세스 매리 스크랜턴 선교사는 정동에 학당을 새로 장만하였으나 학생이 없어 학생을 모집하러 다녀야 했다. 그때 조선은 콜레라와 장티푸스가 창궐할 때였고 죽어가는 사람은 서대문 밖 새재고개에 내다버렸다. 송장 썩는 냄새와 파리떼가 기승을 부리는 그곳에서 스클랜턴 선교사는 죽은 엄마의 품에 매달려 있는 새까맣게 때가 낀 어린 소녀를 찾아내었다. 그 아이를 데리고 와서 씻겨주고, 먹이고, 공부시켰다. '조별단'이라는 이 아이가 이화의 첫 번째 학생이며 제1회 졸업생이 된다. 우리나라가 서양문물을 받아들인 '갑오경쟁'이 1896년에 일어났으니, 그보다 10년이나 앞서 우리 땅에 여학교가 설립된 셈이다.

미세스 스클랜턴 선교사 뒤를 이어 미스 페인, 미스 프라이, 미스 아펜셀러를 포함해서 73명의 미국 선교사들이 빈대와 벼룩에 물리며 우리와 같이 먹고 살며 이화학당을 키워주었다. 그래서 이화에 몸담은 사람은 누구나 이 말을 잊지 않는다. "시작은 미약하나 끝은 창대하고 또 창대하리라."

예배가 끝나고 신입생들은 소극(小劇)을 보았다. 이화 교기가 들어오고 일본 경찰이 총을 쏘고 해방이 되어 백의민족들이 모두 일어나 태극기를 흔들며 만세를 불렀다. 그 장면이 지나가자 붉은 띠를 머리에 두르고 붉은 완장을 팔에 두른 공산군이 들어와 도깨비처럼 날뛰는데 그때 홀연히 하얀 옷을 입은 천사가 머리에 불을 밝히면서 나타나 손을 높이 들어 "남쪽으로! 남쪽으로 내려가거라." 하고 지시해 준다. 남쪽에 잠시 내려가서 때를 기다리라는 뜻이었다. 때는 반드시 온다는 뜻이었다. 나는 간결하지만 어두운 시대적 배경 속에서도 힘차게 나가야 한다는 메시지를 마음 깊이 받았다.

한 동(棟)씩 따로 세워진 교실 하나만한 크기의 막사(baraque)는 비가 오면 줄줄 샜다. 비는 또 자주 왔다. 국문과 김동명 교수는 우리에게 시작법을 가르쳐 주셨는데 비오는 날은 무릎까지 오는 장화를 신고 논에 들어서는 농군 같은 모습을 하고 오시곤 하였다. 앞에 앉은 학생 하나가 긴 우산을 들고 장화를 신은 것을 보고 "집이 머냐?" 하고 물어보시는, 대머리가 반짝반짝 빛나는 따뜻한 분이셨다.

우리는 비 새는 쪽을 피해서 모여 앉았고 교양과목인 영어는 의예과반 학생들과 같이 공부를 해서 옛날 고교시절의 3총사인 같은 국문과 순희와 의예과에 진학한 혜성이와 셋이 가지런하게 모여 앉을 수가 있어 좋았다. 가끔 우리 셋은 새들고아원에 찾아가 배구공을 꺼내와 파란 하늘을 향해서 흰 공을 튕겨올리곤 하였다. 우리는 세 처녀의 마음이 둥근 공 하나에 모아지는 순간들을 즐거워하였다.

어느 날 미공보관에서 김활란 총장의 연설이 있다는 광고를 보았다. 나는 시간 전에 도착했는데도 이미 여석은 없었다. 대학생들도 많이 와 있었다. 누구나 현재 일선의 격전상황, 대한민국의 앞으로의 전망이 알고 싶었다. 앉고 서고 난간에 기대서기도 하고 김활란 총장의 연설을 경청하였다. 조그마한 주먹을 힘차게 휘두르며 김활란 총장은 이렇게 말하셨다. "여러분, 지금 한국의 하늘 위에는 먹구름이 깊게 드리워 있습니다. 그러나 비구름은 언젠가는 걷히게 마련입니다. 여러분! 희망을 가지고 용기를 가지고 조국의 위기를 참고 견디어 나갑시다."

사람들이 박수를 치고 발을 굴렀다. 명연설이었다. 미공보관을 나서면서 '그렇구나, 하늘에 드리운 비구름이 영원할 리는 없다. 언젠가는 걷혀서 햇빛 빛나는 좋은 세상이 꼭 올 것이다.' 그날 그 말씀이 왜 그렇게도 가슴에 와 닿았는지 나도 모르게 주먹을 불끈 쥐었었다.

■ ■ ■

나는 이화에 다니는 동안 김활란 총장으로부터 여러 번 들었던 한 마디 말씀을 잊지 않는다. "대학을 다닐 수 있는 여러분은 국가의 은덕을 가장 많이 받은 사람입니다. 그 은덕을 사회에 봉사로 환원해야 할 의무가 있습니다."

구제품의 시절

일생일대의 전환기, 내 대학시절은 부산 피난지의 바라크 학사(學舍)속에서 시작했다. 재학생의 총인원수보다 금년에 들어온 신입생의 수가 더 많았다. 교복은 작아지고 꿈은 부풀어 올랐던 고교 껍질을 벗고 갓 대학생이 된 우리들은 매일 옷을 갈아 입으며 자기 깐에는 모양을 있는 대로 내고 등교하지만 아무리 멋을 부려도 신입생은 곧 표가 났다. '저 학생은 2학년이겠다, 3학년이겠다.'를 식별할 수가 있을 정도로 다른 분위기를 풍겼다. 4학년생은 수선을 떨고 모양을 내지 않아도 세련미가 흘렀다. 젊고 발랄한 몇몇 조교(助敎)들은 멋지고 아름다웠으며 신입생들의 흠모의 대상이 되기도 하였다.

우리들은 인기 있는 조교들의 사생활을 알기를 원하였다. 영어과 어느 조교는 그때 한창 여대생들에게 결혼 상대자로 인기가 있었던 서울 공대 졸업생과 결혼하였고 첫 아들을 낳을 때 힘을 줄 수가 없어 아이를 집게로 뽑아내어 애기 이마 양쪽에 기계 자국이 생겼다더라 하는 시시한 이야기도 화제에 올랐다. 조교가 '힘을 줄 수가 없었다.'는 말도 '예쁘고 여자답다.'는 말로 해석하였다. 그런 화제를 잘 찾아오는 아이를 둘러싸고 모여 앉기도 하였다.

국어과 김동명 교수는 대머리셨는데 수업이 끝나고도 교실 의자에 앉으신 채 잡담 비슷한 사사로운 이야기를 잘 해 주셨다. "나는 이발관 가는 것을 참 싫어해." 하시면 짓궂은 한 학생이 "선생님도 이발 요금을 남들과 같은 값 내세요?" 하고 묻는다. 선생님이 "어느 날 이발소에 갔더니 이발사가 남과 같은 이발료를 받아야 해서 그런지 댓오래기 밖에 남지 않은 내 머리를 연상 빗는 거야. 빗더니 잡아당기며 자르더라구. 돈을 지불하고 나올 때 '이 집은 다른 곳보다 이발요금이 싸네요.' 했지 무슨 뜻인가 하고 나를 올려다보는 이발사에게 '다른 곳은 자르고 얼만데 여기는 뽑아주고 얼마나 싼 것 아닙니까?' 했어. 요사이는 우리 집사람(같은 대학 음악과 교수)이 머리를 깎아준다네." 하셨다.

"시란 무엇인가? 임자네들, '시'가 무엇인가? 시는 곧 마음이지. 마음은 무형이지만 글자라는 유형을 통해서 만들어내는 글자그릇이지. 시는 호수와 같은 것이지. 음, 호수는 표면은 잠자듯 고요하지만 수면 내부는 항상 순환(Circle)하는 것이지. 많은 것을 품고 있다는 뜻이지."

어느 학생이 "선생님의 시 『내 마음은』을 아주 좋아합니다. 내 마음은 호수요/ 그대 저어오오./ 나는 그대의 흰 그림자를 안고/ 옥같이 그대의 뱃전에 부셔지리다……", "임자네들 그 시 좋아하나?"라고 선생님께서 물으니, 모두 입을 모으고 "그러믄요." 하고 학생들이 줄줄이 외었다.

김동명 교수는 우리들을 '임자네'라고 부르셨다. 인격적이고 성인 대접을 받는 것 같은 '임자네'라는 호칭이 나는 좋았다. "이 시는 1937년 6월에 『조광』이라는 잡지에 실린 시야. 임자네들이 태어나기 전일까? 음, 애기 때겠구먼. 이 시 속에는 꿈이 있고 정열이 있고 방황하다가 언젠가는 나그네 같이 떠나야 하는 숙명이 그려져 있다네."

이렇게 아름다운 시를 쓰는 선생님이 서울 수복 후 동아일보에 시사평론을 쓰기 시작하셨다. "임자네들, 밖에 서성이고 있는 사람이 나를 감시하는 정보부 사람이야. 내 시사평론이 정부를 비판한다고 해서 나라 돈 받고 겨우 시인의 뒤만 쫓아다니는 사람이라구." 수업이 끝나고 우리 몇몇은 일부러 그 사람의 앞을 지나가며 그를 노려보았던 생각이 난다. '그때나 지금이나 우리 정부는 국민을 잘 웃겨.' 이 글을 쓰면서 훗훗 웃음이 나왔다.

그때 마침 김옥길 선생님이 미국 유학을 마치고 황급히 돌아오셨다. 말똥머리를 하고 오셨다. 김활란 총장님의 애제자이고 머리가 비상하게 뛰어난 수재라는 분이었다. 기숙사 진, 선, 미(眞善美)관의 기숙생 이름을 한 번만 훑어보면 순서도 뒤바꾸지 않고 외어 호명할 수 있는 귀재라고도 했다. 귀국 선물로 전교생에게 신약전서(New Testament)를 한 권씩 주셨고 엄청나게 많은 구제품을 가지고 돌아오셨다. 영어로 된 신약전서는 보물 같이 선반에 올려놓고 쳐다만 보았다. 학생과에서는 각 과에서 현재 생활이 제일 어려운 학생 두 사람씩 뽑아 김옥길 선생님이 가지고 오신 구제품을 나누어 주었는데 우리 과에서는 내가 그 대상자가 되었다.

그때 구제품 받는 일이 왜 그다지도 창피했을까? 어쨌든 나는 상당히 부끄럽고 창피해서 차례를 기다리며 숨을 다 쉴 수가 없을 만큼 그 자리가 괴로웠다. 그래도 왜 그런지 도망갈 수는 없었다. 순서가 되어 두 가지 옷을 받아들고 나오다가 슬그머니 학생과 문밖에 흘리듯이 내려놓았다. 거기에 서 있던 한 학생이 "어머, 너 왜 이거 여기다가 놓니? 너 이것 싫으니? 내가 가져두 돼?" 하자 국문과 학생이 다가서며 "옥희야, 너, 참 이상한 아이다. 일부러 너를 생각해서 뽑아주었는데…… 국문과에 배당된 것이니까." 하며 받아들고 씨부렁거리며 교실로 올라가고 있었다. 아마 나보고 이상한 아이 다 보겠다고 했을 것이다.

국제시장에는 구제품가게가 반을 차지하고 있었다. 많고도 많은 미제 옷들이 쏟아져 나와 있었다. 교회에는 교회대로 구제품이 들어왔고 군경가족에게는 별도의 구제품이 배급되었다. 옷만이 아니었다. 담요도 있고 쇠고기깡통에 학용품에 화장품도 있었다. 그 태반이 싼 가격으로 국제시장에 팔려나왔다. 이 산더미로 쌓여있는 물건들은 한국에 출정 나와 있는 미군가족은 물론 미국 전역 사람들의 들도 보지도 못한 동양의 조그마한 나라사람들 한국인(Korean)을 위해서 모은 구호물자와 구호금품일 것이었다.

이대 대학생들 중에는 사치스러운 아이도 많았다. 나도 눈에 띄게 예쁜 미제 옷을 입고 싶었다. 그러나 내 돈을 지불하고 사서 입는 것은 괜찮았다. 가난뱅이로 뽑혀서 동냥 받는 구제품은 나는 싫었다.

어느 날 셋째동생 말캥이와 같이 구제품시장을 어정거리는데 사람들이 구름떼같이 모여 있는 것이 보였다. 나도 가까이 가서 사람들 틈으로 머리를 디밀고 보았다. 영화배우 '최은희'가 비서같은 사람과 같이 미제 옷을 고르고 있었다. 너무나도 예쁜 여자가 구제품시장에서 옷을 고르고 있었다. "아! 영화 <마음의 고향>에 나왔던 최은희다!" 하고 나도 모르게 소리를 질렀다. 그 조신스럽고 좀 차갑게 보이는 미인. 내 눈에 최은희는 한국의 전형적인 일등 미인이었다. 그런데 한국의 최고배우 최은희가 구제품시장에서 옷을 고르는 것은 정말 뜻밖이었다. 그리고 슬그머니 구제품을 받는 일을 부끄럽게 생각한 내가 부끄러워졌다.

이순신장군 동상 제막식

이순신장군 동상 제막식이 진해(鎭海)에서 있었다. 제막식 후는 OB팀의 배구시합이 예정되어 있었다. 우리 또래들이 모두 대학에 진학한 터이지만 출신고교 명의로 출전하게 되어 선배 후배에다 현재 고교 재학생까지 있는 재료(?)를 다 모아 9인제 배구팀을 조직한 터라 어느 팀이나 똑같이 중구난방이 될 것은 예상될 것은 뻔하였다. 긴장할 것은 없었다. 진해로 출발하는 우리 새내기 대학생들 속에는 고교시절 배구선수로 활약했던 나를 비롯한 삼총사가 끼어있었다.

아버지는 왜 그랬을까? 학교에서 배구반 합숙을 할 때도 마지막까지 반대를 하시어 배구코치가 집에 와서 구구절절 설명을 드린 후에야 아버지의 승낙이 떨어지곤 하였다. 우리 아버지가 지하에서 들으실지 모르지만 나는 이런 아버지가 참 싫었다. 이번 진해행도 또 말리셨다. "못간다면 못가는 거다." 이 한 마디가 이유였다. 어머니가 "배구선수로 간다지 않아요." 해도 못들은 척하셨다. 나는 이런 아버지와 늘 의견이 상치되곤 하였다. 그러나 내 의견을 말하면 웃어른께 말대답하는 법도 없이 자란 아이로 도리어 호된 꾸중을 들어야 했으니 이 모순을 속으로만 삭일 수밖에 없는 시대였다.

하긴 내가 다닌 여학교에서 개교 이래 처음 있는 우리들 배구반 합숙을 허락하는 때에도 합숙을 허락하느냐 안하느냐를 두고 교직원회의가 장장 5시간이나 걸렸다고 들었다. 우리들의 배구코치선생님은 총각이었다. 당시 정(鄭)부교장 선생님과 연고가 있는 중학동 저택에서 합숙하되 학생들과 선생님들의 숙소 층은 달라야 하고 늦은 시간에는 선생님과 학생들이 마주앉지 않는 조건으로 합숙이 허락되었다. 호랑이 담배 먹던 시절의 이야기 같지만 이것은 사실이었다. 고작 60년 전 일이었다. 그러나 나는 내가 옳다고 생각하는 일은 다 했다. 말괄량이는 아니지만 하고 싶은 것을 하고야 마는 세찬 아버지의 맏딸이었다.

출발하는 날은 일요일이었고 부활주일이었다. 그 전날 나는 여행 짐을 가까운 친구네 집에 다 가져다 놓았다. 그리고 부활주일 새벽 예배에 가시는 조모와 어머니 옆에서 성경찬송가 책만 들고 태연하게 따라 나왔다. 어머니가 어떻게 아셨는지 큰 길에 나서자 "어이 갔다 와." 하시며 내 손에 들고 있던 성경찬송가 책을 어머니 천가방 속에 넣고 내 손에 무엇을 쥐어주셨다. 돈이었다. 아! 한평생 우리 어머니는 센 남편과 센 큰딸 사이에서 얼마나 마음고생이 많으셨을까.

우리가 탄 미군배, LST는 쉰 목소리로 두 번을 크게 울었다. 울고 나서 곧 배는 움직이기 시작하였다. 선창가의 사람과 떠나는 사람이 서로 마주 잡았던 오색의 테이프가 끊어지며 배가 서서히 커브를 돌아 진행방향을 잡았다. 아, 오기 잘했구나. 이 푸르른 바다와 푸르른 하늘과 무한대로 솟아오르는 마음의 해방감. 그리고 내 다정한 친구들과⋯⋯. 이렇게 행복해지다가도 아버지 생각만 하면 나는 우울해지곤 하였다. '아버지는 내가 세상에서 아주 뛰어난 미인으로 보이시나 보지? 합숙도 못하게 하고 친구들과 여행도 못가게하고⋯⋯. 이것이 아버지의 '사랑'의 방식일까? 자식을 구속만 하는 것은 사랑이 아니지.'

내 친구 순희가 늘 부러웠다. 순희의 아버지는 순희가 합숙할 때도 그러시지만 오늘도 짐을 손수 들고 부두까지 딸을 바라다 주지 않으셨는가. 순희에게는 언니가 있었다. 김일성대학의 교수인 형부를 따라 월북해버린 언니를 순희의 아버지는 늘 그리워하신다고 언젠가 순희가 나에게 말해 준 일이 있었다. 순희의 아버지는 그 언니의 몫까지 순희를 사랑하는 것 같았다.

부산항구가 멀리 떠내려가듯 가물가물해지고 배는 대해에 들어섰다. 봄 바다 바람은 차가웠으나 우리들의 마음은 훈훈하였다. 그리고 우리들은 젊었다. 진해항에는 몇 달 전에 해군장교와 결혼한 선배언니가 마중나와 주었다. 선배언니 결혼식에서 나는 축시를 낭송하였다. 언니네 관사에 우리들은 짐을 내려놓았다. 신혼살림이 단조로운 것은 전시여서일까?

진해시는 도심 한가운데에 둥그스름한 동산이 있고 그 동산 위에 닻이 놓여 있었다. 엄청 큰 강쇠로 만들어진 닻이었다. 해군도시라는 것을 한 눈에 알 수가 있었다. 그 닻을 중심해서 여섯 갈래의 길이 나 있었다. 양 길가 가장자리에는 벚꽃나무를 심어놓아서 벚꽃은 지금 바야흐로 만개된 상태였다. 양쪽에서 뻗어 올라온 꽃가지들이 손을 잡듯이 연결되어 여섯 갈래의 길이 모두 꽃터널을 이루고 있었다. 그 사이사이를 해군복의 청년들이 여인들과 산책하고 있었다. 이곳에는 전쟁은 없다.

그 이튿날 배구시합이 열리는 운동장에서 나는 오랜만에 낯이 익은 선수들을 볼 수가 있었다. 늘 적수였던 덕성여고와 이화여고와 우리 중앙여고 선수들이 모였다. 부산의 남성여고와 부산여고 선수들도 와 있었다. 이화의 전위진 두 사람의 별명이 참 괴팍했는데 그 시합에 '똥개'인지 '쌍개'인지 여기에는 한 사람만 나와 있었다. K고교의 후위 중좌우 선수는 몸집도 왜소하고 둘 다 안경다리 하나를 끈으로 매고 시합에 나오곤 해서 구분이 잘 가지 않는데 여기에도 그 중 한 사람만 나와 있었다. 대개의 시합은 이화가 덕성에게 지고 중앙이 이화에게 늘 지곤 했는데 승자진출권(TOURNAMENT)

로 패자전에서 이긴 팀끼리 다시 붙게 한 진해에서의 경기의 결말
은 기억에 남아있지 않다.

그날 밤 우리 삼총사 셋은 가지런하게 누워서 킥킥 웃으며 옛날
을 회상하고 있었다. "K고교의 그 학생이 나와 있드라."고 하며. 우
리 B팀의 중위 오른쪽 공격수였던 나보다 한 학년 후배는 얼굴이
예뻤는데 시합 때마다 사방을 핼끗거리며 돌아보는 버릇이 있었다.
그 아이를 골려주기로 했다. 어느 날 우리들은 K고교의 배구선수가
쓴 것처럼 '어느 날 어디서 만나달라' 하는 편지를 썼다. 그 편지를
후배의 가방 속에 넣어놓았다. 그날 이후 연습에 나온 후배의 눈은
연신 생글거리고 있었다.

만나자고 한 날 우리들은 일찌감치 그 장소 가까이에 가서 눈알
들만 내놓고 숨어 있었다. 예쁘게 차린 후배가 한 시간이나 넘게
기다리고 또 기다리다가 돌아서는 것을 보았다. 너무 실망하고 진
지하게 슬퍼하는 표정이 가여웠지만 우리가 꾸민 짓이라는 말을 끝
내 후배에게 해주지 못하고 전쟁을 맞았다.

벚꽃이 피면 우리 민족은 오랜 옛날부터 밤벚꽃놀이를 하였다.
이 때도 밤이 이슥해지면 동네 아즈미들이 모여들었고 그들은 나무
아래에 깔개를 깔고 꽹과리를 치며 춤을 추고 노래를 불렀다. '노
세, 노세 젊어서 노세. 늙어지면 못 노나니 찻차차 찻차차…' 하다
가 '너냐, 나냐. 두리둥실 놀고요. 밤이 밤이나 낮이 낮이나 첫사랑

이로구나…' 하며 강강술래처럼 손을 앞 사람 어깨에 올려놓고 원을 그려가며 춤을 추었다. 밤을 지새우며 춤을 추었다. 이날 밤 이곳에는 전쟁은 없었다. 우리 모두는 의식적으로 전쟁을 외면하고 싶었는지도 모르겠다.

벚꽃은 활짝 핀 채로 흩날리며 떨어지고 있었다. 함박눈처럼 꽃잎은 소리 없이 지고 있었다. 3박 4일 일정의 마지막 밤이었다. 우리들은 휘장을 둘러친 노천카페에서 차를 마셨다. 내 어깨 위에 내머리 위에, 조그마한 내 찻잔 안에도 꽃잎이 떨어져 내려와 앉았다. 친구들의 찻잔 속에도 머리 위에도 양 어깨 위에도 벚꽃잎은 살포시 내려와서 조용히 앉았다. 이 밤이 이렇게 아름답다니……. 전축에서는 〈A Garden in Italy〉라는 노래가 은은하게 속삭이듯이 흘러나왔다.

Come to my garden in Italy.
And sing to me like use to do.
Come with your serenade dear.
Where soften rest rain there ?
The moon is waiting and I'm waiting for you.

봄이 채 가기 전이었다. 진해에서 돌아와서 얼마되지 않은 어느날 '상현'이라는 남자의 편지를 주인집 대학생이 가지고 왔다. 상현은 자기는 해군이며 내가 선배 결혼식 때 축시를 읽는 것도 보았고 진해에서도 보았다며 만나고 싶다고 하였다. 그러나 나는 그가 적어준 장소에 나가지 않았다. 편지 한 장에 호락호락 나가는 것은 품위 없는 여자의 행실이라고 생각해서였다.

<A Garden in Italy>라는 노래가 너무 좋아서 나는 컴퓨터에서 1950년대의 노래를 죄다 찾아보았다. 영어노래는 나오지 않았는데 뜻밖에도 1936년에 무용가 최승희가 부른 같은 제목의 한국말 노래가 나왔다. 손녀딸이 넷째 연은 말이 안되어서 할머니가 잘못 외우고 있는 것 같다고 했다. 그러나 할 수 없는 일. 나는 이 노래가 좋았고 가사 중에서도 끝 구절을 죽도록 좋아한다. 노래와 함께 진해에서의 마지막 밤이 떠오르면 나는 지금도 소녀가 되어 가슴이 달뜨며 이 노래를 부르곤 한다.

내일이 없는 세상

부산거리는 한마디로 부글부글 끓는 가마 속 같이 되었다. 사람들은 걸어가다가도 서로 덤벼들며 싸웠다. 왜 어깨를 쳤느냐고 노려보면 내가 언제 네 어깨를 쳤느냐고 되노려보았다. "당신이 이렇게 쳤지 않느냐"고 밀치면 "내가 언제 이렇게 쳤어?" 하고 상대방의 어깨를 본격적으로 밀친다. 구름같이 모여든 구경꾼들이 싸움에 합세한다. "이 길이 당신들 길이야? 세냈어? 길을 왜 막아. 시팔." 싸우는 두 사람을 치고 밀치다가 이 사람이 저 사람을 때리고 저 사람이 이 사람을 주먹으로 친다.

맞은 사람은 "이게 눈에 보이는 게 없어?" 하며 팔소매를 걷어올린다. 조그만 두 사람만의 시빗거리가 큰 단체싸움이 되어 이전투구로 뒹굴었다. 모두가 건수가 없어서 못 싸우는 판국이었다. 살기 힘든 울분을 이런데서 풀려고 했다.

손바닥만한 내 방 창문으로 내다보이는 산부인과 병원에서는 "저놈의 의사를 때려죽이라."는 고함소리도 들렸다. 우리처럼 피난 나온 의사인지 병원이 헛간같이 허술한데 그 앞에 수십 명이 몰려와서 제각각 주먹질을 하였다. 지나가던 사람들도 "왜 그래? 무슨 일 났어?" 하고 호기심이 동해서 들여다보다가 이유를 듣고는 피해를 본 장본인들 보다 더 흥분한다. 그리고 합세한다.

이유인 즉은 치료받으러 간 젊은 여인을 의사가 간통했다는 것이었다. "저런 죽일 놈이 다 있나. 저런 의사는 죽여야 해." 한마디씩 하는 그 기세는 무서웠다. 모두 살아가는 데 힘이 들어서인지 악에 받쳐있었다. 일선에서 우리 장병들이 적을 대치하고 싸우는 것과 또 다른 방식의 치열한 전쟁이었다.

6·25전쟁은 하늘이 내려준 천형(天刑)이었을까. 눈보라 휘몰아치는 흥남부두에서 며칠을 벌벌 떨다가 겨우 미 화물선에 시루 속의 콩나물같이 올라탄 피난민 10만 명이 거제도에 도착하였다지 않는가. 한파가 몰아치는 섣달 중순에 대동강 인도교가 끊어지자 태극기를 들고 국군을 환영하였던 50만이 넘는 피난민이 철대만 남은 대동강 인도교 난간을 곡예 하듯 아슬아슬하게 붙잡고 남쪽을 향해서 걸어 내려왔다 하지 않는가. 크리스마스에는 집에 가서 가족들과 같이 지낸다고 가슴 부풀어했던 미 제2사단은 중공군이 압록강을 넘어와서 그들에게 포위당한 후에야 알았다지 않는가. 그때가 오동짓달 그믐이니 미군은 걷다가 또는 앉은 자세로 얼어 죽었다고 했다.

이름도 들어보지 못한 이 작은 나라의 민주주의를 위해 참전한

UN군들은 평안남도 군우리 험준한 협곡에서 숨어있던 중공군에게 양쪽에서 얻어맞는 '인디언 태형'으로 기습당해서 미 제2사단의 병력 3분의 2를 잃은 최악의 생지옥을 맞았다고도 했다. 바닥에 전우의 시체가 지천으로 깔려있는지 알면서도 그 위를 트럭이나 지프가 그대로 짓밟고 지나가야 하는 상황에 널브러져 있는 사람이 이미 숨이 끊어진 시체인지 부상당해 목숨은 아직 붙어있는 사람인지 구분할 수도 없었다. 다급한 전투에서 겨우 '죽음의 협곡'을 벗어났더니 한 중대가 다 죽고 10명만 살아 돌아왔다고 했다. 북한 폭격 후 실종되었다는 아들의 소식을 듣고도 부하들 앞에서 내색을 하지 않았던 밴프리트 장군의 그 깊은 뜻을, 이 모든 사실을 우리는 알 턱이 없이 피난 내려와서 그것도 아웅다웅 싸움질을 하며 살고 있었다.

부산 본토박이들도 살얼음 위를 걷는 것같이 조심해서 살고 있었다. 대부분의 사람들은 하루하루 먹고살기에 바쁜 사람들이었으나 전쟁의 덕을 입은 졸부도 많았다고 들었다. 그런 집 자녀들은 세월을 만난 듯 매일 패션쇼에 나오는 옷차림으로 학교에 등교하기도 하였다. 미국의 <LIFE>잡지에 나오는 비싸고 예쁜 옷을 우편주문(MAIL ORDER) 해서 입고 나오는 학생들도 있었다. '에바부릭 스커트'라는 끝단까지 주름 잡힌 치마에 미제 스웨터를 걸쳐 입고 나오는 학생도 있었다. 그러나 극히 일부인데도 그녀들은 사람들 눈에 곧 띄었고 사회에서는 학교 전체를 따가운 시선으로 보는 사람들도 많았다.

수수한 옷차림으로 교실 한 귀퉁이에 앉아서 수걱수걱 공부만 하는 학생들도 많았다. 우리 국문과에서는 그녀들을 '세종대왕의 수제자'라고 불렀다. 그들은 못마땅한 표정으로 가끔 한 귀퉁이에서 영화얘기를 퍼지게 하는 친구들을 훔쳐보곤 하였다. 그러나 나는 공부만 하는 친구보다 놀기도 잘하고 공부도 잘 하는 친구가 좋았다. 어쨌든 스무 살 안팎의 한창 나이에 유독 예쁜 아이들이 많이 찾아드는 학교인 것은 사실이었다.

미국영화가 쏟아져 들어왔다. 무슨 도섭인지 누구의 제안인지는 모르나 영화는 개봉하는 첫날 시사회에 가서 보아야 맛이 난다고 하였다. <피서지에서 생긴 일>, <판도라>, <애수>, <여수>, <폭풍의 언덕> 등등 그 속에서도 '제3의 사나이'는 낮은 톤으로 반복되며 흘러나오는 배경음악이 좋았고 <백주의 결투>(High Noon)은 마지막 장면에 총잡이 게리쿠퍼가 선의의 싸움을 끝내고 뚜벅뚜벅 걸어가는 모습이 멋있었다. 특히 <애수>의 로버트 테일러가 워털루 브릿지 위에서 스스로 목숨을 끊은 연인을 생각하는 그 대목은 우리들의 토론 제목을 이끌기에 충분하였다. 영화 내용이 전쟁 중에 일어난 비극이어서 더 실감이 갔다. 우리들 마음속에는 깊은 윤리 도덕심은 살아있어서 '아무리 어려운 처지에 놓이더라도 몸을 팔아서야 되겠는가.'고 역설하는 그룹 속에 나는 늘 끼어 있었다.

가방 속에는 문고판으로 된 안드레 지드의 「좁은 문」이나 괴테의 「젊은 베르테르의 슬픔」 또는 사랑의 시인이라는 '하인릭히 하이네의 시집' 같은 것 한 권씩은 꼭 들어가 있었다. '너의 가슴을 내 가슴에 대어 보렴. 빨간 불꽃이 피어오를 것이다' 라던가 '레베카'의 첫 구절 '나는 어제도 만다레이의 꿈을 꾸었다' 라던가 하는 한 구절씩은 모두 외고 있어야 문학도가 될 수 있다고 생각하였다. 지금 생각하면 얼마나 어린 생각이었는지. 그러나 그런 어린 생각들이 한창나이의 우리들의 정신세계를 한없이 풍족하게 만들어 준 것은 사실이었다.

이 무렵 대청동 거리에는 이상한 노인이 나타났다. 혹시 이 노인이 민족주의자 '함석헌 선생님'은 아니었을까? 그는 거리 모퉁이에 숨어 있다가 사치스러운 모습의 여학생이 걸어가면 번갯불처럼 나와서 덮쳤다. 그리고 머리끄덩이를 잡아 흔들고 그 자리에 패대기치곤 하였다. 나는 내 친구가 그 노인한테 호되게 당하는 것을 직접 보았다. "지금이 어느 때인지 모르는가. 정신차려! 이 못된 것들." 하는 소리를 귀에 흘러 들으며 나는 죽어라 하고 학교가 있는 대신동 언덕 쪽으로 뛰었다. 교실에 가 앉았어도 한참동안 가슴이 벌렁벌렁 하였다. 그 후도 나는 길거리에서 이 노인을 여러 번 보았다.

학교 교무과에서도 매일 눈에 띄게 사치스럽게 차리고 학교에 나오는 학생을 불러들이고 있었다. 비로드 치마를 금했다. 불려 가는 학생은 대개 같은 학생들이었다. 이대학생들이 사치스럽다는 소문을 불식하기 위해서 학교 나름으로도 많이 노력하고 있었다. 그러나 미스코리아에 출전하는 학생이나 옷 잘 입고, 잘 생긴 학생의 얼굴이 큰 길거리 사진관의 선전용 사진으로 유리창 하나 가득걸려 있는 것까지 학교에서 막을 도리는 없었을 것이었다.

부산 피난지의 모습은 이랬다. 새까맣게 그을은 얼굴로 악착같이 살려고 뛰는 군상과, 희망 따위는 생각지도 않는다며 삶의 의미를 다 내려놓고 술만 마시는 술주정뱅이. 저녁이면 해군구랍부에 모여드는 춤꾼부대들…… 이 모두가 얽히고 설켜서 오늘을 살아가는 부산의 사람들이었다.

대구(大邱)보루에 얽힌 이야기

나와 같이 직접 6 · 25를 겪은 세대 사람들은 가장 치열했던 낙동강 사수 싸움을 국군과 UN군이 굳건히 잘 싸워서 그 강한 1차, 2차 인민군의 공격을 견디어 낸 것으로 알고 있었다. 그래서 대구도 부산과 같이 인민군의 군화를 면할 수 있었던 것으로 알고 있었다. 그런데 그게 아니었다. 인민군 스스로가 무너진 것이었다. 그들의 보급선이 끊어진 것이었다.

손자병법(孫子兵法)에는 적어도 3년 분의 군량미를 저축한 후 전쟁을 시작하라고 하였는데 북한 어르신네들은 '야욕'에만 눈이 어두워 병사들을 먹일 식량준비가 전무상태에서 남침해 온 것이었다. 인민군이 총을 맞아서 죽는 것이 아니라 굶어 죽어간 것이었다. 김일성은 그때부터 '죽(粥)'장군이었다.

1950년 9월 초에 인민군 제15사단의 격렬한 공격을 받아 대구 북방을 지키던 우리의 제1기병사단도 깨져서 한국군은 잠깐사이에 인민군에게 포위되고 말았다. 수비가 허술한 남쪽방면으로 인민군이 공격해 오면 대구는 곧 그들의 손에 들어가게 되고 부산마저 함락되는 것은 시간문제가 되는 형세였다. 워커중장은 퇴각명령을 내렸다.

퇴각한 국군과 UN군의 후방담당 사령부가 동래(東萊)의 수산대학교 교사로 옮겨지고 한국육군본부도 동래로 이전해 왔다. 그러자 부산 시민들과 피난민들은 흔들리기 시작하였다. 유언비어가 비행기보다도 더 빠르게 퍼졌다. 전쟁은 이미 져서 UN군은 일본으로 후퇴한다더라 하기도 하고 한술 더 떠서 참전하고 있는 모든 UN군은 이 전쟁에서 손을 떼고 하와이로 아주 후퇴하기 시작했다더라 하는 소문도 퍼졌다. 한번 세간에 뜬소문은 걷잡을 수가 없었다. 우리들은 공포에 떨기 시작하였다.

우리 정부에 대해서도 마찬가지였다. 벌써 이승만 정부는 제주도로 옮아갈 준비가 완료되어 '제2의 대만' 같이 된다는 소문이 꼬리에 꼬리를 물고 퍼져나갔다. 부산 부둣가에는 크고 작은 배가 총동원이 되어 이름 있는 정치가나 실업가, 지위가 높은 군인들과 그들의 가족이 배를 사서 이제라도 도망갈 차비들을 하고 있다는 소문도 돌았다.

정훈국은 '그런 말들은 근거 없는 헛소문이니 흔들리지 말라.'고 호소하였으나 한 번 속은(인민군이 쳐들어왔을 때 이승만 정부는 먼저 도망가면서 국민들에게는 국군이 인민군을 격퇴하고 정부는 서울을 사수한다 했던) 시민들은 이 말을 곧이듣지를 않았다. 곧이듣지를 않았다기보다 는 곧이들을 수가 없었을 것이었다.

이때 김익열(金益烈) 대위는 사실 확인을 위해서 부두에 나가보았 다. 설마 했었다. 그러나 그 소문은 실제였다. 당장 떠나려는 배 한 척을 붙잡았다. 배에 탄 사람을 살핀 김대위는 입이 쩍 벌어졌다. 국회의원 10여 명과 김대위의 선임자 누구를 포함해서 고위직 국군 장교 10여 명이 그들의 가족을 데리고 그 배에 타고 있는 것을 발 견하였다.

김익열 대위와 동행했던 제23연대장 김종원(金宗元) 중위가 그들을 보자마자 분통이 터지는 목소리로 "이 역족들아!" 하고 소리를 질 렀다. 김익열 대위는 그 자리에서 권총을 꺼내들었다. "모두 이 자 리에서 총살할까? 그렇지 않으면 내려서 자기 자리로 돌아가 조국 에 충성할 것을 맹세하겠는가." 하자 모두 기어 나와서 그 자리에 서 국가에 충성할 것을 맹세했다는 것이었다. 도망가려다 권총 앞 에서 한 맹세를 어찌 믿을 수 있겠는가. 김대위와 김중위는 다른 피난하려는 또 다른 배를 잡아 몇 척은 저지했으나 그것은 일부에 불과했고 많은 배들은 이미 조국을 등지고 떠나가 버린 뒤였다고 하였다.

당시 한국군 참모학교장 김홍일(金弘壹) 소장의 말에 의하면 미군 사 고문관 한 사람이 김소장을 찾아와 진언하기를 "우리는 하와이로 철수합니다. 각하의 가족들을 일본까지 모셔다 놓을 테니 서둘러 준비시켜 주십시오." 하였다. 그 말이 떨어지기가 무섭게 김홍일 소장은 "무슨 어림없는 소리를 하는 거요? 국가와 부하를 버리고 도망할 수는 없소" 했다고 하였다. 이런 장군이 있어서 오늘의 한국이 있을 것이었다.

마산지구의 인민군 제7사단은 이때 이미 제대로 물자보급이 끊긴 상태여서 퇴각하기 시작하였고 정세는 우리 쪽이 유리하게 돌아가기 시작하고 있었다. 후퇴하며 도망간 인민군의 뒷자리인 남강(南江)기슭에 도착하자 유기된 인민군의 시체가 2,000구가 넘었다고 하였다. 국군 부대가 가까이에 다가가자 시체 썩은 냄새로 숨을 쉴 수가 없었고 그 시체에 달라붙어 있던 파리떼가 일제히 날아오르자 하늘이 온통 뿌옇게 흐려지더라고 하였다. 이렇게 해서 아슬아슬하게 대구는 지킬 수가 있었다.

너는 이 글을 읽으며 도망가는 자와 나라를 지키는 자를 생각해 보았다. 만일 지금(2010년쯤) 한국이 6·25와 같은 전쟁이 일어나 나라의 운명이 경각에 달렸다고 가정해 보았다. 윗글에서처럼 국회의원이나 고급 장성들이 저희들 가족들 데리고 나 먼저 살아야 한다고 도망가는 사람은 없을까? 없지는 않을 것이다. 세상은 역설적인 데가 있는 법이니까. 나라의 혜택을 제일 많이 받은 사람들이 제일 먼저 나라를 배반하는 것. 그것이 우리가 사는 이 세상 사람들의 통념일 테니까.

그러나 나는 알고 있다. 당시 대부분의 군인들은 일선에서 목숨을 걸고 나라를 위해 싸웠다는 것을. 그들은 순수한 애국심으로 군인으로써의 사명감을 다 했다는 것을. 차가 굴러 허리를 다치고도 오히려 부하들을 격려하며 지휘한 백선엽 장군이나 세 번이나 부상당하고 후방으로 이송해 주겠다는 것도 마다하고 대충 응급치료만 받고 다시 전장으로 뛰어든 장병이 어찌 11연대 11중대장이었던 김봉건 대령뿐이었겠는가. 김홍일 소장같이 국가와 부하를 버리고 도망할 수는 없다고 단호히 말할 수 있었던 장군님이 있었다는 것을.

■ ■ ■

이 전쟁일화는 모두 한국전쟁 실화를 기록한 책, 『한국전쟁사』에서 얻은 것인데 우리 후대 사람들이 한 번씩 꼭 읽어보았으면 좋겠다.

휴학계

대학 등록 기일이 또 다가왔다. 아버지의 절친한 고향친구 구사장님이 남겨주고 가신 성냥은 우리 식구가 먹고 살기에는 큰 보탬이 되었어도 대학 등록금으로 충당하기에는 턱없이 부족하였다. 조부와 어머니는 마음을 끓이며 내 등록금을 걱정하면서도 어떻게 할 도리가 없었다. 아버지는 요사이 아침에 나갔다가 저녁에야 돌아오셨다. 오늘날까지 자신만만하게 사업을 이끌어 오신 북쪽 사람 특유의 강인한 생활모습을 한국전쟁은 다 앗아가고 말았다. 그런 큰아들의 모습을 보는 조부가 오히려 안쓰러웠다. 집 사정을 너무나 잘 아는 나는 등록 마감 시간에 교무과에 가서 휴학계를 내었다. 눈앞이 캄캄해지며 세상의 모든 희망을 잃어버린 나는 그 자리에 주저앉아서 한없이 울었다.

영도섬 안에 아카사키(赤崎)라는 곳에 큰 미군부대가 있었는데 부대 안에는 이 세상 천지에 없는 것이 없는 PX가 있었다. 그곳에서 타이피스트를 많이 채용하고 있었다. 내 주변 친구들이 너도나도 영문 타이프 치는 일을 배워가지고 학교가 파하면 그곳에서 아르바이트를 하였다. 그런데 아버지가 한사코 내가 타이피스트가 되는 일을 반대하셨다. 바람나기 쉽다는 것이 그 이유였다. 밥을 굶는 한이 있어도 딸아이를 타이피스트로 돈을 벌게 할 수는 없다고 하셨다. 아버지뿐만이 아니고 당시의 우리나라 사람들이 일반적으로 '타이피스트'에 대한 이상한 편견을 가지고 있었다.

나는 아버지 앞에 꿇어앉아서 지금은 옛날하고 달라서 이대학생들이 그곳에서 타이피스트로 일하며 학비를 벌고 있고 아버지가 잘 아는 내 친구 조순희도 신의주에서 온 공부 잘하는 정애도 그곳에서 타이피스트로 일하고 있다고 설명을 드려도 아버지는 막무가내로 내가 타이프 배우러 다니는 것을 허락하지 않았다. 나는 속으로 '타이프 친다고 다 바람이 나겠는가. 타이프 치지 않는 아이들도 바람 많이 나드만…….' 하고 생각하면서도 아버지가 무서워서 그 말을 입 밖에 내지는 못하였다.

어느 날 정애가 찾아왔다. 미군부대에서 사무원을 뽑는다기에 나를 소개해 주고 싶어 왔다고 했다. 미공보관 앞에 미군 트럭이 오는데 몇 시까지 나오라고 하였다. 이것은 비밀이었다. 사병모자를 용케 머리끝에 붙인 미군이 몇 마디 물었다. 쭈뼛거리며 겨우 면접에 합격하였다.

내 직업은 PX에서 하루의 일을 끝내고 집으로 돌아가는 한국인 노무자들에게 PX 물건을 파는 일이었다. 우선 그곳에 있는 물품의 가격을 외기 시작하였고 이곳에서 일하는 한국 종업원은 누구나 한도액 안에서 물건을 구입할 수가 있는 것을 알았다. 나는 삼일 동안 열심히 일했다. 친구들도 생겼다. 그 친구 속에 키가 자그마하고 통통하고 귀여운 여자는 퍽 나를 따랐다. 그 때 그녀와 같이 구내 화식집에서 처음 먹어본 '스시'는 혀가 말려들어가는 것처럼 맛이 있었다. 쉬는 시간에 나는 물건들 뒤켠에 앉아서 책도 읽었다.

일은 밤 12시에 끝이 났다. 토요일과 일요일은 쉬었다. 며칠 후 나를 따르는 통통한 귀여운 여자가 나에게 오더니 "미스 정, 왜 물건을 안 사세요? 만일 필요가 없으면 미스 정 분의 티켓 내가 써두 되요?" 하고 물어왔다. 나도 대개는 알고 있었지만 그 곳에서 물건을 사다가 파는 일이 좀 부끄럽게 생각되어서였다. "무얼 사야 되는데?" 하고 그녀에게 물었다. 그녀는 금세 오늘 자기가 사는 것 보고 똑같은 것만 사면된다고 가르쳐 주었다. 그날 나는 그녀가 산 품목하고 똑같은 것을 샀다. 옥양목 두 필하고 또 몇 가지를 사서 낑낑거리며 집으로 끌고 들어간 것이 생각난다.

밤 1시께나 들어오는 나를 아버지께서 기다리고 계셨다. 어머니가 아버지께 미리 타이피스트가 아닌 한국종업원들을 위해서 PX물건을 판다는 말도 해서 알고 계셨다. 타이피스트건 판매원이건 미군부대에서 일하는 것이 뭣이 다른가. 아버지도 더 이상 할 수 없었나 보았다. 당장 딸아이가 휴학을 하고 있지 아니한가. 그 다음날 밤에는 아버지는 우리를 태운 트럭이 오는 곳에까지 나와 기다리고 계셨다. 사람과 짐이 내리면 트럭은 휑 하니 떠나간다.

그런데 갑자기 우르르 사람들이 나타나더니 우리 부녀를 둘러섰다. 아버지와 나는 눈이 휘둥그레졌다. 그들 중 한 사람이 "PX에서 물건 떼서 나온다는 말을 듣고 물건 사러왔어요. 무엇은 얼마, 무엇은 얼마 드릴게요." 했다. 집에 까지 들고 들어갈 새도 없이 그 자리에서 다 팔렸다. 그들은 서로 싸우며 내 물건을 사갔다. PX물건은 몇 10배가 남는다는 것이었다. 아버지가 그 돈을 나에게 주며 "잘 간수했다가 다음 학기 등록금 하여라." 하셨다.

쉬는 시간에 산더미 같은 짐짝 뒤에서 책을 읽고 있노라면 살그락 살그락 소리가 나곤 하였다. 처음에는 쥐가 있나? 하고 생각하였다. 쥐가 있다면 미군 사무원이 처리할 테지 하고 생각하였다. 어느 날 나는 나도 모르게 벌떡 일어나서 소리나는 데로 다가가 보았다. 나는 크게 놀라며 손으로 눈을 가렸다. 미군병사 하나와 한국여자가 서로 껴안은 채 헉헉거리고 있었다. 그것을 본 것은 나의 큰 불찰이었다. 이 안에서 일어나는 모든 것을 못들은 척, 못 본 척 했어야 했다. 내가 몹시 당황하는 것을 본 미군병사는 나를 노려보더니 벌떡 일어나며 나에게 욕설을 퍼부었다. 나는 참 바보 같았다. 이럴 때는 I'm sorry 해야 하나? 어떻게 해야 하나?

그 병사는 물건판매원의 총감독이었다. 내가 일하는 동안 계속 우리 주변에 머무르는 사람이었다. 그런 일이 있은 후 그는 자주 내 주변을 돌았고 나와 시선이 마주치면 눈 한 쪽을 찔끔 감았다 뜨며 히죽이 웃기도 하였다. 그때마다 나는 몸이 오싹해지고 미군 병사가 무서워지기 시작하였다.

쉬는 시간에 짐짝 뒤에서 책을 읽지 말아야 할 것 같았다. 그럼 어디 가 있지? 우두커니 서 있을 수도 없고 그 때 통통하고 귀여운 여자가 생글거리며 가까이 다가오더니 "미스 정 언니⋯⋯." 하고 불렀다. 갑자기 언니는 또 무엇인고? 하고 의아해하는데 "며칠 전에 총감독이 누구랑 껴안고 있는 것을 보았다면서요?" 했다. 나는 얼굴이 벌개져서 "보려고 한 것은 아닌데⋯⋯." 했다. "여기 오래 붙어 있는 여자들은 거의가 미군병사 누구 한 사람하고 친한 사람들이예요. 그렇지 않으면 여기 오래 붙어있지 못해요. 언니가 이해하세요." 했다. 나는 얼떨결에 "어떻게 이해하면 되는데?" 하고 촌스러운 물음을 물었다.

그때 키가 후리후리하게 큰 병사 한 사람이 그녀 옆에 다가오더니 그녀의 궁둥이를 탁 치고 손바닥으로 두어 번 그녀의 궁둥이에 원을 그리듯 쓸어주고 건들건들 저쪽으로 걸어갔다. 그녀는 헤헤헤 웃더니 나와는 대화가 끝난 양 금세 생글거리며 그 병사의 이름을 부르며 뒤쫓아 가고 있었다.

이곳에서 일을 시작한지 한 달이나 되었을까. 어느 쉬는 시간에 그 통통하고도 귀여운 여자가 "미스 정 언니, 노래하나 가르쳐 드릴게요. '라모나'라는 노래 아세요?" 했다. 일본말 노래였다.

라모나 하늘에는 종소리가
라모나 쓸쓸하게 울리네요.
아직도 옛날과 변함없는 나이지만
당신은 멀어져가는 한 송이 장미꽃.
라모나 하늘에는 종소리가
라모나 쓸쓸하게 울리네요.
당신을 기다리는 창가에 이 밤에도
라모나 달빛은 어디에?

그녀는 내가 이곳에서 오래 머물 수가 없다는 것을 미리 알고 있었을까? "미스 정 언니, 이 노래를 부를 때마다 나를 기억해 주세요." 했다. 그리고 며칠 후 나는 그곳의 감독으로부터 내일부터 나오지 말라는 강제퇴직(?) 명령을 받았다.

■ ■ ■

나는 지금도 '라모나' 노래와 통통하고 귀여웠던 그녀를 함께 기억하고 있다.

아르바이트

제본회사에서 접지공을 모집한다고 했다. 책을 만드는데 종이 페이지를 맞추어 접는 일이라고 하였다. 한 주일만 지나 일이 손에 익으면 벌이가 꽤 좋다는 말을 들었다.

초량 넘어가는 길목에 있는 제본회사는 제법 커서 아래층에서는 책을 묶는 작업틀과 종이절단기가 놓여 있었고 이층에는 큰 나무상에 열댓 사람의 접지공들이 앉아서 일하고 있었다. 말이 회사이지 공장이었다. 나에게 이 일을 소개해 준 아주머니는 회사 김사장이라는 젊은 남자에게 "지금 어느 대학교의 학생인데 여기서 일 좀 해서 등록금에 보태고 싶다 해서 데려왔어요." 하며 나를 소개하였다. 김사장은 웃으면서 "지금은 국민학교 국어교과서를 만드는 중이예요. 해 보시겠습니까?" 하며 커다란 종이를 몇 장 내 앞에 갖다 놓았다.

나는 그 종이를 내려다보며 신의주 왕자제지회사(王子製紙會社)를 떠올렸다. 거기서 우리들 소학생들은 학교를 졸업할 때까지 근로보

국대(勤勞報國隊)로 일했었다. 지금 김사장이 내 앞에 펼쳐놓은 크기의 두 배만한 종이를 왼손으로 들어 오른쪽으로 눕히면 각 종잇장이 부채꼴이 되었다. 오른손 엄지로 다섯 장씩을 세어서 백장의 묶음을 만드는 것이 일이었다. 종잇장에 베인 손가락이 굉장히 쓰라렸던 기억이 난다.

여기에서는 종이 윗머리에 페이지 숫자가 들어 있는 것을 1번하고 3번의 귀를 맞추고 접은 종이를 20cm정도의 대나무작대기로 훑으며 쭉 긋는다. 다음에는 1번과 5번의 귀를 맞추고 접은 곳을 작대기로 또 쭉 그으면 그때의 종이 모양이 장방형이 되었다. 장방형 접지를 뒤로 반절하면 12번이 거꾸로 된 숫자가 나온다. 이렇게 하면 한 장이 끝나는 것이었다. 접은 장수대로 돈을 받는다.

옆 상에서는 13번에서부터 24번 접지를 접고 있었다. 쉬운 것 같아도 까다로운 작업이었다. 접은 곳을 자로 그을 때 꼭 종이가 조금씩 어긋나게 된다. 그러면 그 접지는 도루 펴서 다시 접는데 처음 그은 자리는 남아있게 마련이어서 굉장히 조심해야 했다. 번호가 1mm라도 어긋나면 책 종잇장이 들쑥날쑥해진다. 곁에서 한참 지켜보고 있던 김사장이 "잘 할 것 같네요. 처음 며칠은 많이 접으려고 하지 말고 천천히 연습 삼아 접어보세요." 하며 웃었다.

나는 이런 일이 마음에 차지는 않았어도 열심히 해 보기로 마음먹었다. 그런 마음이 생기는 것만 해도 스스로 고마웠다. 일이 좀 손에 익자 나는 둘째 동생 뚱보도 데리고 갔다. 뚱보 동생을 데리고 간 첫날은 동생에게 가르쳐 주느라고 나는 조금밖에 접지를 못하였다. 뚱보 동생이 굼뜨고 둔한 것을 잘 알기에 며칠은 꾹 참고 가르치며 잘못 접은 것을 펴서 다시 고치며 며칠이 지났다.

알다가도 모를 일이었다. 내 뚱보 동생은 번호를 맞추고 잘 접어서 작대기로 쓰윽 한 번 그으면 되는 일을 사흘이 지나고 한 주일이 지나도 삐뚤빼뚤 그 모양새 그대로였다.

나는 동생에게 내일부터 나오지 말라는 말이 목젖까지 올라오는 것을 꾹 참고 며칠만 더 기다려 주자고 마음먹었다. 마음과 생각이 깊은 아이였다. 일가친척이 내 뚱보 동생을 칭찬하지 않는 사람이 없었다. 특히 어린 아이들을 직심 있게 사랑으로 보살펴 주는 동생이었다. 일할 때 요리 조리 잘 빠져나가는 나를 어머니는 "먹을 땐 선(先)돌이. 일할 때는 배(俳)돌이 정옥희." 하곤 하셨다.

이를테면 제재소 일꾼들이 집에 와서 장작을 산더미같이 패 놓으면 뒤곁에 쌓는 일은 우리들 몫이었는데 나는 몇 번 나르는 척하다가는 없어지곤 하였다. 그런 날은 나는 미리 대문 뒤에 스웨터나 오버코트를 내다 숨겨놓곤 하였다. 내가 없어도 뚱보 동생이 부엌 언니와 같이 그 일을 끝마친다는 것을 나는 알고 있었다. 늘 의젓한 동생을 나는 믿고 있었다.

뚱보 동생이 제본소에서 일하기 시작하고 열흘이나 지났을까. 어느 날 동생과 나는 옷에 붙은 종이먼지를 털고 집으로 돌아오려는데 김사장이 우리 둘을 불러 세웠다. 김사장은 그날 접은 접지는 접지공이 돌아가기 전에 일일이 검사를 하는 터였다. "미스 정, 이 것 다시 다 고쳐야겠어요." 하였다. "내 것이에요?" 하고 멍하니 바라보는 나에게 김사장은 동생의 것이라고 했다. 그날따라 뚱보 동생은 많이도 접어놓았다. 동생이 접었다는 종잇장을 들추어 보았다. 1번 다음에 11번이 오고 9번이 오고……. 늦도록 나는 그것을 다 고쳐 접어놓아야 했다. 새로 접는 일보다 고치는 일은 시간이 더 걸리고 힘도 더 들었다.

뚱보 동생이 엄지와 검지로 아랫입술을 계속 뜯으며 내 옆에 앉아 있었다. 아랫입술을 뜯는 버릇은 뚱보 동생의 어렸을 때부터 가지고 있는 버릇이었다. 나는 증(화가 심하게 난다는 평안도 사투리)이 날 대로 나서 입을 꾹 다물고 종이만 내려다보며 몇 시간씩 걸려서 겨우 다 고치고 계단을 쾅쾅 소리 나게 밟아 밖으로 뛰쳐나왔다.

시장에서는 가게마다 깐드레불을 켜놓고 야시(夜市)를 열고 있었다. 깐드레불은 쉴 새 없이 '쉬쉬싯' 하는 소리를 내고 있었다. 불을 내뿜어야 하는 일이 사람들 살아가는 일만큼 힘들다는 뜻일까? 나는 겨우 참았던 울화가 깐드레불처럼 솟구치며 터져 나왔다.

동생의 발뒤꿈치를 밟을 듯 쫓아가며 "넌 번호도 읽을 줄 모르니? 접으래는 대로 접기만 하면 되는 걸 왜 그걸 못해. 응? 응? 이

멍텅구리야." 동생이 잰걸음으로 걸었다. "야, 듣기나 하니? 어? 듣기나 해? 내가 그 동안 너 때문에 얼마나 속을 끓이고 많은 시간을 소비했는지 알기나 해? 이 뚱뚱보야. 아이구, 속상해. 흐흐흐흑." 눈물이 쏟아져 나왔다.

아마 그때 누군가가 내 옆에 있었으면 내 험한 얼굴을 보고 뚱보 동생을 피하게 했을 것이었다. "그만 해. 그만큼 했으면 됐어." 라고 했을 것이다. 나는 동생에게 한마디를 더 쏘아붙이며 팔을 쭉 뻗어서 동생의 등을 힘껏 치며 밀쳤다. 동생의 발치에 맨홀이 있는지 누가 알았겠는가. 뚱보 동생은 맨홀 뚜껑에 걸려 큰 대자로 나가 엎어지고 말았다.

내 손에 독이 올라 있었나 보았다. 그 때에야 나는 정신이 번쩍 들었다. 내가 지금 뭐하는 짓인가. 금방 동생을 일으켜 안으며 그래도 입으로는 "넘어지긴 왜 넘어지니. 누가 너더러 넘어지랬어?" 하였다. '둔히게시리.' 라는 말은 차마 이 자리에서 할 수가 없어 속으로 삼켜버렸다. 동생이 큰 소리로 울었다. 양쪽 무릎이 크게 까져 있었다. 피를 본 나는 왈칵 겁이 나서 뚱보 동생을 부둥켜안은 채 같이 왕왕 울었다. 우리의 처지가 한없이 비감스러워졌다. 동생을 때릴 것까지야 뭐 있었겠는가. 사실 하나님은 아실 것이다. 그런 마음이 조금도 있었던 것이 아니었다.

그렇지 않아도 학교를 휴학한 요사이는 나만 낙오자가 된 기분이 되어 괜히 서러워지곤 하였다. 깊은 패배감 속에 사로잡혀 있었다. 친했던 친구들도 나로부터 멀리 떨어져 나간 것 같았다. 매사 심사가 꼬여 있었던 참이었다. 그러나 엎드려 우는 내 동생이 너무나 가엾어져서 동생에 대한 연민과 내 처지를 모두 합해서 나도 실컷 소리 내서 울었다. 동생이 눈물이 담긴 큰 눈을 뜨고 그제야 "언니, 미안해." 하며 더 세게 울었다. 사람들이 모여왔다. 그 중 한 사람이 "이 지하도 뚜껑을 고쳐야 해. 언젠가는 큰일 낼 줄 알았어." 하더니 "그런데 동생이 다쳤는데 언니가 왜 그렇게 울어?" 하며 내 얼굴을 들여다보았다. 심청(沈淸)의 아버지 '심봉사' 만큼이나 물계 없는 질문이었다.

송도 앞 바다

계절은 초여름으로 들어서고 있었다. 연중 기온은 서울보다 높아도 여름 내내 산들한 바닷바람이 불어와서 상쾌한 느낌을 주는 고장이었다.

한 가지의 인쇄제본이 끝나면 다른 일감이 들어올 때까지는 일이 없었다. 그러나 그날은 오전나절에 일 품삯을 받기로 되어있어 나는 회사에 나왔다. 돈을 받아가지고 나오는데 김사장의 여동생 민례가 "정 언니, 오늘 바쁘세요? 송도에 나가보지 않을래요?" 하고 물었다 "송도?" 하고 되묻고는 부산에 내려와 산지도 1년이 넘었지만 바다에 나간 일은 한 번도 없었음을 생각했다. 아름다운 바다, 송도가 지척에 있는 것을 의식하지 않고 살았다. 더욱이 바닷바람을 쐬려고 일부러 품을 내서 바다를 향할 내 계제가 못되었다. "그래, 송도구경 가 볼까? ……그런데 이렇게 입고?" 하고 후레아 스커트 자락을 들어 보이며 민례를 보았다. 민례가 웃으며 "어때요. 그냥 걸을 건데요. 뭐." 했다.

문을 나서며 송도는 무슨 버스를 타고 어떻게 가야 하느냐고 민례에게 묻는데 "저도 같이 가요." 하는 남자목소리가 들렸다. 나는 그를 돌아보자마자 입속으로 "어머." 했다. 일하는 내 가까이에 할 일 없이 앉아서 뜬금없이 말을 시키곤 하던 남자. 머리는 기름을 발라 뒤로 넘기고 별로 우습지도 않은데 한 옥타브 높은 음성으로 헤헤헤 웃는 남자. 형님 되는 김사장이 늘 허술한 티셔츠 바람으로 열심히 일하는데도 별로 일하려는 기색 없이 풀 먹인 빳빳한 칼라를 세우고 빈둥대는 김사장의 동생이며 민례의 막내오빠라는 사람이었다.

안 가겠다고 하기에는 이미 늦었다. 그가 앞장서서 버스표 석장을 샀고 양 활개를 펴며 민례와 나를 병아리 몰듯이 몰아 버스에 태우고 저도 올라탔다. 버스에서 내려서도 민례가 가운데 끼어 걸었다. 그러나 그는 동생을 넘어서 줄곧 나에게 말을 걸어왔다. 쓸데없는 말과 질문들. "일 할 만합니까?" 라든가 "대학은 무슨 과입니까?" 라든가……. 시큰둥한 내 표정에 신경이 쓰인 민례가 실토를 했다. "오빠가 자꾸 미스 정을 꼬드겨서 송도 가는 것까지만 허락받아 놓으라 해서……."

민례는 도회지사람 냄새가 전혀 나지 않았다. 어디까지나 순박해 보이는 시골 처녀였다. 그래서 나는 그녀가 좋았다. 그녀는 일할 때 내 옆에 앉기를 원했고 그러다가 민례와 눈이 마주치면 나는 늘 웃어주곤 하였다. 전라도 시골 어느 중학교를 다니다가 고위 장성급인 큰오빠의 가정이 있는 서울로 올라왔고 올라온 지 몇 달 안 되어 6·25전쟁이 터져 큰오빠의 연락병이 모는 트럭으로 부산에 내려 왔다고 하였다.

내 허락도 없이 오빠를 동행하게 한 일이 미안해서 몸을 비비 꼬는 민례에게 나는 "한 번 송도에 나와 보고 싶었어. 괜찮아." 라고 말해주었다.

소나무와 바위와 멀리 보이는 부산거리가 꿈같이 아련하였다. 민례의 막내오빠만 없었다면 나는 민례에게 신석정의 '작은 짐승'이라는 시를 읊어주었을 것이다.

蘭이와 나는/ 산에서 바다를 바라다보는 것이 좋았다./ 밤나무 소나무 참나무 느티나무/ 다문다문선 사이로 바다는 하늘보다 푸르렀다.

蘭이와 나는/ 작은 짐승처럼 앉아서 바다를 바라다보는 것이 좋았다./ 작은 짐승같이 말없이 앉아서/ 바다를 바라다보는 것은 기쁜 일이었다./

蘭이와 내가/ 물오리처럼 떠다니는 섬을 어루만질 때/ 떨리는 심장같이 자즈러지게 흩날리는 느티나무잎새가/ 蘭이의 머리칼에 매달리는 것을 나는 보았다.

蘭이와 나는/ 느티나무 아래에 말없이 앉아서/ 바다를 바라다
보는 순하디 순한 작은 짐승이었다.

군데군데 좀 잊어버린 구절도 있지만 그런 대로 뜻은 통한다. 내
가 끔찍이도 좋아하는 시였다. 3·8선을 넘느라 신의주를 떠나서
평양, 해주로 옮겨 살며 2년여 정도 학교를 쉬었다. 서울 종로에 있
는 조그마한 사립학교에 전입학이 되어 처음으로 학교교실에 들어
가 앉았던 행복감. 내 국어선생님(이병주교수 : 국문학자. '두시언해' 제일
인자. 동국대학 교수)은 학교 교사(校舍)가 워낙이 작아서 계단과 계단
사이의 공간에 서가를 올리고 도서실을 꾸몄다. 선생님 댁에서 가
져온 책과 관훈동 고서점에서 사온 시집과 소설을 서가에 올려놓은
간이 도서실이었다.

이 시는 그 서가에서 『한국의 명시』라는 책에서 얻은 시였다. 내
가 그날 민례에게 이 시를 읽어주었다면 아마 난(蘭)이라는 아이 이
름을 '민이'로 바꾸어 읽어주었을 것이다. 가끔 신비스러운 눈으로
이화대학생인 나를 바라보곤 하는 민례는 정말 순하디 순한 작은
짐승의 눈을 하고 있었다. 그러나 이날 불행하게도 불청객이 옆에
서 설쳐대었다. 민례의 막내오빠는 송도에 오면 배를 타야 된다는
것이었다.

해는 우리들 정수리에서 수평선 쪽으로 약간 넘어섰다. 민례의

막내오빠가 노를 잡았고 가운데 자리에 민례가 앉았고 나는 민례 뒷자리에 앉았다. 조그마한 배는 물살에 흔들리며 앞으로 나아갔다. 후레아 스커트 자락을 앞으로 모두어잡고 나는 두 무릎을 붙이고 앉았다. 마주 보이는 민례의 막내오빠의 체구는 조그마했고 노를 잡은 그의 팔이 참 짧게 보였다. 여전히 머리는 기름을 발라 뒤로 넘기고 있었다.

노를 물속에 꽂았다가 퍼 올리듯 물 밖으로 들면 바닷물은 찰싹이며 배를 앞으로 밀어내었다. 나는 될 수 있는 대로 하늘 저 멀리 수평선을 바라보았다. 정오의 햇살은 화사했고 멋을 부리며 바다 쪽으로 길게 가지를 뻗은 늙은 소나무들은 찰싹이는 노 젓는 소리와 정비례하며 배는 앞으로 가고 해변가의 모든 물체는 뒤로 물러나고 있었다. 민례가 내 앞에 앉아 나에게 등을 돌리고 있어서 우리는 얘기를 할 수가 없었다. 별로 얘기할 것도 없긴 하지만……. 그가 "민례야, 바다가 참 좋다. 잉, 날씨도 좋고" 하더니 얼굴을 약간 옆으로 내밀며 나에게 "미스 정, 나오기 잘했지요?" 하고 물었다. 느닷없이 민례의 막내오빠가 노래를 부르기 시작하였다.

반월성너머 사자수 흐르는 물위/ 붉은 돗대 낙화암을 감도네/
옛 꿈은 바람결에 찰랑거리고 거란사 저믄 날엔/ 물새만 운다.
물어보자 삼천궁녀 간곳이 어디냐?

천마산 위에 달이 솟아/ 부소산 남쪽에는 터 닦는 징소리/
옛 성터 댓돌 앞에 꽃이 피거든/ 산유화 노래하며 단 둘이 살자/
물어보자 낙화삼천/ 간곳이 어디냐?

김정구가 부른 <낙화삼천>이라는 노래였다. 이 외에도 '사자수
흐르는 물에 석양이 비추고······.' 하는 노래도 불렀다. 민례의 막내
오빠는 아름다운 음성을 가지고 있었다. 조그마한 체구에서 어떻게
저런 크고 구성진 음성이 나올 수가 있을까. 그의 노래는 푸르른
바다 위를 거침없이 퍼져나갔고 노래의 가사도 바다와 잘 어울리고
있었다. 민례가 뒤를 돌아보며 "우리 오빠 노래 잘 하지요?" 했다.
나는 곧 "민례도 노래 잘 해?" 하고 물으며 민례오빠가 노래 잘한
다는 뜻을 간접적으로 대답해 주었다. 물새 한 마리가 끼끼끼익 울
면서 우리들이 탄 배 가까이를 맴돌며 날고 있었다.

해가 수평선 쪽으로 많이 기울었을 때에야 우리는 배에서 내렸
다. 돌아오는 길에 민례의 막내오빠는 기어코 우동을 같이 먹자고
했다.

비록 민례가 같이 있기는 했어도 그와 배를 같이 탔던 일과 우동
을 같이 먹은 일은 실수라면 나의 큰 실수였다. 민례의 막내오빠
김민수는 툭하면 미스 정하고 배도 타고 우동도 같이 먹었다는 것
을 강조하곤 했으니까. 그때마다 나는 민례라는 동생도 같이 있었

다고 변명할 수도 없었으니까.

　접지공을 그만둘 때쯤에 고급장성이라는 민례의 큰오빠가 제2국
민병 부정사건을 주도한 사람 중의 한 분이라는 것을 옆의 아주머
니한테서 귓속말로 들었다.

1진 2퇴의 전선

중공군은 참으로 기괴한 전술을 쓰고 있었다. 상대방이 적이 없는 것으로 속단할 만치 조용하게 엎드려 있다가는 나팔을 길게 두 번 불고 호적(胡笛=일명 날라리)을 삘리리이 하고 분다고 하였다. 그리고는 꼭 도깨비처럼 이곳에서 한 무더기, 저곳에서 한 무더기의 군사가 일제히 일어나 수류탄을 던지고 소총을 쏘아대다가는 또 잠잠해 진다고 하였다. 그들이 잠복하여 잠잠한 때가 더 공포심을 일으킨다는 것이었다. 가뜩이나 야전에 약한 UN군들은 깊은 밤에 들려오는 호적소리로 오금이 저리고 오그라들어서 맥을 추릴 수가 없어진다는 것이었다. 수류탄 터지는 소리보다 이 소리가 더 끔찍스럽다고 하였다.

어떤 밤에는 올림픽 주자처럼 봉홧불 여섯 개가 산에서 뛰어내려오는데 그 불은 간들간들 바람에 나부끼며 춤을 추었고 연기를 길게 끌어서 '저 불은 뭐냐? 참으로 아름답다.' 생각하는 틈에 봉홧불 뒤에 따라 내려오던 수많은 중공군이 일제히 총을 쏘기 시작한다는 것이었다. 국군이나 미군들은 상상을 초월한 18세기 전법이었고 동네 꼬마 녀석들이 도깨비불 장난을 하는 것 같다고도 하였다. 중공군과의 싸움은 미군이 가지고 있는 최신형 화기가 힘을 쓸 수가 없는 전쟁이라 하였다.

거기다가 미군사들을 괴롭히는 것이 또 있었다. 이(蝨)와 벼룩 얘기였다. 미군 제503야전포병대대의 피터스 중위는 잠깐 쉬는 시간을 이용해서 고향집에 편지를 쓴 곳에 이 말이 적혀 있었다. '이 세상에 지옥이 있다면 바로 내가 있는 이곳이 지옥입니다. 이 지옥은 너무나도 춥고 더러운 곳입니다. 그보다도 빈대와 이가 혹한 속에서 살 수 있는 곤충이라는 것을 나는 이곳에서 처음 알았습니다. 치열한 전투 중에 이놈이 몸속을 발발 기어 다녀 간지러워서 견딜 수가 없습니다. 이 저주스러운 곤충은 일단 내 몸에 붙어서 살기를 결정하면 아무리 잡아 죽이고 D.D.T에 온몸을 절이다시피 해도 절대로 줄어드는 법이 없습니다.' 하고 그는 전쟁의 두려움보다도 이에게 물리는 괴로움이 뒤지지 않는다고 편지에 적고 있었다.

우리의 세대는 이에 대해서 너무 잘 알고 있다. 이와 서캐가 있는 빨래를 무쇠 솥에 넣고 양잿물을 풀어 한 시간 반을 푹푹 삶아도 잘 죽지 않는 벌레라는 것을. 머릿니는 밤사이에 머리카락을 타고 일곱 고개(일곱 사람)를 넘는다고 했다. UN군들은 한국에 와서 중공군과의 싸움 외에 곤충과의 싸움도 견뎌야 했었다.

원래 김일성은 6·25전쟁을 일으킬 때 1950년 8월 15일까지는 부산까지 점령해서 전국이 공산권 안에 들어가게 할 것을 계책하고 있었다. 그러나 국군과 UN군의 강력한 방어전에 밀리자 김일성은 대구만이라도 점령하라는 명을 내렸다고 한다. 여기서 피비린내 나는 다부동(多富洞)전투가 시작되는 것이다. 다부동은 대구 바로 위에 위치한 곳이고 다부동 북서쪽으로 낙동강이 흐르고 있었다. 어느 전선인들 전쟁이 치열하지 않을까마는 다부동전투상황은 언제 읽어도 나는 눈시울이 붉어진다.

하늘처럼 모시는 김일성의 "대구만이라도 탈환하라."는 절대명을 받은 인민군은 목숨을 걸고 대구 탈환에 덤벼들었다. 우리 쪽은 대구를 인민군에게 내주면 부산이 적군 손에 들어가는 것은 시간문제였다. 대한민국이 이 지구위에 존속할 수 있느냐 없어지느냐의 결전이었다. 양쪽이 모두 사활을 건 전투장이었다.

인민군과 국군은 서로 화기(火器)를 쓸 거리에 있지 않았다. 그만큼 적과 적이 서로 마주보는 상태였다. 낙동강 방어전선 21Km 전역에 국군과 인민군이 뒤엉켜 있었다는 얘기였다. 총을 쏠 거리가 못 된다는 것이었다. 그러니 서로 마주보며 수류탄을 던졌고 잡히는 대로 찌르고 때리고 하는 백병전(白兵戰)이 계속되었다. 고지가 흙에 싸인 것인지 시체를 쌓아놓은 것인지 분간이 가지가 않았고 시신 썩는 냄새가 하늘을 찔렀다고 했다. 낙동강 물이 시신으로 육지를 이룬 것 같이 보였다고 했다. 한 차례의 그런 격전이 끝이 나면 부대원이 30~40%의 인원이 줄어들곤 했다는 것이다. 목이 메는 대목이었다. 그 젊은이들이 다 누구인가. 아! 슬프고도 슬픈 일이었다. ('한국전쟁사' 및 백선엽장군의 '남기고 싶은 이야기'에서.)

1·4후퇴 이후 서울은 무인지대가 되어 '귀신의 도시'로 변해버렸다. 전선은 한 발을 전진했다가 두 발을 후퇴하는 일을 거듭하고 있었다. 어느 날 밀번 소장은 일군사령관인 백선엽 준장에게 "만일에 말입니다만 부산까지 중공군이 쳐 들어오면 귀관은 어찌 하시렵니까?" 하고 물었다고 했다. 백준장은 "저 말입니까? 저야 한국 사람이고 여기가 내 조국이니까 최후까지 남아서 싸울겁니다." 한 마디 더 보태서 백준장은 "UN군이 일본으로 철수해도 나 혼자 남아 '지리산의 게릴라'가 되는 한이 있어도 끝까지 싸울 것입니다." 라고 말했다고 한다.

당시 우리 국군진영에서는 백선엽 장군을 가장 신임하고 존경하는 인물이었는데 백선엽장군의 '지리산 게릴라' 운운한 말이 와전이 되어 한 때 국군의 사기가 뚝 떨어진 일도 있었다고 하였다.

내가 등록금이 없어서 대학 2학년 1학기를 휴학하는 동안 서울은 전쟁발발 이후 네 번째로 붉은 별이 그려진 인민국기가 내려지고 우리의 태극기가 시청꼭대기에 다시 게양되는 날이기도 하였다. 이승만 대통령은 서울 재탈환의 소식을 받자마자 맥아더장군에게 감사전보를 보냈다. 그러나 맥아더 장군의 회신은 "서울 재탈환은 정치적으로는 큰 의미가 있을 수 있겠으나 군사적으로는 전투의 부대상황에 불과합니다. 승리의 축배는 압록강에서 올리십시다." 라고 했다는 것이다. 그리 되었으면 얼마나 좋았으랴!

그러나 그때 이미 맥아더 장군은 미국동사령부의 사령관직을 해임당한 후였다. 맥아더 장군이 56년간의 군대생활을 접고 떠나가는 날의 한국은 아침부터 비가 주룩주룩 내렸다고 한다. 그의 사무실이 있었던 도쿄에도 아침부터 비가 속절없이 내리고 있었다고 했다. 이 날부터 이미 우리의 소원인 통일은 멀리 물러나고 있었다.

제3육군병원

여름이 잡힌 어느 날 미 제3육군병원에서 흑인 가수인 '마리안 앤더슨'(Marian Anderson)의 위문공연이 있었다. 아침부터 병원 측은 공연장 만드는 일에 분주하였다. 전쟁 전에는 이곳이 학교였었다. 초등학교였는지 중 고등학교였는지는 모르나 꽤 큰 학교였다. 내 집이 병원하고 가까워서 집을 나서면 나는 자연히 육군병원 앞을 지나 오고가게 된다.

병원에서 일하는 사람은 모두 한국인이었다. 아저씨들은 파란 유니폼을 입고 있었으며 하얀 앞치마를 입은 아주머니들은 매일 산더미같이 나오는 빨래를 빨았고 다림질도 하였다. 그들은 그곳에서 제공하는 점심을 먹었고 그것을 남겼다가 싸들고 와 저녁끼니를 때우는 사람들도 많았다. 쇠고기깡통이나 담배 등 '레이숀박스'에서 나오는 물건을 가끔 배급 받았는데 아주머니들은 그것을 모았다가 팔기도 하였다. 미군 주변은 병원뿐만 아니라 어디든지 물자가 풍부하였다.

중환자는 눈에 띠지 않았다. 보행이 가능하거나 목발을 짚은 상이군인들은 날씨가 좋은 날에는 환자복을 입은 채 병원 뜰에서 산책하는 것을 볼 수가 있었다. 미군 특유의 여유롭고 느릿한 모습으로 가끔 대문께로 나와 "Hello, Hello." 하는 코흘리개 우리 아이들에게 껌이나 초콜릿을 쥐어주기도 하였다. 피난지에서는 아이들이 이런 노래를 불렀다. "Hello, hello, give me a chocolate. give me a gum. 먹던 것도 좋아요. 씹던 것도 좋아요." 손톱에 때가 까맣게 낀 손을 내밀며 어린 아이들은 입술을 달싹거리며 노래를 불렀다. 지나가던 노인이 "이 놈들, 썩 물러나지 못할까?" 하고 호통을 치면 다람쥐같이 잽싸게 도망갔다가 잽싸게 다시 몰려들곤 하였다.

아침 일찍부터 운동장에서는 싸리비 쓰는 소리가 났다. 창고에 쳐 넣었던 교단도 운동장 한 가운데 실려 나왔다. 간지러운 데를 잘 찾아 긁어주듯 한국인들은 빈틈없이 부지런하게 일하였다. 이것 하라 하면 저것도 다 해 놓았다. 본래의 한국인 특유의 부지런함도 작용했겠으나 일하는 사람들의 마음속에는 부지불식간에 저 젊은이들이 멀고 먼 이국땅에 와서 우리를 위해 싸우다 부상당했다는 미안함과 고마움이 가슴 속에 담겨져 있었을 것이었다.

교단 앞의 널찍한 빈자리는 휠체어를 탄 상이군인들을 위한 자리이고 그 뒤로는 한 100여 개 정도의 의자가 질서정연하게 놓여졌다. 귀빈석인 것 같았다. 해가 설핏 서쪽으로 기울어지자 사람들은 기다렸다는 듯이 몰려들기 시작하였다.

　나는 동생들에게 내가 먼저 가서 자리를 잡아놓을 테니 늦지 말고 오라고 이르고는 득달같이 육군병원으로 들어갔다. 귀빈석 의자 뒤에는 벌써 많은 사람들이 자리를 잡고 앉았고 손수건이나 종이쪽지 같은 것으로 자기가 잡아놓은 자리라는 것을 표시해 놓고 있었다. 나도 그들 뒷줄에 자리를 잡고 앉으며 신발을 벗어 한 짝씩 떼어놓고 두 자리를 확보했다. 내 옆에도 넉넉한 공간을 터놓았다. 사람들은 계속 들어와 들어오는 순서대로 자리를 잡고 앉았다.

　나는 자리를 잡고 앉자마자 뒤를 돌아보았다. 동생들이 나타나면 이리로 오라고 손짓할 참이었다. 그러나 동생들은 나타나지 않았다. 내가 잡아놓은 자리를 흘깃거리며 보는 사람들 눈치로 나는 초조해지기 시작하였다. 하는 수 없이 나는 두 신발짝을 거두어들고 다음 다음 뒷자리로 물러나 앉으며 동생들의 자리도 또 잡아놓았다. 계속 뒤를 돌아보는데 어떤 사람이 내 신발 한 짝을 발로 밀어놓으며 "먼저 온 사람이 임자지요." 했다. '왜들 이렇게 안 오는 거야.' 사람들이 운동장 그득히 찼는데도 동생들은 나타나지 않았다. 이때부터 내 가슴 속에서 부아가 치밀어 오르기 시작하였다. '늘 이래서 나마저 제일 뒷자리에 있게 한다니까…….' 나는 하는 수 없이 세 번째로 자리를 옮겨 앉았다.

　교회에서도 그렇고 신의주 공회당(公會堂)에서 친척언니의 독창회가 있을 때도 그러했다. 성격이 급급한 나는 무엇이든지 일찍 가서 동생들 자리까지 다 잡아놓아야 직성이 풀렸다. 그러나 동생들은 늘 늦었다. 사실 그들이 원해서 자리를 잡아놓는 것은 아니다. 누가 시켜서도 아닌데 나는 꼭 동생들의 자리를 챙겼다. 절대로 혼자 좋은 자리에 앉아있는 법은 없었다.

　아마 천성적으로 맏이노릇을 하나 보다. 혼자 해놓고 늦게 온 동생들에게 화를 버럭버럭 낸다. 그러면 누구도 감히 소리를 내어 말은 못하면서도 노골적으로 '누가 우리 자리 잡아 달라고 했나 뭐. 괜히 야단이야.' 하는 표정들을 보였다. 나보다 나이가 아래인 성관이 삼촌까지 끼어서 저희끼리 똘똘 뭉쳐서 히히거리면서. 그러면 나는 약이 바짝 오르곤 하였다.

　똑같은 짓을 어릴 때부터 반복하는 '헛똑똑이'는 이 날도 결국 제일 뒷자리로 물러섰다. 서서 노래를 들을 수밖에 없게 되었다.

　휠체어 상이군인들이 들어와 자리를 잡고 귀빈들도 자리를 잡았을 때에야 풍보 동생과 셋째 동생인 말캥이하고 성관이 삼촌이 느릿한 걸음으로 병원 대문 안에 들어서는 것이 보였다. 운동장을 꽉 메우고 조여 앉아있는 사람들의 머리와 머리가 맞닿아 있을 때였다. 나는 오늘도 혼자 화가 났다가 혼자 화를 삭이는 수밖에 없었다. 시간에 늦은 그들이 언제나 당당했으므로. "아직 시작 안했어……." 그들은 나 들으라는 듯이 서서 그렇게 말하였다.

마리안 앤더슨은 1897년에 필라델피아에서 태어난 몸이 약간 뚱뚱한 흑인 여자가수다. 몸이 크고 좀 뚱뚱한 사람이 그 뱃심으로 소리를 낸다고 누구에겐가 들은 일이 있는데 그래서 그런지 마리안 앤더슨의 큰 몸집이 오히려 보기에 더 좋았다. 단상에 선 그녀는 청중을 압도했고 부드러우면서도 볼륨이 있는 그녀의 음성은 부산의 밤하늘의 시공간을 잠깐씩 멈추어 놓곤 하였다. 듣고 있는 청중들도 그녀의 호흡에 맞추어 숨쉬기를 멈추었다가 모듬숨을 토해내곤 하였다.

그때였다. 앞쪽에서 '우직끈' 하는 소리가 나는가 싶더니 의자에 앉았던 사람들이 흔들렸다. 그러자 마리안 앤더슨의 노랫소리에 맞추기라도 한 듯 의자가 공중에 떴다. 또 한 의자가 떴다. 다섯, 여섯 열…… 공중에 뜬 의자들은 사람들의 손가락 끝에 올라타더니 뒤로 날랐다. 열둘, 열셋, 열다섯…… 의자는 요술을 부리듯 사람 머리 위에서 둥둥둥둥 떠서 뒤로 날랐다. 의자에 앉았던 사람들은 아무 일도 없었다는 듯이 조용히 의자가 놓였던 자리에 앉았다.

의자가 몇 십 개가 떠서 머리 위로 오면 앉은 사람들은 손만 높이 들고 손가락만 조금 움직여 주면 의자들은 물 위에 뜬 것처럼 둥둥 떠서 뒤로 오곤 하였다. 제일 뒤에 서있던 사람들이 받아서 뒤 담벼락 쪽으로 냅다 던졌다. '우직끈 뚝딱' 하는 소리를 내며 의자들은 나뒹굴었다. 희한한 광경이었다.

마리안 앤더슨도 그 모양을 보면서도 노래를 계속 부르며 히죽이 웃었다. 한 곡이 끝나면 우레와 같은 박수가 터져 나왔다. 잠깐 쉬는 사이 사람들은 의자가 머리 위로 날아온 광경을 애기하며 참았던 웃음을 터뜨리고 있었다. "그것 봤어? 의자 날아가는 것 보았어?" 하며 즐거워했다. 오늘밤 덤으로 재미있는 광경을 본 셈이었다.

그런데 그날 아침에 그렇게 맑았던 날씨가 저녁나절부터 구름이 짙어지며 흐려지긴 했지만 공연시간에 비가 올 줄은 몰랐다. 그 많은 사람 어느 누구도 우장을 준비한 사람은 없었다. 뚝뚝뚝 하고 빗소리가 나며 노란 흙먼지 냄새를 일으키더니 빗방울이 굵어졌다. 중간쯤에 자리한 사람들이 하늘을 올려다 볼 때만 해도 지나가는 비려니 하였다. 모두는 그러기를 바랐다. 그러나 비는 삽시간에 장대비로 변하였다. 사람들이 와— 하며 일어났다. 많은 사람들이 손바닥 우산을 만들고 동시에 일제히 일어섰다. 일어서더니 병원 대문 쪽을 향해서 앞사람을 밀치며 헤엄치듯 걸었다. 노도처럼 밀리며 걸었다. 무대는 이미 보이지 않았다. 우리 형제들은 제일 뒤에 서 있어서 곧 돌아서서 뛰어 집으로 와 버렸다.

이튿날 신문에는 대문짝만한 글씨로 어젯밤에 있었던 위문공연에서 3명이 압사했다고 실려 있었다. 기가 막히는 소식이었다. 하늘이 무슨 심술인지 모를 일이었다. 나는 속으로 '어느 모임이나 잘 늦는 동생들의 '덕'을 보는 날도 있구나. 내가 미리 자리 잡았던 자

리에 그대로 앉아 있었다면 나도 뭇사람들의 발에 밟혔을지 누가 알 것인가?'

■ ■ ▪

먼 훗날 마리안 앤더슨이 흑인으로서는 첫 번째 뉴욕 메트로폴리탄 오페라 하우스의 명예가수가 되었을 때 나는 1951년 부산 미 제3육군병원에서 들었던 그녀의 음성과 그날 있었던 슬픈 압사사건을 동시에 떠올리곤 한다.

학교로 돌아오다

대학 2학년 2학기 등록을 마쳤다. 내 등록금은 내가 아르바이트 한 돈과 성냥 판돈과 어머니와 조부가 하루 종일 땡볕에 서서 학생복을 파신, 조각보만큼이나 끌어 모은 돈이었다. 한 학기를 휴학할 때 그렇게도 서글펐던 내 마음은 곧 치유되었다. 교실에 들어오는 나를 보고 친구들은 "왔어?" 할 뿐이었다. 내가 없는 기간 동안의 그 공백을 그들은 '왔어?' 라는 말 한 마디로 메워버렸다. 복영이가 한 말이 옳았다. 풀이 다 죽어서 휴학계를 제출하던 날 나에게 자기도 휴학한다며 "대학은 그렇게 똑바로 걸어서 4년 다니고 똑바로 걸어서 대학 대문으로 나가는 건 아니야. 휴학하고 일도 하고 또 사회참여도 하며 다니는 거야. 4년에 꼭 대학을 마쳐야 하는 철칙은 없어." 했다.

내가 상상도 못했던 말을 복영이는 제법 어른스럽게 휴학을 즐기는 투로 말하였다. 휴학을 그렇게 여유롭게 생각할 수 있는 복영이가 부러웠다. 그녀도 2학기에 나와 같이 복교하였다. 그간 그녀는 홀어머니를 도우며 PX에서 일했다고 하였다.

손에 불을 쥐고 공부한다는 말이 이런 것이리라. 나는 열심히 공부하였다. 학과는 대개 학교교과과정에 맞추어 학무과에서 짠 대로 택하면 되었다. 그러나 나의 경우는 달랐다. 잃어버린 학점을 보충 취득해야 했다. 시간이 겹치지 않을 한도 안에서 내가 택할 수 있는 과목을 전부 택하였다.

'시조창작법'시간에는 주로 고시조를 공부하였다. 다행히 고시조의 교재는 많았다. 3장 6귀체의 정율의 우리 노래를 일본의 궁중 시가인 와까(和歌)와 서민의 노래인 하이꾸(俳句)와 같은 단가(短歌)를 비교문학으로 배웠다. 한 많은 우리 민족이나 시조 속에는 한(恨)보다도 '사랑'이 담겨있었고 임금에 대한 충절이 넘쳐났고 자연을 사랑하는 풍류가 있었다.

시조는 특수계급사회의 여성들의 작품이 많았다. 미묘하고도 부드러운 여자의 감성이 많이 담겨져 있어 우리들은 시조를 사랑하였다. 별명이 '세종대왕 수제자'라는 아이는 물론이고 공부하며 놀기도 잘하는 학생들까지도 앉은 자리에서 고시조 100수를 외는 것은 누워서 식은 죽 먹기만큼 쉬웠다.

국문학개론시간에는 동양철학에 대해서 강의를 들었다. 하루는 교수님이 사람의 신체에는 구멍이 11개가 있다고 하셨다. 위쪽에 일곱 개가 있고 아래에 넷이 있다고. '구멍'이라는 어감이 감수성이

여린 우리들에게 부끄러움으로 다가와서 우리들은 머리를 숙이고 앉아 있었다. 한참 후에 복영이가 겔겔겔…… 하고 웃었다. 아마 그 사이에 그녀는 속으로 11개의 구멍의 소재를 점검해 본 듯했다. 우리도 모두 입을 가리고 웃었다. 중간에 있는 것은 배꼽일 테고…… 눈이 둘, 콧구멍이 둘, 귀가 둘에 입이 하나. 정말 7개 맞네. 항문 하나, 소음 하나…… 나머지는 무엇일까? 학교는 이래서 재미가 있었다.

나는 영어공부를 열심히 하였다. 잡화시장에서 사온 조그마한 전기스탠드를 낮게 켜고 나는 밤이 새도록 사전을 찾아가며 영어숙제를 끝마치고 예습도 게을리 하지 않았다. 나이가 지긋하신 강신환 교수님은 짙은 돋보기안경을 끼고 가끔 오른쪽 어깨를 들썩 올렸다가 내리는 버릇이 있는데 영문소설 시간에는 아주 작품 속에 먼저 들어가서 학생들을 소설 안에 끌어넣곤 하셨다.

우리 과 학생들은 영어강의가 교양과목에 들어있다. 그러나 나는 영어시간을 나의 필수과목 이상으로 열을 올리며 공부하였다. 많은 소설을 원문으로 읽었다. 이것은 참 대학생활의 멋이기도 하였다. 그래서 영어시간을 기다렸다. 작자나 책의 제목은 생각이 나지 않으나 내용은 아직 잘 기억하고 있는 이야기 하나가 있다. 이웃에 사는 친구, 에밀리의 배(船)타는 멋진 애인을 기어이 빼앗아 결혼한 조아나는 돈을 많이 벌어오지 못하는 남편에게 불만이 많았다. 아이러니컬하게도 에밀리는, 애인을 친구에게 뺏긴 그 아픔을 딛고 수수한 남자와 결혼하고 잘 살아간다. 에밀리의 집은 조아나의 이웃에 있었다.

조아나가 너무 조르는 통에 조아나의 남편은 세 번째로 아들도 데리고 바다에 나간다. 돌아올 날짜가 지났는데도 조아나의 남편과 아들은 돌아오지 않았다. 폭풍이 쏟아져 내리는 어느 날 밤 조아나는 창문이 흔들릴 때마다 "당신이에요? 지금 돌아왔어요?" 하고 밖으로 뛰쳐나가 보았다. 그러나 남편과 아들은 영영 돌아오지 않았다. "여보! 어서 돌아와요." 거의 실성한 이 불행한 친구를 에밀리가 찾아와 도와준다는 이야기이다..

톨스토이의 「Godknows, but He waited」를 읽고 주인공 '아끼시어노브'가 살인죄의 누명을 쓰고 시베리아로 유배 가는 일, 떠나기 전날 그의 아내가 찾아와 목소리를 낮추고 "정말 당신이 그를 죽이지 않았어요?" 하고 물을 때 아끼시어노브는 오랫동안 같이 살아온 자기의 부인에게 배신감을 느꼈다. 그러나 오히려 시베리아로 향하는 마음이 가벼워졌다고 했다. 누구보다도 자기를 가장 잘 아는 부인조차도 자기를 의심하는 일이 가슴 아파서.

시베리아 감옥에서 어느 날 감옥의 벽 밑을 열심히 파는 죄수가 있었다. 그는 손톱으로 땅을 파며 주절거렸다. "이번 일은 정말 내가 저지른 살인은 아니었어. 내가 정말 감옥에 투옥되어야 할 죄는 몇십 년 전 어느 주막에서 장사꾼의 물건을 뺏고 그를 죽였을 때야. 나는 정말 억울해."

몇십 년 전? 어느 주막의 살인사건? 자기의 일생을 저 자에게 뺏긴 그 통한을 알고 있으면서도 아끼시어노브는 그를 용서하였다. 모범수로 감옥에서 해방되어 사회에 나온 아끼시어노브. 그는 평생 구두수선을 해서 번 몇 푼의 돈과 조그마한 보따리를 들고 감옥 밖에 그는 섰다. 하늘을 올려다보는 아끼시어노브의 눈이 부셨다. 그의 백발이 바람에 나부끼고 있었다 하는 마지막 말.

나는 책 속에 깊이 빠지곤 하였다. 그 때 배운 이야기들을 하나도 잊어버리지 않은 것은 나에게 둘도 없는 행운이었다. 그때 배운 모든 것은 나를 젊음의 세계로 늘 이끌어 주었고 그래서 나는 늘 행복하였다.

복영이에 대해서 좀 더 쓰고 싶다. '한복영!'

복영이가 심장병이 심해진 것은 그녀가 첫 아기를 낳은 직후였다. 임신 중에 복대를 심하게 해서 아기가 위로 떠받혀 올라가 붙었다는 것이다. 우리는 모두 "그러는 수도 있대?" 하고 의아했다. 하긴 4학년 초가을에 경주로 수학여행을 갔을 때 석굴암으로 올라가는 첫 새벽, 아직 동이 트기 전이었다. 인솔하신 이응백 교수님께 자꾸 자기를 붙잡아달라고 해서 우리들은 그녀가 어리광을 부리는 줄 알았다. 복영이 심장병이 심해졌을 때에야 우리들은 석굴암 올라가던 그 아침을 떠올렸었다.

그녀는 결혼하고 임신한 후에 커다란 배를 안고 그 때 나와 같이 휴학했던 한 학기를 보충하였다. 학교에 결혼한 사실을 알리면 당장 퇴학이 되던 때였으나 우리 국문과 교수님들은 알고도 모두 모르는 척 해 주셨다. 복영은 결혼을 참 잘 했다. 아들 7형제를 가진 건축업자의 막내아들과 결혼하였고 7형제가 모두 서울대학 공대를 나왔다고 했다. 결혼하자마자 지금의 3·1당이 있는 광화문 금싸라기 땅에 그녀의 시부는 막내아들 내외를 위해서 2층 양옥집을 지어 주셨다.

내가 아버지의 반대를 무릅쓰고 박 선생과 아서원에서 결혼식을 올릴 때 복영은 나에게 홍보석 귀걸이를 가져다 달아주었었다. 그녀는 "옥희야, 이것, 내 결혼식에 했던 거야. 달아줄게. 잘 살아, 응. 어느 부모나 딸자식 시집보낼 때 가벼운 질투를 느낀다더라. 그러나 너희 아버지는 좀 지나친 감이 있기는 해도 그것도 '사랑'의 한 방식이야. 네가 잘 살면 그것으로 아버지께 효도하는 길이 되는 거야" 했다. 복영은 그날도 약간 포개진 두 개의 앞니를 드러내며 웃었었다.

광화문 가까이에 갈 일이 있으면 나는 늘 복영의 집에 들르곤 하였다. 돌아올 때 복영은 "어제 시아버님이 쇠고기를 이만큼 사다 놓고 가셨어." 하며 큰 덩어리의 고기를 꺼내다가 쑥쑥 썰어서 신문지에 싸 주며 국 끓여 먹으라고 했다. 쇠고기가 아주 비싼 때였다 .어떤 때는 땅콩도 한 봉지를 싸 주었고 맛있는 고추장도 큰 그릇에 퍼 담아 주며 "나 혼자는 다 못 먹어." 하였다.

복영의 병이 한참 깊어갈 때 나는 복영을 찾아갔다. 그녀가 내 손을 자기 가슴에 대 보라고 하였다. 보통 사람의 심장은 같은 간격으로 뚝뚝 하며 뛰는데 복영의 심장은 찌르르륵 뚝- 하곤 하였다. 나는 그녀에게 눈물을 보이고 싶지가 않아서 외면하며 "좋아질 거야. 돈만 세어도 그 손을 알코올로 닦던 너 아니냐? 속옷도 너처럼 깨끗하게 입는 사람이 드물어. 꼭 좋아질 거야. 그렇게 믿자. 응?" 하기만 하였다. 그녀 옆에서 쌔근쌔근 잠자고 있는 아기는 의사가 그렇게도 말리며 중절하라고 했다던 둘째 딸이었다. 왜 복영은 생명을 내걸고 둘째 딸을 꼭 낳아야만 했을까?

우리나라에서 심장수술은 그녀가 첫 번째라고 했다. 갈비뼈를 몇 개 자르고 핀셋 같은 의료기구로 심장을 한 번 쿡 찔러주는 것이 수술이라고 했다. 그렇게 쿡 찔러만 주면 심장박동이 제대로 돌아온다는 것이었다. 수술 후 한동안은 회복세로 돌아오는 듯했다.

어느 날 복영은 동생에게 늘 늦게 돌아오는 남편을 좀 따라가 보라고 했다. 동생이 통금시간 바로 전에 누이에게 들려서 보고하기를 "누나, 매형이 너무나 가여워. 집 근처 다방에 잘 가곤 하는데 들여다보면 늘 구석진 똑같은 자리에 혼자 앉아 있곤 해. 가끔 다방 마담이 매형 앞자리에 와서 앉아 얘기를 나누는 것 같긴 한데 같이 어디로 나가는 일은 없었어." 했다. 복영은 다 알고 있었다. 그렇게 말해주는 동생이 고마웠다. 그러나 아무 말도 할 수가 없는 처지임을 복영 자신이 너무나도 잘 알고 있었다. 숨 쉬기도 힘들었던 복영은 속으로만 울었다. 남편도 가엾고 두 딸 아이도 가엾고 자기는 더 가여워서 울었다.

복영이 떠나가는 날 복영이의 단짝이었던 행자와 순희, 그리고 호순이와 나는 운구차가 덜커덩 하며 바퀴를 구르기 시작할 때 영구차 안에 조용히 누워있는 복영을 위해서 마지막 고별인사를 하였다. "잘 가라 복영아!" 그리고 깊이깊이 절하였다.

입학 당시 50명이나 되었던 우리 국문과 동기들은 모두 12명뿐인데 이제 복영이가 떠난 오늘부터는 고작 11명만 남게 되었다.

■ ■ ■

이 글을 쓰는 2010년 봄에는 순희와 호순이와 나 이렇게 셋이 남았다. 내가 알기로는 그렇다.

파마하는 날

$가$을 어느 주말에 내 여학교 때 같은 배구선수였던 혜성이가 파마약을 사다 놓을 테니 올라오라고 하였다. 며칠 전에 내가 파마얘기를 한 것을 혜성은 잊지 않고 있었다. 혜성의 집은 우리 집에서 좀 더 올라간 단독주택을 빌어서 살고 있었다. 그녀의 아버지는 우리나라가 한참 중석(重石)산업에 힘을 쏟고 있을 때 그 회사의 중역이어서 피난지에서도 넉넉한 생활을 하고 있었다.

그 동안 나는 생머리로 지냈다. 파마를 하면 갑자기 어른이 된 것 같아 집안 어른들 보기에도 창피하다는 생각이 들어서였다. 2년 전 3·8선을 넘어 여학교 4학년(구제 6년제) 2학기에 전입해 들어올 때 나는 머리를 옆으로 가르고 양쪽에 실핀을 짝짝 꽂고 다녔다. 서울 여학생들은 긴 머리를 뒤에서 갈라 양쪽 귀밑에서 부터 땋아 앞으로 늘어뜨리고 다닐 때였다. 지금 생각해도 내 몰골이 참으로 촌스러웠을 것이나 나는 늘 당당하게 살았다.

같은 반의 잘생기고 유머까지 넘쳤던 김규식(金奎植)박사의 손녀딸인 윤옥이가 하루는 내 앞으로 오더니 한참동안 내 얼굴을 빤히 들여다보다가 "옥희야, 이 실핀을 뽑으면 더 예쁘겠다." 하고 갔다. 그날 국사시간에 공원선생님은 "국사 질문은 정옥희에게 하라." 하신 후였다.

혜성은 나를 기다리고 있었다. 키는 조그마해도 혜성의 손가락은 길쭉하였다(나중에 윤혜성산부인과 원장이 된다). 네모진 얇은 종이를 내 머리 끄트머리에 대고 클립에 마는데 생머리여서 계속 몇 가닥이 삐져나오거나 종이가 풀리곤 하였다. 생전 처음 해보는 일이 어디 쉽겠는가. 혜성은 여러 번 말았다 풀었다 하며 어떤 때는 내 머리카락을 잡아당겨서 몹시 아프게 하기도 하고 어떤 때는 너무 허술하게 말아 풀어지기도 하였다. 내 머리손질을 정성껏 해주고 있는 것을 알지만 세상이란 정성만 가지고 다 되는 것은 아닌가 보았다. 그 때부터 나는 속으로 '공연히 파마얘기를 혜성에게 했나?' 하고 후회하기 시작하였다.

혜성은 땀을 흘려가며 한참동안을 내 머리를 가지고 씨름하듯 하더니 "이제 다 되었다. 이제 약을 뿌려야 해. 이 수건으로 눈을 가리고 있어." 하며 타월을 나에게 주었다. 나는 턱을 한껏 들어 올리고 목에는 큰 타월을 둘렀다. 혜성이가 준 작은 타월로는 눈을 가렸다. 정수리에 뿌린 차가운 파마약이 내 목덜미 쪽으로 흘러 내렸다. 파마약 냄새가 가린 눈에서도 눈물이 나올 정도로 독했다. 그러나 어쩌겠는가. 내 목은 이미 혜성에게 내 준 것을. 목에 두른 타월만 열심히 죄었다.

혜성은 이런 내 심정을 잘 모르는 것 같았다. '조로록' 화초에 물을 주듯이 파마약을 부어서 내 목덜미가 계속 선득거리며 끈적이기도 하였다. 오스스 추워서 팔에 솜털이 일기도 하였다. 내 마음을 알 턱이 없는 혜성은 "40분만 참고 있어라." 했다. 눈을 가렸던 타월을 뗐더니 독한 파마약 냄새가 기다렸다는 듯이 내 코로 쏙 들어왔다.

불 없이 약으로만 하는 파마는 최근에 나왔다. 어머니가 유치원 보모 하던 멋쟁이 동서를 맞아 겨우 시할머니(내 증조모)의 허락을 얻어 해 얹었던 머리를 자르고 '파마넨또'를 할 때에도 숯불파마를 했었다. 이글거리는 숯불을 쇠로 된 클립에 넣고 칠보 얹듯이 머리카락에 말고 가끔 부채를 부쳐서 불을 일으키곤 하였다. 쇠클립은 무겁기도 하고, 온 머리를 쇠클립에 물리면 머리가 앞으로 숙여져서 목이 많이 아팠다. 물론 지방의 소도시여서이기도 했겠지만 그때는 미용사도 일이 심히 어설퍼서 불이 센 곳은 머리를 태워 미장원 안에 머리칼 타는 냄새가 노랗게 차곤 하였다. 어떤 때는 한 줌의 머리카락이 뭉텅 타 없어지며 머릿살을 데게 하는 일도 다반사였다.

인물이 빼어나게 예쁜 어머니가 숙모와 같이 통치마를 입고 뽀

족구두를 신고, 머리를 파마하고 신의주 제 4교회에 나가는 주일날 아침에는 '원흥제재소' 집 며느리들을 구경하려고 집 밖에 나와 서는 사람들도 있었다. 파마를 한 여인을 보면 머리를 지지고 볶았다고 하면서도 그 여성을 '신식여성', '신여성'이라고 부르며 선망의 눈으로 보기도 하였던 시절이었다.

혜성은 "네가 좋아하는 바람떡 사다 놓았다. 먹자." 하였다. 김치도 내놓으며 시계를 연상 올려다보았다. 먹음직한 쑥바람떡을 하나 들어 입에 넣었더니 파마냄새가 먼저 입으로 들어왔다. 40분이 지나자 혜성은 내 귀 바로 위의 클립을 하나 풀어 보았다. 그녀는 "잘 나온 것 같아." 하며 만족한 얼굴로 클립을 풀기 시작하였다. 꼬불꼬불한 머리카락이 하나씩 둘씩 용수철처럼 튕기듯 풀려나왔다. 내가 보기에도 괜찮은 것 같았다.

그러나 괜찮지가 않았다. 클립으로 부터 해방된 내 머리카락은 소인(素人)이 했다는 증명을 100% 나타내주고 있었다. 종이로 말았던 끝머리는 모두 생머리 그대로였다. 한 3cm 위에서부터는 불이 붙어 올라가듯이 꼬불꼬불해졌다. 그보다 더 한심한 것은 남보다 머리숱이 많고 머리카락이 굵은 내 머리를 그대로 다 파마를 해 버려서 360도의 둥그런 털뭉텅이는 자그마치 한광주리가 되었다. 혜성이가 보기에도 내가 보기에도 한마디로 가관이었다. 혜성이는 웃었지만 나는 웃지 않았다. 내 표정을 본 혜성이가 웃음을 거두며

"머리를 감자. 머리를 감으면 괜찮아질 거야. 응? 우리 집에서 머리 감고 집에 가." 했다. 아주 미안한 표정으로.

집으로 뛰쳐 내려온 나는 조부 방에 들어가 엎드려서 엉엉 소리 내어 울었다. 조부가 눈치를 채고 "머리는 금방 자라는 것이다." 하셨다. 그리고 쯧쯧 혀를 차셨다. 나는 연상 훌쩍이며 머리를 감았다. 젖었던 머리가 마르자 기대와는 다르게 내 머리칼은 한 오래기씩 데모라도 하는 듯이 곤두서며 부채살같이 퍼져서 다시 한 광주리로 부풀어 일어섰다.

뚱보 동생이 내 머리를 보자 "언니, 머리가……." 했다. "저리 못 가?" 나는 화풀이를 둘째 동생 뚱보를 향해서 던졌다. 이 머리를 하고 어떻게 밖에 나갈 수가 있을까. 더더욱 학교는 못가. 그날 밤 한숨도 잠을 이룰 수가 없었다. 할 수만 있다면 내 머리를 죄다 뜯어 없애버리고 싶었다. 새벽녘에야 궁리가 떠올랐다. 내 여학교 동창이고 같은 국문과 친구인 숙이의 어머니가 경영하는 미장원에 가서 다스리면 될 거야……

숙이네 미장원에서 나는 내 머리를 쇼트커트 했다. 밑의 생머리를 다 잘라 버리니 자연히 쇼트커트가 되었다. 미용사가 웃으면서 "숱이 많아서 좀 칠 곳은 치고 파마를 했어야 해요. 그래서 다 돈들이고 살게 마련이에요. 그리고 옥희씨는 짧은 머리가 어울리는 얼굴이에요." 하며 웃었다. 좀 멋쩍고 쑥스러웠다. 꼭 돈을 아끼려고 한 일은 아닌데…….

어젯저녁 밥상머리에서 아버지가 "옥이 머리가 왜 저래요?" 하시자 조부가 얼른 "왜, 괜찮은데 뭐." 하시며 눈을 끔벅끔벅하셨다. 오늘 저녁에는 어제와 전혀 다른 머리모양을 하고 앉아있는 나를 보고 아버지는 어머니께 똑같은 말로 "여보, 저 애 머리가 왜 저래요?" 하셨다. 조부가 금방 그 말을 받아서 "그냥 두시게. 젊은 아이들 머리는 한 밤에 자라는 걸 가지고…… 대학생이 되면 다 파마인가 뭔가 한다더라. 우리 옥이는 늦었는걸." 하셨다.

그로부터 나는 평생 짧은 머리로 산다.

진순이 삼촌의 죽음

학생복을 팔아서 겨우 연명하는 생활이지만 그런 대로 또 부산피난지 생활도 익숙해져가고 있었다. 사람은 어느 곳에서든 간에 환경에 쉬이 적응하는 동물인가 보았다.

겨울이 가까워 오고 있었다. 학교에서 돌아오자 눈이 빨갛게 충혈된 어머니가 나를 많이 기다리고 계셨는지 "빨리 삼촌한테 가자. 진순이 삼촌한테 변고가 생겼다는구나." 하셨다. 나는 대수롭지 않게 "진순이 삼촌이 왜?" 하며 어머니 뒤를 따라나섰다.

삼촌식구가 사는 남의 집 문간방은 정말 손바닥만 했다. 방으로 들어가는 입구에 아궁이가 딸렸는데 아궁이 옆의 명색만인 부뚜막 위에는 언제 먹은 그릇인지 숟가락인지 밥풀이 더덕더덕 붙은 채 놓여있는 것을 보고 우리 모녀는 동시에 얼굴을 찡그렸다. 그 전부터 알고는 있었지만……. 숙모가 기척을 듣고 문을 열고 내려서더니 "형님, 나는 이제 어떻게 살아요?" 하며 어머니를 부둥켜안으며 통곡하였다. 나는 엉거주춤 서 있다가 방으로 들어왔다.

진순이 삼촌이 핏기 없는 얼굴로 갓난아이와 세 살짜리 아들과 같은 이불 속에 누워있었다. 나는 삼촌이 많이 아픈가 보다 하고 생각하였다. 요강, 김치그릇하며 널려놓을 대로 널려져 있는 비좁은 방에 어머니는 빈자리를 찾아 앉고 묵기도를 올린 후 "진순아, 이게 웬 말이냐." 하며 삼촌 쪽 이불자락을 제쳤다. 찢겨 너덜거리는 철도요원 유니폼 사이로 만신창이가 된 삼촌의 몸이 나왔다.

언제 변을 당했는지 찢긴 살점자리에는 붉은 피가 흙색으로 굳어져 있었다. 나는 그 때 비로소 삼촌이 돌아가신 것을 알았다. 어머니는 아예 삼촌의 얼굴을 어루만지며 우셨다. "진순아, 마안하다. 너를 좀 더 보살펴 주었어야 하는데 미안하다. 미안하다. 어쩌다가 네가 이 꼴이 되었느냐……." 하고 참았던 슬픔을 쏟아내셨다.

진순이 삼촌은 어머니의 사촌동생이 된다. 내 외조부가 삼형제신데 진순이 삼촌은 내 외조부의 막내 동생의 아들이다. 사촌누나가되는 어머니만 믿고 세상고생은 '3·8선을 넘어온 사람은 '세상고생'이라는 뜻을 안다,' 하며 3·8선을 넘어왔다. 넘어와서 계속 영천의 우리 집 한옥 문간방에서 살았다. 층층이 시어른을 모시고 사는 어머니는 친정식구를 늘 달고 살아야 하는 어려움이 있었어도 삼촌을 자식들과 똑같이 대하셨다. 다행이랄까. 조부모도 며느리의 친정식구들에게 늘 관대하셨다.

겨울밤이면 영천 고갯길을 오르내리며 메밀묵장사가 지나가곤 하였다. 목소리조차도 얼어붙는 영하의 밤에 그들이 "메밀묵 사려. 찹쌀떡." 하다가 우리 집 문간방 창문턱에서 서성이면 진순이 삼촌은 말던 담배를 놓고 메밀묵 장수를 불러 세우곤 하였다. 추운 밤 하늘에다 대고 찹쌀떡의 '쌀' 음을 한 옥타브씩 올리며 호객하는 소리가 우리 같은 고향을 잃어버린 3·8따라지들의 귀에는 더 애절하게 들리곤 하였다. 삼촌이 돈을 세어서 주는 동안 메밀묵장수는 입으로 언 손을 호호 불며 기다리곤 하였다. 묵을 사놓은 삼촌이 건넌방 벽을 똑똑똑 하고 두들겼다.

영천땅 일대는 완전한 암벽산이었다. 돌은 화강암처럼 희었다. 뒤울안 암벽은 겨울에는 따뜻했고 여름에는 서늘했다. 그 암벽 사이에 가마니때기로 둘둘 싼 김치독이 있었다. 나는 공부하다가 삼촌의 신호 소리를 들으면 냉큼 일어나서 부엌을 지나 울안으로 나가 김칫독 뚜껑을 조심스레 열고 얼음국물에 담긴 배추김치 한포기를 꺼내오곤 하였다. 메밀묵과 김장김치는 궁합이 잘 맞는 음식이었다. 얼얼해진 입속을 찬 공기로 식히며 삼촌과 조카는 잘 웃곤 하였다. 삼촌이 "내일은 무김치도 좀 꺼내오라우." 하였다. 삼촌은 그때 헌 콘사이스(작은 영어사전) 종이에다가 잎담배를 썰어 말아서 시장에 내다 팔곤 하던 때였다.

아버지가 을지로에 제재소를 열고 영천집을 떠날 때 쯤에 숙모가 아들을 데리고 3·8선을 넘어 왔다. 해 박은 금니를 번쩍이면서 어리광을 부리듯 웃으며 왔다. 을지로로 이사 온 이후 우리는 삼촌 네와 뜸하게 살았는데 한 서너 달 후부터는 사흘이 멀다하게 숙모 는 우리 집을 드나들었다. 어머니와 말을 나누다가 내가 들어서면 두 분이 입을 꾹 다물었다. 나는 속으로 '숙모가 무엇을 또 가지러 왔구나.' 하고 생각하였다.

커다란 양동이를 들고 김치를 얻으러 오곤 하는 숙모가 나는 싫 었다. 저 커다란 양동이나 들고 오지 않았으면 좋겠다고 생각하였 다. 본래 우리 집 김장김치는 신의주 때부터 유명하였다. 조부가 시 장에 나가 제일 속이 옹골찬 배추를 골라 차떼기로 사들이곤 하였 다. 한참 때는 700포기의 배추를 담그기도 하였다.

서울에 와서도 조부는 여러 상황을 계량하셨는지 500포기 이하 로 김장을 줄인 적은 없었다. 그러나 양동이로 퍼 나르면 아무리 큰 김치독일지라도 자리가 휑하니 나게 마련이었다. 김치뿐만이 아 니었다. 된장 고추장도 늘 가져갔다. 공부하느라 된장 고추장 담는 법을 배우지 못했다는 것이 숙모의 변이었다. 숙모의 주변에 당시 고등여학교 출신이 거의 없었던 것을 내세우는 자랑 섞인 변이기도 하였다.

무던히도 어머니는 이 주책없는 숙모의 뒤를 봐 주셨다. 진순이 삼촌을 위해서였다. 어느 날은 숙모가 아침나절에 김치를 들고 가 는 것을 분명히 보았는데 몇 시간 후에 다시 돌아와서 어머니 앞에서 훌쩍이고 있었다. "삼춘엄마, 왜 또 왔어? 아까 김치 가져가지 않았어? 무엇이 또 필요해?" 하자 숙모가 "엄마가 준 돈을 애기 업은 띠에 말아 넣고 집에 갔는데 그 돈이 없어졌어." 했다. 나는 버럭 역정을 내었다. "그래서 어쩌라는 거야? 더 달라는 거야 뭐야?" 우리 엄마 입장 좀 생각해 보았어?" 하자 "아니, 여기 떨어뜨리고 갔나 해서……." 하며 또 슬피 울었다. 어머니가 나에게 숙모가 임신 중이니 그만 하라고 하셨다. 참으로 철딱서니가 없는 어른이었다.

진순이 삼촌은 평북 선천(宣川)의 신성중학교를 졸업하고 숙모는 보성여학교를 졸업하였다. 선천은 평안북도에서 기독교가 제일 먼저 들어온 곳이고 위의 두 학교는 미국장로교에서 세운 미션스쿨이었다. 숙모는 누구라면 다 아는 용천 일대의 큰 부잣집의 딸이었다. 몇 천석 타작하는 집안으로 용천 땅에서 남의 땅을 밟지 않고 살 수 있는 대지주의 집안이었다. 두 사람의 결혼식은 그럴싸하였다.

그러나 숙모를 하루 이틀 지내본 사람들은 모두 머리를 절레절레 흔들었다. '부잣집 딸이면 무얼 하고 공부를 했으면 무얼 하겠는가. 가정 일에는 '개궁둥이'만도 못한 여편네인데.' 하였다. 그러나 두 사람의 부부 금슬은 좋았다. 그 진순이 삼촌이 가시다니…….

어머니의 슬픔은 이 집 살림꼴을 보고 더 슬퍼지셨다. 아무리 피난지라 하여도 같은 이불 속에 아버지의 시신과 살아있는 아들들을 가지런히 뉘여 놓았을까. 어머니는 방구석에 구겨놓은 처네포대기를 끄집어내서 삼촌 시신 위에 덮어 윗목으로 밀어놓았고 어린 아들 둘은 아랫목으로 옮겨주었다. 어머니가 흐느껴 우시며 "살자고 부산까지 내려와서 이 꼴이 웬 일이냐. 진순아. 불쌍해서 어떻거나…… 가슴이 찢어지는 구나." 하셨다. 숙모가 어머니 손을 잡으며 "형님, 난 어떻게 살아요?"를 반복하였다.

그 말을 듣다 못한 어머니가 처음으로 숙모를 질책하셨다. "산 사람은 사느니. 지금 산 사람 걱정하는가. 생때같은 남편이 저 지경이 되었는데…… 자네 나이가 몇인가. 오늘은 할 말이 아니네만 집 안 구석을 이렇게 하고 사는가. 그 짧게 살다 가는 남편이 깨끗한 집, 깨끗한 밥 한술 못 먹고 갔구나." 하셨다. 나는 어머니를 위로하기 위해서 요강을 감추듯 들고 밖으로 나가 시궁창에 부으며 "삼촌, 진순이 삼촌." 하고 울었다.

진순이 삼촌이 철도요원으로 들어간 것은 1·4후퇴 이후 부산에 내려와서였다. 같은 고향친구가 "우리도 더 늙기 전에 나라를 위해서 조금이라도 일해야 하지 않겠는가. 내가 지금 철도요원으로 입대하려는데 자네도 가면 어떤가?" 해서 기꺼이 삼촌도 입대했다고 하였다. 그 때는 기차가 대구에서 부산진까지 왕래하던 때인데 그제 밤에 삼촌이 철도임무를 수행하다가 달리는 기차에서 떨어졌다는 것이었다. 밤낮없이 일하던 때여서 졸지 않았나 싶었다.

밖이 어수선하더니 조부와 아버지가 일꾼 두 사람을 데리고 당도하셨다. 조부와 진순이 삼촌과는 사돈지간이 된다. 지금 이 난리통에 촌수를 따질 수는 없었다. 아버지도 이런 일은 서툰 사람이었다. 조부가 서둘러 앞장서서 일꾼들을 방에 들어오게 하였다. 그들은 무표정한 얼굴로 처네이불 끈으로 삼촌의 시신을 둘둘 말아 어깨에 지고 나갔다. 나가려는 일꾼에게 숙모와 어머니가 "그렇게 떠나면 안되요." 하고 매달렸다. 두 아들아이도 눈이 휘둥그레져서 뜻모르고 왕왕 울었다.

일꾼이 짊어진 삼촌의 시신에서 다리 하나가 없는 것을 발견한 아버지가 어찌된 일이냐고 눈짓으로 물었다. 숙모가 그제야 삼촌의 시신을 지고 온 동료 한 사람이 다리를 아무리 찾아보아도 찾을 수가 없었다고 했다 한다. 아마 기차바퀴에 깔려서 으스러진 것 같다고 했다.

삼촌은 두 다리로 천릿길을 걸어서 3·8선을 넘어온 사람이다. 살겠다고 헉헉거리며 부산 땅까지 오지 않았는가. 그렇던 삼촌이 다리 한 쪽을 이 세상에 놓고 떠나갔다. 짐꾼의 등에 지워져서 어느 땅에 묻혔는지 조차도 모르게 먼 곳으로 아주 떠나갔다.

중공군의 6차 공세

이즈음 전방에서는 참으로 힘든 싸움을 하고 있었다. 중공군의 6차 공세를 맞고 있었다. 중공군은 늘 전비가 취약한 한국군을 향해서 집중 공격해 온다는 것이다. 우리에게는 그때까지도 직접 지휘할 수 있는 포병이나 전차는 물론 수송차량조차 한 대도 없는 형편일 때였다. 겨우 예하사단에 105mm포 포병대대가 하나씩 있을 뿐 6·25개전 당시와 조금도 나아진 점이 없었다는 것이다.

하기야 우리 국군이 창설된지 얼마 되지도 않았고 정치적으로 좌익이다 우익이다 아옹다옹 싸움만 하던 터에 우리는 인민군의 침입을 받았으니. 그러니 국군이 무슨 계통 있는 훈련을 받을 시간이나 있었겠는가. 그래도 조속히 UN군이 이 전쟁에 가담해 주긴 하였어도 인해전술로 중공군이 개미떼처럼 숫자로 밀고 오는 데야 UN군의 아무리 우수한 무기도 힘을 쓸 수가 없는 처지였다.

1951년 여름, 이 격전 중에 미군이 얼마나 답답하면 그리 했을까.

미 합참의장은 훈련이 되어있지 않은 한국군 부대를 미군장교들이 지휘하기를 원했다. 이승만대통령은 미군측의 주장에 동의하지 않을 수가 없었다. 그리고 곧 '한국군 집중훈련'이 시작되었다.

속초 남쪽에 훈련장이 마련되고 9주간 동안 개인훈련이 시작되었다. 의욕만 가지고 전쟁을 치를 수는 없는 노릇이었다. 더욱이 우리 싸움에 뛰어든 중공군은 오랫동안 국부군과의 전쟁 경험이 있는 자들이었다. 한국군 소대 중대는 군사훈련을 아주 기초부터 받았다. 이 훈련에는 전 장병은 물론 사단장까지도 참가하게 하였다. 훈련 후 시험을 치르고 합격해야만 전방으로 내보내 주었다. 되풀이하지만 우리를 도와주는 사람들이 얼마나 답답했으면 서로 밀고 밀리고 하는 초읽기 사지판 전쟁 중에 우리 군을 훈련시킬 계획을 짜내어야만 했을까.

국군 10개 사단 모두가 훈련을 받는데 그 훈련이 이듬해 말까지 계속하였다고 했다. 훈련이 끝나고 일선으로 재배치되었을 때는 일선에서의 활약이 그 전과 완전히 달라진 모습을 발견할 수가 있었다고 했다.

미군은 훈련받은 국군들의 활동이 달라진 후에야 우리에게 전투 중에 손실된 인원과 장비를 100% 보충해 주었다는 것이다. 당시 국군 1군단장이었던 백선엽 장군은 그의 저서 『군과 나』 238쪽에서 '전쟁 중에 훈련을 받은 일을 군인의 한 사람으로 부끄러움을 감출

길이 없었다. 그러나 이 훈련이야말로 우리 육군의 강한 뿌리가 되었다' 고 술회하고 있었다. 전쟁터에서 싸울 줄 모르는 일은 대한민국의 존폐에 관계되는 일이었다. '배운다'는 일은 부끄러운 일이 아니다. 나는 이 글을 읽으며 다시 한 번 미국에 감사하는 마음이 일었다.

중공군의 6차 공세는 그들의 특기인 상대방을 정신적으로 한 풀 꺾어놓는 피리와 꽹과리로 와장창 시작이 되었다. 국군도 UN군도 중공군의 이번 공격이 서부전선에 치중하리라고 예상했는데 그 예상은 아주 빗나갔다. 그들은 동해안 쪽을 공격해 왔다. 우리의 기수를 빨리 돌려야 했다. 양구 해안면과 금강산을 거점으로 한 적을 포위해서 섬멸하려는 우리의 작전을 UN군 사령부의 승인을 얻고자 했으나 리지웨이 사령관은 끝내 허락을 내리지 않았다고 했다. 이때는 이미 정전(停戰)의 계획이 여물어 가는 때였다.

압록강과 두만강까지 북진하려는 우리의 계획이 깡그리 허물어졌다는 것을 의미하는 것이었다. 미국이 여기까지 끌어온 전쟁을 이 시점에서 우야무야 시키는 와중에도 중공군은 끈질기게 덤벼들었다. 당시 미 1군단 소속인 영국군 29여단도 중공군의 기습으로 800명의 병력 중 약 760명을 잃었다고 했다. 서너 명만 남았다는 뜻이었다. 설악산을 뺏고 빼앗기면서 번갈아가며 이쪽저쪽이 지뢰를 묻어 우리의 금수강산은 지뢰밭이 되었다. 지뢰밭에서의 전투는 더 힘들 수밖에 없었다.

중공군이 강세로 쳐내려오면 우리 쪽은 뒤로 후퇴했다가 다시 숨을 돌리고 군대를 재정비해서 상대방을 강공하면 상대방은 멈칫하며 물러났다. 어떤 때는 강 상류에는 우리가, 하류에는 중공군이 주둔하여 아군과 적의 코가 맞닿는 일도 있었다는 것이다. 그러나 우리 쪽은 짐작하고 있었다. 중공군의 공세가 오래가지 못할 것이라는 점이었다. 왜냐하면 그들은 인력(人力)이나 말(馬)의 힘으로 보급을 받고 있었고 전쟁이 길어지면서 중공군과 인민군은 배고프고 피곤하고 전염병까지 돌고 있는 중이기도 했다.

통일이 바로 우리 눈앞에 보였지만, 모든 상황이 우리의 뜻과는 반대의 길인 휴전을 향해 한걸음씩 걸어가고 있었다. 1951년 6월 30일 소련의 부외상이 휴전회담을 제의해 왔다. 그것을 받아들여 장소를 원산항에 정박 중인 덴마크병원선에서 열자고 리지웨이 UN군사령관은 제안하였다. 7월 1일 중공이 개성에서 열자는 제안을 다시 통보해 와서 이에 합의가 되었다. 휴전회담의 한국대표로 영어도 할 수 있고 중국어도 능통한 백선엽 장군이 일군단 단장을 겸임한 채 맡았다.

선죽교에서 멀지않은 '내봉장'이라는 한옥에서 UN측 수석대표인 조이 사령관과 북측 수석대표 남일은 악수도 인사말도 없이 마주 앉았다. 언어는 한국어, 영어, 중국어로 진행하였다. 백선엽 장군은 발언권이 없어 회담은 지루했고 마주앉은 상대방을 서로 노려보며 앉아 있었다고 했다. 이런 괴이한 회담이 이 세상에 어디 또 있을까. 한국대통령이 그렇게도 원치 않는 휴전을, 당사자인 한국국민이 한사코 싫다는 휴전협정을 그들은 진행하고 있었다.

그 때 전선은 개성 철원 금화 거진에 있어 서부 일부를 제외하고는 모두 3·8선 북쪽에 있었다. 그러나 남일은 시종 화가 난 얼굴로 3·8선이 경계선이 되어야 한다고 녹음테이프처럼 반복했다고 한다. 불법으로 전쟁을 일으킨 저들이 이제 와서 치열한 싸움으로 점유한 3·8선 이북땅을 내놓으라고 우기는 일은 생억지였다.

그 때 우리 정부는 다섯 가지 요구사항을 제시했는데 그 첫 번째가 '중공은 한만(韓滿) 국경을 넘어 한반도로부터 완전히 철수하되 북한 비전투원의 생명과 재산에 손상을 가해서는 안된다' 였다. 휴전선 문제로 여러 날이 지체된 것은 UN군 측에서는 최첨단 통신차량이 준비되어 있었는데 반해 공산군 측에서는 일일이 평양의 지시를 받아야 해서 며칠씩 휴회를 하였기 때문이라고 했다.

휴전회담은 주춤거렸고 전쟁은 소강상태로 들어갔다. 우리 측 대표인 백선엽 장군은 평양 원산 선까지는 못 가더라도 예성강까지는 확보하고 싶었다. 리지웨이 장군은 맥아더 장군하고는 다르게 백선엽 장군이 주장하는 선까지 가면 다시 엄청난 희생이 따르므로 곤란하다고 잘라 말했다. 다행히 UN군 측은 3·8선을 고수하려는 북측과 팽팽히 맞선 채 8월 24일 회담은 결렬되었다.

회담이 결렬되었으나 휴전회담이 완전히 와해된 것은 아니었다. 이때는 이미 미국을 위시한 UN군도 적군인 중공군도 휴전하는데 마음을 굳힌 상태였다.

우리의 숙원인 통일을 눈앞에서 놓치다니. 그 많은 희생자를 내고 온 국민이 죽지 못해 살아 쫓겨서 한국의 최남단까지 흘러내려 온 것은 무엇이었나. 한 가닥 희망은 통일되는 조국을 볼 수만 있다면 이만한 고생이야⋯⋯ 하고 살아오지 않았는가. 이제 다시 3·8선과 같은 경계선으로 한국이 두 동강이 난 채로 우리가 살아야 한다면 이보다 더 큰 천형은 한민족에게 없을 것이었다.

휴전협정이 진행되고 있는 동안 우리는 눈물을 흘리며 휴전협정 반대 데모를 하였다. 우리의 소원은 통일이었다. 이 상태로 휴전을 하다니 그것은 말도 안 되는 것이었다. 부산 시가는 남녀대학생들과 피난민들과 뜻있는 모든 시민들의 데모대들로 매일같이 들끓었다. 팔이 없어졌거나 다리 한 쪽이 없어진 상이용사들이 목발을 내두르며 울부짖는 휴전반대 시위는 결렬하다 못해 처참해서 보는 사람의 가슴을 찢어놓곤 하였다. 통일이 되면 돌아가리라고 밤낮으로 소원하던 이북 피난민들의 가슴은 상이용사들의 마음만큼이나 아프고 허탈하기까지 하였다.

휴전 결사반대! 휴전 결사반대!

아무리 소리를 지르고 눈물을 흘리며 휴전을 반대했지만 우리의 목소리는 약했다. 우리의 대한민국은 이제 겨우 발을 떼는 돌배기 아이에 불과한 나라였다.

시철이 오빠

시철오빠와 나와의 항렬은 할아버지 또 그 할아버지의 할아버지로 12촌을 거슬러 올라가야 같은 할아버지 조상이 나온다. 거의 타인과 같은 촌수이나 아버지와 시철오빠의 아버지, 즉 선천 숙부와는 친형제지간처럼 친분이 두텁게 살았다.

선천숙부는 일본 도쿄의 메이지대학 출신으로 일정 하에서도 계속 고급관리를 지냈다. 무슨 이유인지 해방이 되어 우리들 고향땅에 로스케가 들어오고 형제끼리도 좌우로 갈라져서 사회가 극도로 혼란할 때 선천숙부는 신성중학교에 다니는 맏아들인 시철오빠를 우리가 사는 신의주로 보내서 우리가 3·8선을 넘기 위해 신의주를 떠날 때까지 우리 집에서 지냈다. 운동을 좋아하는 귀티가 나는 청년인데다 손재주가 있어 어머니는 시철오빠를 아들처럼 귀해 하셨다.

신의주를 떠나오는 날 시철오빠는 누나가 날 주려고 색실로 손수 만들었다는 커즈손수건 다섯 장을 내 손에 쥐어주며 "잘 가라, 옥희야. 꼭 또 보게 될 거야." 하며 눈물을 글썽이었다. 나는 시철오빠가 참 좋았고 시철오빠도 나에게 무척 따뜻하게 대해 주었었다. 그러나 나는 외면적으로 극히 내외했다. 나의 부모님 앞에서 시철오빠와 헤어지는 슬픔을 밖으로 나타낼 수는 없었다.

그렇게 헤어진 시철오빠가 6·25전쟁 막바지였던 긴긴 여름 어느 한 날, 초라하고 수염이 덥수룩한 참으로 볼품없는 몰골을 하고 서울 우리 제재소에 나타난 것이다. 우리가 고향을 떠나온 후 시철오빠는 신의주 동(東)중학교를 졸업하고 원산 농업대학교로 진학하였는데 6·25전쟁이 나자 곧 부모가 계시는 선천으로 돌아왔고 오랫동안 속으로만 벼르고 있던 일을 실천하였다. '남쪽으로 가자.'

철로길 옆에는 반듯이 구(舊)도로인 신작로가 있다는 것을 시철오빠는 알고 있었다. 이 길을 따라 가면 그 따뜻한 삼촌 어머니(어머니)가 계시는 서울에 갈 수 있을 것이다. 뛰자! 밤이면 마족(馬賊)같이 뛰었다고 했다. 낮에는 숲속에 숨어 남의 집 원두막에서 참외서리도 하고 남쪽으로 내려오는 피난민 가족들에게 끼어 밥도 좀 얻이먹기도 하고 굶기를 나반사로 하며 한 달 가까이 달렸다고 했다. 그때는 3·8선이고 뭐고 없었다. 한국반도 전역이 전쟁터였으니까.

겨우 서울에 당도한 시철오빠는 무턱대고 서대문 어느 목재소 간판이 눈에 띄자 들어가서 신의주에서 온 원흥(源興)제재소를 아느냐고 물었더니 을지로4가에 가 보라고 했다고 하였다. 그렇게 해서 시철오빠는 천릿길을 걸어 우리를 찾아온 것이었다. 그는 새까맣게 그을은 얼굴에 눈만 번쩍거렸다. 우리 식구를 만난 일이 감격스러운지 숨이 차 있었다. 우리들 얼굴을 하나씩 둘러보고 "애가 '뱅어(白魚)'구나." 하며 세 살짜리 영순의 머리를 쓸어 주었다. 영순이가 태어날 때부터 얼굴색이 너무 희어서 시철오빠가 '뱅어'라는 이름을 붙여준 것이다. 나는 이 상황이 꿈인 줄 알았다. 시철오빠를 다시 볼 수가 있다니.

그러나 시절이 시절인지라 반갑기만 한 것은 아니었다. 감자 한 알이라도 더 쪄야 하니까. 더구나 며칠 전에는 삼네 이모(어머니의 친정동생)도 오시지 않았는가. 그러나 삼네 이모는 우리를 많이 도와줄 수가 있었다. 이를테면 비름나물을 뜯어온다던가 나물을 데쳐서 내다 판다든가 해서. 시철오빠는 징집대상의 나이다. 성관이 삼촌을 숨기는 일만해도 우리 식구에게는 태산이었다. 요사이는 매일 밤마다 인민위원회에서 붉은 완장을 두른 사람이 찾아오고 있는 때였다. 조부모는 말은 안하셔도 또 하나의 걱정거리가 생긴 것은 사실이었다.

성관이 삼촌과 같이 2층 다다미 밑에 숨어 지내던 시철오빠는 어느 날 훌쩍 떠나갔다. 끼니때마다 차마 손을 내밀어 감자 집기를 미안해하며 '꿀꾸덕' 하며 삼키는 소리가 우리에게도 들리게 눈칫밥을 먹더니 남쪽으로 내려가서 국군에 입대하겠노라며 떠나갔다. 신의주역에서 이별하던 때보다 더 슬프고 오빠가 안쓰럽고 가엾게

느껴졌다. 그리고 내 가슴에 커다랗게 뚫린 공동(空洞)을 나는 못견
뎌했다.

1·4후퇴다, 부산 피난생활이다 하며 한 동안 나는 시철오빠를
잊고 살았다. 그런데 그가 부산 하�방에 얼굴을 쑥 들이밀며 "옥
희야" 했다. 내 이름을 부르는 소리에 어리벙벙한 얼굴로 턱을 빼
고 한참을 나를 부른 남자를 쳐다보다가 일어서며 "시철오빠?" 하
였다. 그는 군복 비슷한 유니폼을 입고 있었다. 그동안 세상풍파를
겪은 흔적이 배어선지 퍽 어른스러워 보였다.

군인은 아니고 군속(軍屬)이라고 했다. 부대에서 귀 떨어진 일은
다 한다고 했다. 시철오빠가 안으로 들어오지도 않고 "곧 돌아올
게." 하더니 다시 밖으로 뛰어 나갔다. 한참 만에 오빠는 한 아름의
물건을 안고 들어왔다. 부대에서 맛있는 것 먹을 때마다 우리들 생
각이 나더라고 했다. "이렇게 아이들이 좋아할 만한 것 사들고 너
희들 만나러 오는 것을 매일 밤 꿈꾸며 살았어." 그는 말하였다. 특
히 이미니는 "시철이구나. 시철이가 왔구나." 하며 반가운 눈물을
흘리셨다. "고생 많이 했지……." 하셨다.

그날 밤 시철오빠와 나는 자갈치시장에서 갈치국에 보리밥을 말
아먹었다. 신의주 사람도 서울 사람도 갈치조림이나 구이는 먹어도
갈치로 국을 끓이는 법은 모르고 살았다. 시철오빠가 갈치는 가시
가 세지만 발라내기는 쉬워." 하며 갈치가시를 내 국에서 건져내

주었다. 내가 굵은 가시를 들고 "꼭 머리 빗는 참빗 같아." 하며 웃었더니 "말려서 머리 빗어볼래?" 하였다. 국은 맛있었다. 생선 파는 이 아주머니 저 아주머니의 부산 사투리 억양과 따뜻한 시선을 받으며 한참을 서성이다가 우리는 극장으로 들어갔다.

극장에서는 서부극 영화를 하고 있었다. 극장의 2층 자리는 많이 비어있었다. 앉자마자 시철오빠는 호주머니를 구시렁거리며 뒤지더니 "이거, 잘 집어넣어." 하며 내 손에 무엇을 쥐어주었다. 돈이었다. 돌돌 말려 있었다. "오빠, 이걸 왜 나를 줘. 오빠가 필요할 텐데……." 하며 목소리를 낮추어 소곤거리며 말했더니 시철오빠도 낮은 목소리로 "잠자코 잘 가지고 있어. 너 주고 싶어서 모은 것이야." 했다. 나는 소중한 보물인양 계속 손에 들고 있다가 그것을 손수건에 싸서 호주머니에 넣었다.

내일이면 시철오빠는 다시 부대로 들어가야 한다고 하였다. 둘이 같이 있을 수 있는 시간은 짧았다. 극장에서 나와 광복동 거리를 지나 송도 입구까지 걸었다. "신의주에서 너희 식구가 다 떠나간 뒤 나는 한동안 미쳤었어. 너무너무 너희들이 보고 싶었고 외롭고 쓸쓸했었어. 서울에서 잠깐 너희들을 보고 떠나온 후 어떤 군부대에 들어가 아무 일이고 하겠다고 하니까 일을 주더라. 이번에 며칠 동안 휴가를 얻어 부대를 떠나올 때 누군가가 말해 주더라고 부산 가서 전보선대에 '이리로 오라'하는 딱지가 붙어있으니 그걸 잘 찾아보라고 과연 삼촌(아버지) 이름이 적혀 있더라고 성관이 삼촌은 잃어버린 거야?" 하며 한꺼번에 여러 가지를 물었다. "응, 성관삼촌이 제2국민병으로 자원해서 나갔다가 거의 죽게 되어서 돌아왔어. 아직도 사람 찾는 광고가 붙어있었어? 다행이야. 오빠가 찾아올 수 있었으니……" 하며 나는 속으로 많이 기뻤다.

시철오빠가 느닷없이 큰 소리로 노래를 불렀다. 이 노래는 우리가 신의주에서 떠날 때 유행하던 노래였다. 나도 시철오빠를 따라서 크게 불렀다. 그래 이 노래! 유행가였다.

울려고 내가 왔던가/ 웃으려고 왔던가
비릿내 나는 부둣가에서/ 이슬 맺은 백일홍
그대와 나하고/ 꽃씨를 심던 그날 밤도
지금은 어디로 갔나/ 밤비만 나리네.

한참 노래를 부르던 시철오빠가 갑자기 그 자리에 주저앉더니 통곡을 하기 시작하였다. "어머니이ㅡ 어머니이ㅡ. 아버님, 아버님, 나는 살아 있는데 어머니 아버지 어떻게 지내고 계세요? 내가 나쁜 놈이지요. 나는 불효자이지요. 떠나올 때 왜 어머니께 만이라도 떠난다고 말씀드리지 않았는지…… 어머니의 손이라도 한번 꼭 잡아드리고 떠나올걸. 아이고, 아이고 어떻게, 언제쯤이나 우리어머니를 다시 뵐 수가 있을는지……아, 아, 아, 흑흑흑." 천지가 떠나갈 듯이 엎드렸다 일어났다 하며 울었다. 얼마나 참았던 울음이었을까.

나도 울면서 "선천에서 떠나올 때 아무에게도 말하지 않고 떠나왔어? 누나에게도 ?" 하고 묻자 "누나는 대충 알고 있었을 거야. 언젠가는 떠난다고 했으니까." 나는 시철오빠의 미인누나의 얼굴을 떠올렸다. 선천 숙부가 시철오빠의 누나를 서울 세브란스 간호대학으로 유학 보낼 때 아버지는 펄쩍 뛰셨다. 서울까지 유학을 보내려면 하필이면 간호대학인가 하고 그때 선천숙부는 웃으면서 "정식으로 간호학을 공부하는 것은 반 의사가 되는 길이지. 본인이 원하기도 했지만 애비되는 나도 크게 찬성한 길이기도 하고." 두 분이 나누시던 말이 생각이 났다.

해방이 되어 선천으로 되돌아온 누나는 그간 부모님 곁에 있을 때였다. 시철오빠로서는 누나가 집에 있으므로 집을 떠나오기 한결 마음이 가벼웠지 않았나 싶다. 우리 둘은 밤이 이슥하여 발치에 이슬이 내려 풀들이 축축해질 때까지 울며 이야기 하였다.

그 이튿날 시철오빠는 부대로 복귀하였다. 어머니가 몇 푼의 돈을 시철오빠의 호주머니에 구겨 넣어 주며 "시철아, 몸조심하고 시간되면 또 오너라. 그리고 선천형님(시철오빠의 어머니)을 위해서 밤마다 기도하마. 시철이가 우리 곁에 있는 줄 선천형님은 알고 계실 거야. 또 얼마나 너를 위해서 주야로 기도하고 계시겠니? 알고 있지?" 그는 또 눈물을 뚝뚝 흘리며 떠나갔다.

훗날 시철오빠는 어느 여자대학을 나온 여인과 결혼하였다. 장인 될 사람이 외국어대학 학장이라고 들었다. 시철오빠는 이남에 천애 고아나 다름없는 처지이지만 그 댁에서는 오직 우리 집을 믿고 사위로 받아들였다고 하였다. 나는 시철오빠의 가정적 배경을 잘 아는 사람이어서 시철오빠의 아내가 될 사람을 보자마자 시철오빠가 왜 그런지 아깝다는 생각이 들었다.

시철오빠가 밤낮으로 그리워했던 부모님을 찾은 것은 1992년 정도였다. 오빠의 동생이 꽤 지위가 높은 신의주시 당간부로 있어 신의주까지 가서 만나 볼 수가 있었는데 그때는 이미 시철오빠의 부모님과 누나도 이 세상 사람은 아니었다. 미국으로 돌아와서 한동안은 밤이면 특히 더 동물 같은 소리로 울부짖으며 어머니, 아버지를 불렀다고 "그러니까 이북에 갈 때 이혼장에 도장 찍어놓고 가라고 했는데 돌아와서 밤낮 저러고 있으니 정말 지겨워요." 시철오빠의 경상도 아내가 나에게 그리 말할 때 나는 그녀를 힘껏 흘겨주었다.

개구리의 변

1951년 8월에 부산 피난정부는 발췌개헌안을 통과시켰고 제2대 대통령으로 이승만 박사가 재선되었다. 부통령에는 이범석 장군이 당선되었다. 2대 대통령 선거 때인지는 정확치 않으나 내 머리에 꽉 박혀있는 이승만 박사 때의 투표 하면, 밤에 불을 갑자기 끄고 만든 무효표 '올빼미 투표', 상대방표에 인주로 손가락 자리를 낸 '피아노투표'라는 용어라든가 부정선거를 규탄하는 사람들을 못살게 굴던 '백골단', '따벌레', '민중자결단'이라는 정치깡패 이름들도 떠오른다. 이런 사람들이 날뛰는 속에서 이승만 박사는 유권자 8백 25만 명 중 87%인 5백 23만 표를 얻어 재선에 성공하였다.

이 때 정부에서 발췌개헌안을 통과시킨 이유는 이미 이승만 대통령은 수많은 젊은이를 굶겨 죽인 '제2국민병사건'과 '거창 양민 600명 학살사건'으로 신임을 잃어서 선거의 승산이 힘들었기 때문이었다. 그보다도 더 국민의 차가운 시선을 받은 이유는 인민군이 들어오자 저희들은 도망가며 한강다리를 끊어놓고 국민에게는 "국군이 인민군을 격퇴하고 있으니 안심하라."는 방송을 계속 내보낸 일이었다. 완전히 국민을 속인 일이었다. 그때 서울시민들은 이 방송을 떡같이 믿었다가 얼마나 많은 사람들이 빨갱이한테 납치당해 갔는가. 국방부전사(戰史)편찬위원회 기록에 의하면 당시 납치 북송된 사람의 수만 85,532명이라고 나와 있다.

이승만 대통령이 큰일을 많이 했어도 후대 사람들의 대접을 받지 못하는 이유가 여기에 있었다. 거리에는 지금까지의 신탁통치 반대로 들끓었던 시위는 이번에는 부정선거 규탄의 시위로 거리를 메웠다. 젊은 학생들의 시위보다도 목발을 짚거나 양쪽 눈을 다 잃어버려 안대로 눈을 가리고 다른 사람의 부축을 받으며 울부짖는 상이군인들의 부정선거 규탄시위는 차마 눈뜨고 볼 수 없는 일이었다. 비극 중의 비극이었다.

그런 와중에 맥아더 장군의 해임소식이 들려왔다. 이 소식은 석 달 동안 적치 하에서 그들을 겪어본 우리들에게는 마른하늘의 날벼락과 같았다. 6·25 석 달 동안 우리는 풀을 뜯어 먹으며 살았다. 서울의 90%의 적령기 여성들의 생리가 멎어버린 때였다. 맥아더 장군은 한국이 거의 북한 공산권의 수중에 들어갈 뻔 할때 인천상륙작전을 성공시키고 그대로 북진해서 압록강까지 진군해 나간 장군이 아니던가. 우리가 중국의 국경선을 침입했다던가, 월권을 해서 중국땅을 밟았다든가 한 일도 없다. 그런데 중국이 아무런 선전포고도 없이 밤도둑마냥 남의 나라에 기어 들어와서 총을 쏘았다. 이것은 국제침략행위이며 엄연히 국제법을 무시한 일이다. 그런 중공군은 괴멸시켜야 한다고 주장한 사람이 맥아더 장군이었다. 이승만 대통령의 오른 팔이기도 하였다. 이런 중차대한 중요인물인 맥아더 장군을 해임시키다니……

일본의 문예춘추(文藝春秋)사의 고지마 노보루(兒島 襄)작가가 쓴 『조선전쟁』을 보면 트루먼 대통령은 맥아더 장군을 위키 섬으로 불러내어 회담을 청했는데 그 때 대통령을 마중 나온 맥아더 장군을 멀리감치서 보고 "선글라스를 끼고 셔츠는 풀어 헤치고 너덜거리는 모자를 쓰고 마치 19살짜리 소위(少尉) 같은 모습을 하고 다니는 저 늙은이를 나는 이해할 수가 없어." 라고 말했다는 것이다. 참으로 악의에 찬 말투였다.

같은 책 26쪽에는 당시 한국전을 수행하고 있는 맥아더 장군에 대한 미 국민의 인기가 하늘에 닿아서 대통령에 출마시키려는 운동이 일고 있을 때였다고 했다. 트루먼 대통령은 은근히 맥아더 장군을 견제하고 있었던 것으로 보인다고 하였다. 한 예로 어떤 측근이 트루먼 대통령에게 재출마할 것이냐고 묻자 금방 "맥아더 장군이 대통령 입후보의 의사가 있는 것 아니냐?"고 되물었다는 것이다.

그런데 훗날 트루먼 대통령이 쓴 글에 "내가 맥아더 장군을 해직

한 것은 장군으로서 그가 군율을 지키지 않아서가 아니다. 만일 그렇다면 장군들의 4분의 1은 감옥에 들어갔어야 했을 것이다. 맥아더는 바보지만 바보여서 해고시킨 것은 아니다. 단지 맥아더는 나, 대통령의 권위와 위신을 세워주지 않은 것이 해임의 이유일 뿐이다." 라는, 기가 막히고 단순한 개인적인 이유였다.

나는 이 글을 읽으며 눈물이 다 나왔다. 그리고 어느 동화책에 나오는 개구리의 말이 떠올랐다. 소년이 연못에서 돌을 던졌다. 개구리가 "너는 장난으로 연못에 돌을 던지지만 우리 개구리는 맞으면 죽는 생명이 관계되는 문제야." 한 사람의 위신과 대한민국의 통일을 바꿔치기한 사건이었다.

맥아더 장군의 해임과 동시에 우리의 소원인 통일은 저만큼 물러나 앉았다. 우리는 때를 놓친 셈이었다. 1950년 6월에 인민군이 우리를 쳐들어올 때만 해도 중국은 힘이 없는 나라였다. 두 번의 아편전쟁과 계속되는 민란으로 내치가 안 되는 나라였다. 장개석 국민당을 물리치고 1949년엔가 공산정권이 들어서긴 했어도 인구는 많고 국민의 8할이 문맹이었다. 거기다 가난에 찌들고 있을 때였다. 그들이 비록 인해전술로 우리를 겨누긴 했어도 전쟁 중 그들은 기진맥진해 있을 때였다. 이때가 바로 우리나라 통일의 최적기였다. 안타깝게도 우리의 힘만으로는 통일을 이룰 힘이 안 되었다. 맥아더 장군의 힘이 필요했던 때였다. 그래서 맥아더 장군이 절대로 해임이 되어서는 안될 때였다.

올해(2010년) 2월 중순께에 L.A.의 한국 양대 신문에는 중국의 엄포가 대문짝만하게 나왔다. "어느 외세도 북한을 건드리면 중국은 좌시하지 않겠다."고 으름장을 놓은 기사였다. 나는 이 기사를 보고 가슴이 쿵하고 내려앉으며 '중국은 북한을 이미 자기의 것으로 생각하고 있는 것은 아닐까? 우리의 고구려 땅도 자기네의 부속국이라 하였고 티베트도 그렇게도 원하는 자치권은 물론, 티베트의 정신적 지도자인 달라이 라마의 외국방문 조차도 막고 있지 아니한가.' 그래, 그들이 큰소리 칠만큼 지금의 중국은 너무 비대해지고 말았다. 아주 교만해지고 말았다.

■ ■ ■

맥아더 장군이 그리워지는 까닭은 6·25전쟁이 끝나고 60년이라는 긴 세월이 흘렀건만 우리가 아직 통일을 못하고 살고 있기 때문이다.
통일은 어느 날에 올 것인가.
통일이여 어서 오라!

두 남자

긴 여름 해가 지기 시작하려는 저녁 꼴에 나는 셋째동생 '말캥이'(성격이 부드럽고 예쁘게 생긴 동생의 애칭)와 같이 구리무(Lotion)를 사러 시장거리로 가는 길이었다. 대청동이었다. 미 제3육군병원 입구 골목길에 두 남자가 서 있었다. 키가 작은 남자가 말을 걸었다. "어, 어어, 미스 정, 어디 가시오?" 했다. 반가운 목소리였다. 나는 그 남자를 보았다. 김민수였다. 고개만 약간 숙이고 지나치려 하였다. 김민수가 "박형, 박형이 저 깍쟁이 저 여자 좀 어떻게 해 봐." 하는 소리가 내 귀에 들렸다. 나는 좀 잰걸음으로 동생을 데리고 그냥 지나가려고 했다.

사실 나는 이 김민수라는 남자가 싫었다. 송도에 나갔던 날 이후 김민수는 끈질기게 동생 민례를 시켜서 편지도 보내고 선물꾸러미도 보내오곤 하였다. 미안해하며 그것을 내놓곤 하는 민례에게 상처가 가지 않도록 부드럽게 거절하는데 번번이 애를 써야 했다. 그런데 그날 저녁 딱 그를 만난 것이었다.

두 남자는 끈질기게 따라오며 "잠깐이면 됩니다. 잠깐 말씀만 좀 나눕시다." 했다. 집으로 되돌아갈 수도 없었다. 두 남자가 집까지 따라오는 일은 더 큰일이었다. 하는 수 없이 말캥이 동생을 혼자 집으로 돌려보내고 나는 골목 입구에 있는 녹원다방에 들어가 앉았다.

다방 안에는 손님이 많지 않았다. 은은하고 고급스러운 분위기였다. 그래서 문인들이 많이 찾는 곳이라고 들었다. 다방 레지가 "다시 오셨네요. 차 또 드실래요?" 하고 두 남자에게 묻다가 나를 바라보며 생긋이 웃었다. 그 자리에서 커피가 맛이 있을 수 없었다. 자리에 앉고 나서도 내가 왜 여기에 앉아 있어야 하는지 알 수가 없었다.

김민수는 무엇을 생각하는지 입을 꾹 다물고 나를 보고 있었다. 나를 보는 그의 눈매가 전에 없이 상당히 날카로워 보였다. 그 때 김민수가 '박형'이라고 부르는 키 큰 남자가 입을 열었다. 자기는 D대학 영문과 4학년 졸업반이라고 하였다. 졸업논문을 쓰는 중이라고 하였다. 우리는 같은 문과계통이니 이렇게 만난 것이 인연이 있는 것이며 자주 만나자고 하였다. 김민수의 눈꼬리가 점점 치켜 올라갔다. 그리고 씹어뱉듯이 "우리? 우리가 누구야?" 하였다. 분위기가 심상치 않아졌다. 내가 앉아 있을 자리는 아니었다. 나는 "죄송합니다. 저는 먼저 일어나겠습니다." 하고 일어섰다.

김민수가 재빨리 "잠깐." 하며 내 손을 잡았다. 나는 그의 손을 뿌리쳤다. 조그마한 손아귀에 그는 힘을 주며 다부지게 내 손목을 잡고는 악의에 찬 목소리로 "지금 일어나면 안 되지. 좀 앉아 있어. 미스 정." 반말 투며 사뭇 명령조로 나왔다. 나는 목소리를 낮추고 "이 손 놓으세요. 저는 가 봐야 해요." 했다. 키 큰 박씨가 "좀 앉으세요. 미스 정. 민수형, 그 손 놔." 하였다. 그가 슬그머니 내 손을 놓았다. 나는 다시 그 자리에 앉았다. 이들이 왜 이러나……? 하는 생각이 들었다.

"박형, 방금 얘기한 그 '우리'는 누구를 가리키는 것이요? 둘이가 벌써 '우리'가 됐어?" 하고 김민수가 재차 박형이라는 키 큰 남자에게 도전하듯 물었다. 박형이라는 남자는 짙은 눈썹을 오므리며 "김민수, 오늘 밤 왜 이러나. '우리'라는 말에 왜 그렇게 무게를 두나. 여기서의 '우리'는 김형도 들어가는 것 아니겠어? 왜 작은 일에 시비를 걸어?" 하였다. 두 남자가 말다툼으로 들어갔다. 나는 그들의 다툼에 자리하고 앉아 있을 이유가 없었다. 그 짬에 나는 발딱 일어나 나왔다.

두 남자가 동시에 의자를 밀어제치며 다급하게 내 뒤를 따라 나왔다. 김민수가 "미스 정, 미스 정, 잠깐만 서요" 했다. 키 큰 남자도 "미스 정, 미스 정" 하며 따라 나왔다. 미 제3육군병원 입구 골목길은 어두웠다. 그 어둠 속에서 나는 두 남자에게 다시 붙잡혀서 집으로 가는 내 길이 막혀져 버렸다. 나는 골('화'의 평안도 사투리)이

났다. "도대체 왜 이러는 거예요? 왜들 이러세요?" 참으로 알다가도 모를 노릇이었다.

"우리가 가끔 만나서 문학 이야기를 하면 좋지 않아요? 좋은 뜻으로 말하려고……." 하는데 나는 어두운 골목길에 번개가 지나가는 줄 알았다. 갑자기 내 눈에 불이 확 켜졌다. 김민수가 나의 뺨을 후려친 것이었다. 내가 불시에 얻어맞은 내 뺨에 손을 대고 빨리 이 자리를 피하는 것이 상책이겠다는 생각이 미치자 뛰려고 몸을 돌리는데 김민수는 재빨리 점프하듯 올라 뛰며 키 큰 남자의 뺨을 후려쳤다. "김민수, 이거 왜 이래. 이거, 다 했어?" 하는 키 큰 남자의 목소리가 등 뒤에서 들려왔다.

아닌 밤중에 홍두깨 내민다고 아무리 생각해도 나는 오늘 밤 김민수에게 얻어맞을 연유를 찾을 수가 없었다. 나는 아버지에게도 따귀를 맞아본 적은 없었다. 그러나 오늘 밤 일로 동생 민례를 시켜 편지다, 물질이다 하며 치근덕거리는 일은 없어질 것이었다. 오히려 마음 한 쪽은 홀가분해졌다.

며칠 후 나는 내 집 대문 입구에서 김민수를 보았다. 그는 계단에 발 하나를 올려놓고 손 하나는 옆 허리에 올리고 나를 기다리고 있었다. 나는 못 본 척 하였다. 참으로 끈질긴 남자구나 생각하였다. 그가 대문을 가로 막으며 아주 부드럽게 "미스 정, 지난 번 일도 사과할 겸 만나고 싶어서 왔습니다. 민례에게서 듣고 집을 찾았습니다. 잠깐이면 됩니다." 했다. 나는 단호하게 거절하였다. "그날 밤 저를 이유 없이 때린 것으로 모두 끝난 것으로 해 주세요. 다시는 찾아오지 마세요." 하였다. "미스 정이 만나 줄 때까지 매일 여기 와서 기다리겠습니다." 기름을 바른 머리를 올백한 그가 말하였다. 나는 "마음대로 하세요. 시간도 많으시네요." 하고 돌아섰다. 그가 내 뒤에 대고 "그럼 왜 송도에는 나와 같이 갔습니까?" 했다. '송도? 송도는 내가 그와 같이 갈려고 간 것이 아니지. 자기가 우리를 따라 온 것이지.' 김민수의 말에 대거리 할 필요는 없다고 생각하며 덤덤했던 그에 대한 감정이 역정으로 변하였다. 참 이상한 사람도 다 있네…… 어쨌든 같이 간 것은 사실인데……. 그날 그가 따라 나설 때 오달지게 나는 집으로 돌아왔어야 했어.

키 큰 남자

어느 날 해거름 즈음에 키가 커다란 한 남자가 우리 하꼬방 문을 조용히 밀고 "미스 정 계십니까?" 하였다. 어머니가 저녁준비를 하던 손을 멈추고 의아한 표정으로 "뉘십니까?" 하셨다. 나는 어디서 들었던 음성인데…… 하며 나를 찾는 그 사람을 내다보았다. 김민수가 '박형'이라고 부르는 그 남자가 허리를 약간 구부리고 서 있었다. 저 사람이 우리 집에 웬일일까. 아버지가 돌아오실 시간인데.

"무슨 일이세요? 여기까지…… 무슨 일로 오셨어요?" 나는 당황하며 다그치듯 물었다. 그가 "미스 정, 죄송합니다. 잠깐만 나오실 수 있을까요. 지난번 일도 사과하고 싶고……." 우리 사는 꼴을 그에게 보인 것이 창피하기도 하고 또 우리 집의 대왕이신 아버지와 그가 맞부딪히면 큰일이다 싶어 나는 입은 옷 모양새 그대로 그를 밀다시피 하며 밖으로 나왔다. 화가 머리끝까지 치밀어 올라 왔다. 동네 사람들이 보면 저 하꼬방집 큰 딸이 바람났다고 할 것 아닌가.

역정을 내려고 하는데 김민수가 대문 안 쪽으로 얼굴을 쑤욱 들이밀었다. 기다리고 서 있었던 것이었다. 그가 총총히 걸어 나오는 나와 박형을 보자마자 이죽거리면서 "것 봐, 박형이 나오라고 하니까 금방 따라 나오지 않았나." 하였다. 박형이 그의 말을 무시하고 앞장 서 걸어 녹원다방 안으로 들어갔다. 다방 안에는 담배연기가 자욱했고 자리는 거의 차 있었다. 박형이 우선 차부터 시키자고 했다. "미스 정, 무슨 차를 좋아하시나?" 하며 나를 바라보았다. 그의 눈빛이 상당히 진하였다. 나는 그의 시선을 피하며 "저는 차는 괜찮아요. 저를 불러낸 용건부터 말씀하세요." 했다.

김민수가 이번에는 비웃는 표정을 지으며 "내가 나오라면 안 나오고 박형이 나오라면 냉큼 따라 나옵니까?" 했다. 김민수의 눈빛이 쏘는 눈으로 변해가고 있었다. 박형이 "김형, 이러려고 미스 정 불러낸 것 아니지 않아. 당신 사과한다고 하지 않았어? 당신 나에게도 그날 밤 울면서 사과하며 미스 정에게도 사과한다고 이런 자리를 마련하라고 하지 않았어? 김형, 왜 이러나." 박형의 말이었다. "사과하려고 했지. 그런데 이 여자를 보자마자 사과할 뜻이 없어졌어." 했다.

차(茶)가 나왔다. 내 앞에도 커피가 나왔다. 내 앞에 찻잔을 내려놓는 여자를 올려다보자 박형이 "내가 임의대로 미스 정의 커피를 시켰습니다. 지난번에 커피를 드시기에…… 한 모금만이라도 드시지요. 사실은 좋은 뜻에서 만나 뵈려고 이 자리를 마련했습니다." 하는데 김민수가 그 말을 톡 채며 "좋은 뜻 좋아하네. 둘이서 좋은 뜻으로 만나시지." 이렇게 말하면서도 자리에서 일어나지는 않았다.

박형은 약간 곱슬머리였다. 그리고 상당히 준수하게 잘 생긴 남자였다. 목소리도 부드러웠다. 혼자서 왼쪽으로 나가는 김민수를 끝까지 달래고 있었다. 여유롭게 보이기조차 하는 박형이 좋은 사람같이 보였다. 그러나 그는 김민수의 친구였다. 두 남자를 동시에 멀리해야 할 것 같았다. 나는 일어섰다. 그리고 이렇게 말하였다. "알겠습니다. 이것으로 두 분과 마주 앉는 일은 끝이겠습니다. 다시 찾아오지 말아 주세요." 하며 발딱 일어서는데 김민수가 "저 여자 나하고 배 탔어. 박형, 잘 알아 둬. 미스 정, 나하고 배 탔지? 나하고!" 마치 내가 김민수와 단 둘이서 배를 탄 것처럼 '나하고'를 강조하며 말했다. 박형의 눈이 커지며 "미스 정 배 탔다니? 그게 무슨 말인가. 언제 무슨 배를 타?" 했다. 나는 나가려다 발을 멈추고 김민수를 노려보았다. 치사하다고 생각하며 이것이 끝이니까 무시하는 것이 좋겠다고 생각하였다. 그가 한 술 더 떠서 능글맞은 표정을 지으며 "미스 정, 내 말이 거짓말이야? 우리 같이 우동도 먹었지 않아" 했다.

며칠 후 '두 남자'의 친구라는 사람이 나를 찾아왔다. 턱이 유난히 긴 친구였다. 나중에 안 사실이지만 친구들은 누구나 그를 부를 때 '턱'한다고 하였다. 그날 외출에서 돌아오는 나에게 턱이 다가왔다. 또 한 친구가 나에게 다가서는 턱을 보고 "이것은 열(熱)과 열의 싸움이니까 제3자가 간섭할 문제는 아니지 않아. 그만 가자구." 하며 턱의 팔을 끌었다. 그리고 생면부지의 그 남자들은 아주 친절한 척 하며 "미스 정, 죄송합니다." 한다. 그러자 "그럼 친우 둘이서 한 여자를 가지고 자꾸 싸우는데 그냥 보고만 있어? 미스 정한테 한마디 해 줘야 해." 턱이 끌려가며 하는 말이었다. 나는 속으로 별일도 다 있구나. 나를 두고 말하는 것 같은데 장본인인 나는 두 남자에 대해서 열(熱)도 냉(冷)도 느껴본 적은 없는 터였다.

한 주일 쯤 후에 나는 대학 교문 앞에서 뜻밖에도 키 큰 남자를 보았다. 그가 가까이로 다가오며 나를 기다리고 있었다고 하였다. 자기의 동생이 나와 같은 대학의 음악(violin)과 일학년생이라고 하였다. "차를 같이 마시고 싶어서." 라고 했다. 나는 키 큰 남자 박형과 차를 같이 마실 이유를 찾지 못했다. 내가 아무런 대꾸 없이 똑바로 앞을 보며 걷기 시작하자 그가 다급한 듯 "오늘이 아니라도 좋습니다. 다른 날로 약속해 주시겠습니까?" 했다. "지는 바쁜데요. 글쎄, 왜 내가 박 선생님과 만나야 되는지 타당한 이유를 찾을 수가 없네요." 하고 돌아서며 그를 보고 비시시 웃었다.

내가 왜 그를 돌아보며 비시시 웃었을까? 나도 모른다. 이 웃음 속에 내가 박 선생과 가까워질 어떤 암시적인 전조가 숨어 있었던 것은 아닐까?

돌체다방

한달 가까이 소식이 없던 박 선생이 우리 집에 들러서 내 뚱보 동생에게 쪽지를 놓고 갔다. 쪽지에는 문인들이 많이 모이는 서면의 '돌체다방'에 같이 가자는 요지였다. 문인도 만나 보고 또 문학에 대해서 이야기를 나누기도 하자는 것이었다. 이 일은 미스 정을 만날 충분한 '이유'가 된다고 생각한다는 말도 부언해 있었다. 녹원다방에서 기다리겠노라고 적혀 있었다(젊은 사람들이여, 여자를 꼬실 때 위의 말을 참고하시라. '공부'하자는 말).

어머니는 젊은 남자들이 우리 집 대문 앞에서 왔다갔다 서성대는 것을 아버지가 다 알고 계시니 나갔다가 늦지 말고 돌아오라고 말하셨다. "엄마, 공부하러 나가는데 뭐. 아버지께는 그렇게 말해 주세요." 하고 나는 옷매무새를 고치고 머리도 한 번 더 빗고 녹원다방에 나갔다. 그가 책을 펼쳐놓고 열심히 읽고 있다가 다방에 들어서는 나를 보고 손을 흔들며 일어섰다.

녹원다방에서 차 한 잔씩을 마시고 우리는 버스를 타고 서면으로 향하였다. 서면의 돌체다방은 손님으로 꽉 차 있었고 저마다 담배를 피우는지 실내는 자연(紫煙)으로 장마 때 하늘같이 흐려있었다. 둘은 카운터 가까이에 자리를 잡았다. 박 선생이 앉으며 주변를 두리번거렸다. 눈치가 이름있는 문인은 아직 나오지 않은 것 같았다. 차를 시켰다. 멀건 미역국 같은 커피가 나왔다.

자기는 지금 졸업논문을 쓰려고 논문제목을 '영문학과 Humanism' 이라고 정해 놓은 지가 몇 달이 지났는데 잘 써지지가 않는다고 하였다. 마감일 임박해서 누구의 글을 좀 베껴서 낼 참이라고 하였다. 그래도 되느냐고 내가 묻자 남학생들은 졸업논문을 제출하고 졸업식이 끝나면 곧 군대에 나가야 하는데 교수님들이 일일이 학생들의 논문을 읽겠느냐고 나에게 되물었다. 그저 졸업논문이랍시고 제출만 하면 다 통과가 되는 것이라고 그가 말하였다. "지금은 전시니까……" 하며 잠깐 그는 숨을 내쉬었다가 "또 현재 교수님들이 모두 부산에 와 계시는 것도 아니거든요." 하였다.

나는 그의 말에 동감하며 우리 국문과는 너하다고 말하였다. 특히 고전(古典)은 교재 자체가 없다고 하였다. 훈민정음의 경우 반포일을 기왕에 찾아낸 서책에는 '구월에'로 되어있어 음력 구월 마지막 날을 훈민정음 반포일로 여겼는데 최근 안동(安東) 어느 고가(古家)에서 찾아낸 진본(眞本)에 의하면 구월 '상한'이라고 좀더 구체적인 날짜의 기록이 나와 한글날을 약력 10월 상순 마지막 날인 9일로 지나게 되었다고 설명하였다. 그가 진지한 얼굴로 내 말에 귀를 기울여 주는 것이 나는 참 좋았다.

"박 선생님도 졸업하면 곧 군대에 나갑니까?" 하고 내가 묻자 "물론입니다. 눈 좋고 코 좋고∕입 좋고. 나는 대한민국 군인 신체검사 갑종에 해당될 것입니다." 하고 하하하 웃었다. '입 좋고' 했는데 그가 웃을 때 속니 하나가 빠져있는 것이 언뜻 보이는 것 같았다.

그가 담배를 피워도 괜찮겠느냐고 물은 후 담배에 불을 붙였다. 라이타 불이 그의 진하고 굵은 눈썹을 입체적으로 두드러져 보이게 하였다. 그가 느닷없이 "미스 정은 고향이 어딥니까?" 하고 물었다. 나는 웃으며 "신의주예요. 신의주 초음정(初音町) 16번지에서 태어났어요." 하자 "아, 신의주셨구만." 했다. "신의주에 가 본 일이 있으세요?" 하고 내가 묻자 "산 일은 없습니다. 나는 중국 상하이(上海)에서 태어났습니다. 한국에 나왔다가 상하이로 들어갈 때마다 기차가 신의주역에 한참씩 머물곤 했습니다. 압록강 철교를 지나 산해관을 지나 만리장성을 지나서 상하이에 들어가곤 하였지요." 했다.

'신의주역'이라는 말이 나오자 나는 가슴이 짠해왔다. 금방 신의주 역에서 우리 집에 가는 길이 머리에 지도처럼 그려져 나왔다.

박 선생이 말을 이어 "내 본래의 고향은 평남 성천(成川)인데 가 본 일은 없습니다. 우리나라에서 단 한 곳, 약밤(甘栗)이 나는 고장이지요. 조부 중의 한 분이 성천 어느 고을의 원님을 하셨다고 들었습니다. 일제시대 때는 부모님이 상하이에서 임시정부 주석이신 김구(金九) 선생님을 도와 독립운동을 하셨습니다. 그 때 내가 태어난 것이지요. 김구 선생님은 저의 부친보다도 제 어머니를 더 귀히 여기셨습니다. 저도 김구 선생님의 사랑을 많이 받았고요. 선생님의 저서인 '백범일지'에 손수 친필로 내 이름을 적어서 주셨어요. 1·4 후퇴 때 그 책을 후암동 집에 그대로 놓고 왔는데 없어지지나 않았는지⋯⋯." 나는 내색은 하지 않았지만 그의 말을 들으며 굉장히 감격하고 있었다. 어쩐지 귀한 티가 난다고 생각했는데 가정배경이 대단하구나 하고 생각하였다.

"우리가 3·8선을 넘어온 그 이듬해에 김구선생님께서 경교장에서 암살당하시어 나도 김구 선생님의 장례식 행렬을 보았어요. 그 때가 정치적으로 굉장한 과도기였던 것 같아요. 역사적인 깊은 내막은 잘 몰라도 나도 많이 슬프기도 했구요." 하고 내가 말하자 "지금은 나라의 격동기의 최고점에 이른 때 같습니다. 미스 정이나 나나 이런 혼란과 격동기에 태어난 것이 불행하나면 불행한 세대지요. 김구선생님의 장례식 때는 부모님 두 분 모두 장례식 위원으로 참가하셨습니다." 그가 말하였다.

그때 중간키에 부드럽게 생긴 한 남자가 다방 안으로 들어왔다. 들어오자 여러 사람들이 일어서서 그에게 인사를 하였다. 박 선생이 목소리를 낮추며 "미스 정, 저 분이 소설가 정비석(鄭飛石) 선생이

세요." 했다. 나는 그 쪽을 바라보며 엉거주춤 일어나려고 하였다. 박 선생도 일어나서 소설가 정비석 씨에게 인사를 하는 줄 알았다. 그러나 박 선생은 앉은 자리에서 바라만 보고 있었다. 박 선생이 정비석 씨를 소설가로 알고 있을 뿐 정비석 씨가 박 선생을 알아보는 것은 아니었다. 나는 도로 자리에 앉으며 박 선생에 대해서 조금 실망하였다. 그러나 나는 박 선생이 많이 좋아지고 있었다.

밤이 이슥해져서야 우리 둘은 거리로 나왔다. 밤바람이 싱그러웠다. 둘은 버스에서 내려서 우리 집 앞에까지 걸어왔다가 또 돌아서서 버스정류장까지 걸어갔다. 또 우리 집 앞까지 걸어왔다가 다시 돌아서서 버스 정류장까지 갔다가 내 집 앞으로 왔을 때 나는 애교스러운 얼굴을 하고 "전 이제 들어갈래요." 했다. 박 선생이 "헤어지기 싫지만 할 수 없네요. 다음 만날 시간을 약속하고 헤어질까요?"했다. "기말 시험이 다가와서요." 하는 내 말은 공연히 한번 빗나가 본 말이었다.

최대한으로 조용히 하꼬방 문을 밀었다. 한 발을 들어놓자 나는 가슴 가득했던 달콤한 정감은 내 발 밑으로 쿵하고 떨어지며 산산히 깨져 나갔다. 어두운 방안에 부처님 모양의 커다란 실루엣(Silhouette)이 내 눈에 확 들어와서였다. 양팔을 틀고 앉아 있는 그림자는 두말 할 것 없이 아버지였다.

주먹밥 먹던 사람

오늘은 주일날이었다. 교회가 끝나자마자 나는 성경찬송가를 조모의 천가방에 집어넣고 박 선생이 기다리는 국제 시장 입구로 달려갔다. 중앙교회는 국제시장 입구에서 지척에 있었다. 어머니의 "일찍 들어와야 해." 하시는 목소리를 어깨너머로 흘러들었다.

박 선생은 웃으며 나를 마중하였다. "오늘은 하루 종일 미스 정과 같이 있을 수 있겠네요. 자꾸 만나고 싶어서 일이 손에 잡히지 않습니다." 하였다. 우리는 가까운 다방에 들어가서 에그밀크(Egg Milk)를 한 잔씩 마셨다. 박 선생이 이것을 주문할 때 나는 속으로 '애국(愛國) 우유라는 것도 다 있구나.' 하고 생각하였다. 그만큼 나는 이런 다방사회에 숙맥이었다.

다방에서 나온 우리 둘은 걸어서 팔공산으로 올라갔다. 팔공산은 대신동 이화대학 가교사 뒤쪽에 있었다. 계절은 가을이 오고 있었다. 풀잎들은 황색을 띠기 시작하였고 물기는 이미 잃어가고 있는 중이었다. 듬성한 잡목이 서있는 비탈길을 좀 더 올라가서 편편한 지대를 골라 둘은 자리를 잡았다. 그가 내 앉을 자리에 자기의 윗도리를 벗어 깔아 주었다. "풀 위가 더 좋아요." 하고 나는 그의 윗도리를 한사코 사양하였다.

"미스 정은 형제가 많으십니까?" 하고 박 선생이 물었다. 이 질문은 서로의 대화의 물꼬가 트이는 시발점이 되었다. "저희 집은 딸 부잣집이에요. 6·25전쟁 한 중간인 지난 해 8월 15일에 제 어머니가 부산 피난지에서 딸 하나를 더 낳아서 모두 7남매입니다. 그 중 아들은 하나 뿐이 없고요. 제가 제일 맏이입니다." 하고 일사천리로 내 형제들을 소개하였다.

박 선생의 부모님은 평양 남산교회의 성가대에서 만났다고 하였다. 결혼 후 두 분은 중국으로 건너가 상해임시정부에서 김구선생을 도와 독립운동을 하며 부친이 상하이의 호강대학을 졸업하셨다고 하였다. 일본이 패망하기 바로 몇 달 전에 귀국하였고 해방되자마자 부친께서는 곧 군에 입대하여 원산 군정장관을 하실 때 6·25를 맞았다고 하였다. 언젠가 시간이 되면 미스 정을 어머니께 보여드리고 싶다고 말하기도 하였다.

박 선생의 부친은 다섯 나라 말을 자유자재로 하는 멋쟁이시긴 한데 부친이 한 번 괜찮게 본 여자는 다리건너에(집 가까이라는 뜻) 집을 장만하여 당신의 여자로 만들어 버리곤 하여서 어머니가 경제적인 독립을 해야 했다고 말하였다. "그래서 어머니는 6개월 동안 산파학원을 나와서 산원(産院)을 차리셨지요." 하였다.

"전쟁 전에 내 아버님이 여자관계를 다 청산하고 집으로 들어오고 싶다며 찾아 오셨습니다. 그 때 어머니가 일언지하에 거절했어요. 머리가 아주 백발이 되면 그때 들어오라고 하시더군요." 박 선생의 여동생은 K여중 2학년 때부터 폐를 앓아서 온 집안이 여동생 하나를 공주같이 세워 준다는 말도 하였다. 학교에서 동생을 한번 만나보라고 하였다.

박 선생은 자기의 집안 이야기를 조곤조곤 소설이야기 하듯이 말하였다. "아버지가 계속 경제적인 후원은 해 주셨어요. 1·4후퇴 때에는 부친이 바로 연락병을 시켜 트럭으로 식구들을 부산 항구까지 데려다 주었고 식구들은 부산에서 우선 정세를 보기로 하고 나만 제주도까지 갔었지요." 하였다. 나는 이 말을 들을 때 금방 고위공직자들이 먼저 배를 사서 도망간 그런 집안은 아닐까하고 생각하다가 '그런 집안은 아니야. 아닐거야' 하고 그 생각을 도리질해 버렸다.

"제주도 갈 때 배에서 이런 일이 있었습니다. 배에는 선실이건 갑판 위에건 사람이 꽉 들어차 있어서 사람의 어깨와 어깨가 달라붙은 채 모두 쭈그리고 앉아 있었지요." 서로 옴짝달싹 하기도 힘들게 끼어 앉았다고 했다. 그런데다가 대개 한 사람이 한 두 개씩은 피난 보따리들을 가지고 있었다고 했다. 바로 그때 젊은 사람하나가 큰 룩크색을 짊어지고 사람들의 머리를 비집으며 들어오더니 박 선생 앞에 자리를 틀기 시작했다고 하였다.

그 말을 듣자 나는 피식 소리나게 웃었다. 박 선생이 말하다 말고 나를 보며 "왜 웃습니까?" 하였다. "그분이 박 선생의 인상이 너무 유(柔)해서 이 사람이면 어떻게 비비고 좀 들어가 앉아도 되겠다고 생각한 것 같아서요." 하자, "그 때 사람의 인상을 따질 경황이나 있었겠습니까?" 하고 그도 웃으며 "그 젊은이의 생각에는 어느 누구도 늦게 들어 온 침입자를 위해 선선히 자리를 내 주지 않을 것을 알아차렸는지 룩크색을 남의 어깨와 어깨 사이에 내려놓고는 발을 조심스럽게 옮겨 몸을 돌려서 인정사정 보지 않고 궁둥이 반쪽을 내 옆으로 끼어 넣더라고요." 했다. 주변의 사람들이 모두 얼굴을 찌푸리긴 해도 박 선생은 순간적으로 다 같은 사정인데…… 하는 생각이 들어 어깨를 모로 하고 더 몸을 죄어서 그를 받아 넣어 주었다고 하였다.

그는 그렇게 어렵게 자리를 잡고는 앉자마자 그의 룩크색을 번쩍 들어 자기의 무릎 위에 올려놓고는 룩크색 겉에 붙은 포켓에서 주먹밥을 꺼내들고 먹기 시작하였다. 그의 팔꿈치로 박 선생을 툭툭 치기까지 하면서. 박 선생은 속으로 '상당히 무례하고 뻔뻔스럽고 어떻게 저렇게 밉게 놀 수가 있을까.' 하고 생각하고 있는데 바로 그 때였다. 팽 하는 총소리가 박 선생의 귀총을 찢었다. 그리고는 귀가 멍한 채 있는데 무엇이 박 선생 어깨 위에 기대오는 것 같았다. 박 선생이 옆을 보았다. 그렇게 비집고 자리를 잡은 그 침입자의 머리가 박 선생의 어깨 위에 놓여있었고 그의 입에서는 씹다 남은 밥알이 비질비질 쏟아져 나와서 박 선생의 무릎 위로 떨어지더라는 것이다.

박 선생이 말을 이었다. "그러자 군인 행색을 한 사람들이 내 가까이로 오더니 '오발 사고가 일어났습니다.' 하며 아주 대수로운 일도 아니라는 듯이 한 사람은 침입자의 머리 쪽을 들었고 또 한 사람은 그의 두 발을 모두어 잡더니 어깨에 짊어지고 나가더군요." 했다. 아직도 그의 입에서 나온 밥풀이 사람들 머리 위에 하나씩 둘 씩 떨어지고 있더라고 했다. 나는 그 끔찍한 말을 들으며 얼굴을 좀 찡그린 채 "어머, 그 오발 총알이 내린 자리가 박 선생 자리였지 않아요?" 하자, "그렇지요. 사람의 운명이 그런 것이라고 깊이 생각했습니다." 했다.

"그 젊은이가 왜 하필 그 큰 배 안에서 제 발로 그 자리에 찾아들어왔겠습니까. 자기 죽을 자리로 찾아들어온 것이지요. 주먹밥은 그가 먼 저승길 떠나갈 때 마지막 요기를 한 식량이었겠지요. 그때 내가 그에게 자리 틈을 내주지 않으면 나는 죽었을 것이고 오늘 미스 정도 못 만났겠지요?" 그가 말하며 나를 보았다.

배 안의 사람들이 곧 웅성거리며 하는 말이 오발사고로 죽은 젊은이의 시신(屍身)을 몇 사람들이 맞들어 올려서 바다에 던져 넣는 것을 보았다고 했다. "배에서 죽으면 거의 그렇게 수장을 하는 것이긴 한데…… 오발로 사람을 죽인 자가 누구인지도 알아볼 길이 없지 않습니까…… 지금이 전시이긴 해도 그 사람은 너무 억울하게 죽은 것이지요. 나는 신경이 좀 둔한 편이여서 불의에 시체가 된 그 젊은이가 수장까지 당했다는 말을 듣고도 한참 후에야 온 몸이 부르르 떨려옵디다." 하였다.

우리는 하산해서 가까운 일식식당에서 계란덮밥을 먹었다. 둘은 아까보다 훨씬 말수가 적어져 있었다. 아무 이유 없이 죽어서 바다에 던져진 그 젊은이 생각이 내 머리에서 떠나지 않았다. 그도 기다리는 부모가 계실 텐데. 박 선생은 박 선생대로 이야기 하는 중에 그날 일이 생생이 되살아나서 몸이 떨렸나 보았다.

잠자코 걷던 두 사람이 동시에 불쑥 "지금은 전시니까." 하였다. 똑같이 말해놓고 서로 씩 웃었다. 박 선생이 나를 내려다보며 "우리 둘이 마음이 통하는가 봅니다." 하였다.

할아버지가 포로인가?

우리 집은 난리가 났다. 특히 어머니의 놀라움은 컸다. 동림(東林)에서 포목상을 하시던 어머니의 막내삼촌이(우리 형제에게는 막내외조부) 포로수용소에 갇혀 계시다는 소식이 와서였다. 분명히 꿈은 아니었다. 도저히 믿을 수가 없는 일이어서 온 식구가 어리둥절하고 있었다.

그 연세 많으신 분이 어떻게 포로가 되었을까? '포로'라면 보통 전쟁에 나가 싸우다 잡힌 젊은 군인을 말하는 것으로 알고 있었는데 그게 아니라고 하였다. 전쟁터에서 잡힌 사람은 모두 '포로'로 간주한다는 것이었다. 만일 막내외조부가 정말로 포로수용소에 갇혀 계신다면 불원간 민나 뵐 수가 있어 그 기쁘고 반가움이 클 터이지만 이 일을 어찌할 것인가. 얼마 전에 돌아가신 진순이 삼촌이 바로 막내외조부의 맏아들인 것이다.

막내외조부에게 이 사실을 어떻게 어떤 방법으로 알릴 것인가. 어머니는 진순이 삼촌의 시신이 아이들 처네포대기에 둘둘 말려 지게꾼에게 지워져서 나가던 날이 새삼 떠올랐다. "진순아, 이게 무슨 일인가. 나는 너를 떠나보낼 수가 없구나. 눈 좀 떠 보아라. 통일이 되면 우리 같이 고향에 가서 내 아버님도 삼촌도 만나 뵈려고 했는데 이게 웬 일인가." 애간장이 끊어지는 울음을 우셨던 어머니였다. 그런 어머니가 삼촌께 진순이 동생이 죽은 이 '엄연한 사실'을 직접 알려드리는 일은 어머니로서는 태산을 넘는 일보다도 힘들고 괴로운 일이었다.

수용소에서 오신 막내외조부는 초췌한 노인이 되어 있었다. 커다란 눈망울만 굴리고 계셨다. 조카딸 내외와 사돈이 되는 조부모와 우리 형제들을 번갈아 바라보다가 그저 "허허허……." 하기만 하셨다. 무엇을 어디서부터 얘기해야 좋을지 가늠되지가 않는 것 같았다. "외할아버지, 집에 다 오신 것이나 같아요. 며칠 좀 푹 쉬세요." 하자 나를 물끄러미 보시며 "옥희구나. 많이 컸구나." 하셨다. 그리 말하시며 아마 막내외조부는 끔찍이도 사랑하신 딸 은식(銀植)을 떠올렸을 것이라고 나는 속으로 생각하였다. 은식은 나와 동갑이었다.

아버지가 골초가 되신 막내외조부 앞에 담배 한 보루하고 성냥과 재떨이를 놓으며 "옥희가 할아버지 곁에 있거라." 하셨다.

아버지와 외조부는 나이 차는 좀 있어도 성정이 비슷해서 두 분은 가까우셨다. 아버지가 끔찍이도 어머니를 아끼시면서도 늘 당신 곁에 걸프렌드(?)를 두고 사셨는데 막내외조부도 그러하셨다. 막내

외조부가 그 시절에 신식 중학교를 나왔고 운영하는 포목점이 잘되어 한 때는 동림 시내의 돈을 다 긁어쥔다는 소문이 자자할 때 동림소학교 선생인 노처녀가 가게 앞을 지나 오갈 때마다 막내외조부한테 연애편지를 집어던지곤 하였다고 했다. 이 사실은 동림 시내 사람들은 다 알고 있었다.

막내외조부는 중학교 다닐 때 집안끼리의 알음으로 이미 혼인했고 진순이 삼촌도 낳은 후였다. 본처이신 그 할머니는 외양이 참 볼품이 없었다. 언제나 부시시한 머리를 하고 있었고 사람들과 마주 서서 말할 때는 늘 입에 침을 문 채였다는 것을 나는 아직도 기억하고 있다. 막내외조부는 노처녀에게 반했는지 혹은 미사여구의 연애편지 사연에 녹았는지 얼마 후 가게 뒤편에 소담한 기와집 옹근 한 채를 사서 그녀에게 살림을 잡아 주었다. 맏형이 되는 내 외조부가 늘 뒷방으로 물러난 조강지처를 따뜻하게 살핀 것을 나는 알고 있다. '은식'이라는 아이는 그 노처녀 사이에 태어난 첫딸이었다. 미인 중에도 미인 딸이었다.

그 시절은 참 이상해서 노처녀만 아이를 낳은 것은 아니었다. 늘 머리가 부시시한 본부인도 계속 아이를 낳았다. 정식(貞植)이라고 하였다. 진순이 삼촌 바로 아래 여동생이다. 그런데 막내외조부는 상당히 차별을 두었다. 은식은 나하고 잘 놀다가도 쪼르르 달려가서 "아버지 나 돈." 하고 손을 벌리면 금방 얼마를 은식이 손에 쥐어주며 "저기 가서 옥희 하고 놀아라." 하셨다. 그러면 이 깜찍한 첩의 딸은 "아부지, 옥희 돈도" 하고 손을 벌리면 또 얼마를 집어주셨다. 그때마다 본처의 딸인 정식은 부러운 눈으로 멀거니 바라보곤 하였다. 웬만하면 "정식이도 이리 온." 하였을 텐데……

나는 은식이로 부터 받은 돈의 얼마를 꼭 정식이에게 나누어 주곤 하였다. 어린 마음에도 정식이가 가엾게 느껴졌었다. 우리 셋은 똑같이 맑눈깔사탕을 사먹곤 하였다. 어린 시절 여름방학 때의 일이 새삼 떠오른다.

은식의 엄마가 신의주 도립병원에 입원하였을 때는 이미 폐결핵이 말기에 들어서 있었다. 폐병 앓는 사람의 특징인 연달아 잔기침하는 일과 각혈하는 일이 있었지만, 얼굴은 거울같이 해맑고 아름다웠다. 은식이가 병실에 들어서자마자 "오마니……." 하며 달려들자 은식이 엄마는 체념한 듯 배시시 웃으며 손사래로 가까이 오지 말라고 하였다. 그리고 얼굴을 가린 호청이 흔들리는 것을 나는 보았다. 얼마 안가 은식은 어머니를 잃었고 막내외조부는 사랑과 천지를 잃고 헤매다가 해방을 맞았다.

포로수용소에서 나온 후 매일 땅이 꺼지도록 한숨만 푹푹 내쉬며 담배를 줄달아 피시던 막내외조부가 어느 날 불쑥 "옥희는 이화대학에 다닌다며?" 하고 물으셨다. 그리고 먼 하늘에 담배연기를 후아― 뿜더니 "은식이년은 아주 진빨갱이가 되었단다. 얼마나 열성

분자인지 그 나이에 부녀국 여성동맹위원장이 되더구나. 하마터면 나도 숙청당할 뻔 했는데 은식이 덕에 살아나긴 했지만. 나중에는 부모도 멀리 하더군." 하셨다. 그렇지 않아도 은식이에 대해서 궁금하던 차였다. 나는 너무 놀라서 "은식이가 빨갱이가 되었다구요?" 하고 목소리를 높이며 되물었다. 그리고 걱정스러운 표정으로 "할아버지, 무릎을 왜 자꾸 떠세요? 불안하세요? 이제는 마음을 좀 놓으세요." 하며 막내외조부의 무릎을 꼭 눌러드렸다.

그날 저녁 우리는 식탁을 물리고 모두 모여 앉았다. 막내외조부의 말문이 열린 것이다.

"국군이 동림에는 머무르지도 않았다. 그냥 탱크부대나 트럭부대가 지나갔을 뿐이었다. 그래도 전쟁이후 이제나 저제나 국군이 들어오기를 학수고대했던 시민들은 먼발치에서나마 있는 힘을 다해서 목청껏 소리치며 태극기를 흔들었다. 대한민국 만세 만세. 국군 만세만세 하며. 그날 밤 시민들은 한숨도 자지 않고 이 집 저 집에 모여서 이제야 바른 세상이 왔다고 기뻐하였다. 그리고 자위대를 조직해야 한다고 의견을 모았다.

하루 24시간이나 지났을까? 국군이 후퇴한다고 했다. 되놈들이 누비저고리를 입고 호적(胡笛)을 불며 압록강을 넘었다고 했다. 처음에는 모두 헛소문으로 알았다. 그럴 리가 없다고 했다. 그런데 불행하게도 그것은 헛소문이 아니었다. 태극기를 흔들며 국군을 환영했던 사람들은 환희에 찼던 얼굴들이 수심으로 변하였다. "자, 이제는 어드럭하지? 어드럭카면 좋겠나?" 서로 얼굴을 바라보다가 암만 해두 이대로 앉아 있어서는 안 될 것 같아, 우선 집안 어른들만이라도 피해야 할 것으로 결정을 지었어. 국군이 연합군과 합세했다는데 설마 아주 후퇴할 리는 없을 것이야. 며칠만 집을 떠나 있자구. 그래서 몇 가지 내복과 겉옷을 싸서 들고 떠나온 것이었다.

그 고생을 무엇으로 표현할 수가 있겠는가. 날씨는 무진히 춥고 배는 고픈데다 총소리가 계속 나를 쫓아오니 나도 모르게 저절로 남쪽을 향해서 뛰게 되더군. 같이 떠나온 동네 젊은이들은 먼저 갔는지 도루 집으로 들어갔는지 전쟁터에는 나만 남았다. 세상이 외롭고 무섭다는 것을 난생 처음 느꼈다. 분명히 평양은 지난 것 같은데 어디가 어디인지 알 수가 있나? 한 가지 분명한 것은 국군과 중공군이 서로 강을 끼고 마주 보는 상황에서였어. 마른 풀숲을 헤치며 기다가 걷다가 하는데 총머리가 나를 겨누고 있더군. '이제는 죽었구나.' 했다. 아마 나를 보아하니 나이도 지긋하고 옷 입은 모양새가 꼭 중공군 앞잡이 첩자로 보였나 싶었다.

그곳에서 나는 세상의 수모라는 수모는 다 받았어. 처음에는 중국말로 무어라 하더니 내가 못 알아듣자 일부러 못 알아듣는 척한다며 주먹으로 쥐어박고 때리고 하더군. 얻어맞다 못해서 나중에는 이판사판이다 하고 나도 덤벼들었어. "국군을 환영하다가 하루 만에 후퇴하는 국군을 따라 나온 사람에게 이래도 되느냐."고 둘러보니 많은 사람들이 잡혀있더군. 그때 내 머릿속에 번개같이 번득이는 생각이 "오히려 국군에게 붙잡힌 일은 잘 된 일이다. 나는 인민군에게는 반동분자가 된 몸이다. 고향으로 돌아가도 나는 살 수 없다. 서울에만 가면 큰조카네(어머니)가 살고 있고 큰조카만 만나면 아들 진순의 행방도 찾을 수 있을 것이야. 꾹 참자. 살아야 한다. 기운을 내야 한다. 하루 세끼 밥은 꼬박꼬박 챙겨 먹었다." 고 하셨다.

거제도 포로수용소

아들 진순이를 만나야 한다는 막내외조부의 말에 어머니도 아버지도 가슴이 뜨끔하셨다. 그러나 두 분 다 지금은 그 이야기를 꺼낼 때가 아니라고 생각하셨는지 잠자코 막내외조부의 말에 귀를 기울이고 있었다.

"포로수용소의 경비원은 거의 미군이 맡고 있었다. 중국어 통역관과 한국어통역관이 있기는 해도 그들도 못돼 먹기는 일반이었다. 별일도 아닌데 포로들을 발로 차고 메쳐 눕히고 총을 겨누었다가는 총대를 바로 세우며 '우하하하'하고 웃기도 하였다. 사람의 생명을 가지고 장난들을 하였다.

국토가 남북으로 갈라지듯 여기 안에서도 사상이 확실하게 구분되어 있었다. 사상교육을 철저하게 받고 온 인민군들은 미군이나 통역관들의 눈치를 보는 것이 아니었다. 오히려 반항하는 것이 인민공화국을 위해서 헌신하는 것으로 생각하고 있었다. 그런 그들은 자기들끼리 위원장을 뽑았다. 눈매가 몹시 사나운 사나이였다. 그가 밥 먹고 하는 일은 미군에게 순종하는 듯한 사람을 따로 점찍어놓는 일이었다.

나는 침묵일관으로 나갔다. '거져 죽었습니다' 하고 이쪽에도 치우치지 않고 저쪽에도 치우치지 않고 하라는 일만 하였다. 막사를 옮기는 일, 땅을 파서 그 흙을 실어 나르는 일을 벙어리처럼 입을 다물고 해치우곤 하였다. 눈매 사나운 위원장은 가끔 그러는 나를 뚫어지게 바라보곤 하였다. 그의 눈매를 느낄 때 나는 일부러 머리를 들어 부드러운 시선으로 그를 마주 보기도 하였다. 반동분자의 낙인이 찍히지 않으려는 살아남기 위한 위장전술이었다.

위원장을 위시해서 그 부락치들이 일어났다. 그들은 일사분란하게 움직이며 포로수용소 소장을 잡아 인질로 잡았다. 그들은 4가지 조항을 들고 폭동을 일으켰다. 조항 1. 포로처우를 개선하라. 조항 2. 자유의사에 의한 포로송환방침을 철회하라(무조건 북송하라는 뜻). 조항 3. 포로심사를 중지하라. 조항 4. 포로의 대표위원단을 인정하라. 였다.

UN군이 뱅크와 소총으로 강경대응해서 섬 곳곳에 흩어져 숨어 있는 포로들을 잡아 생포하고 72시간 만에 겨우 폭동은 진압이 되었다. 인질로 잡혔던 수용소 소장도 풀려나긴 하였는데 이때 많은 사람이 죽었다. 그날 날뛰던 공산군이 한 100명은 죽고 다쳤다. 폭동을 처음부터 보고 겪은 우리들도 목숨은 있어도 살아있는 것은 아니었다. 정신적으로는 다 다친 사람들이 되었다. 웬만한 전쟁과도 같았던 폭동이 진압된 후에도 공산적극분자들은 이미 우파라고 점 찍어놓은 사람을 목을 졸라 죽이고 때려서 죽였다. 밤 사이에 스스로 목숨을 끊은 사람도 많았다. 이런 시체를 치우는 일도 우리들의 몫이었다.

이때부터 수용소 안은 분위기가 더 살벌해졌다. 나는 될 수 있는 대로 눈을 바로 뜨지 않고 살았다. 그들의 눈에 띄지 않으려고 노력하였다. 그러던 어느 날 인자하게 생긴 군목(軍牧)이 우리 포로수용소에 배속되어 왔다. 나는 그 때 군목을 보자마자 내 마음이 온화해지는 것을 느끼고 나 스스로도 놀랐다.

조카도 알다시피 동림에서 기차로 한 정거장 남쪽에 선천(宣川)이라는 시(市)가 있다. 이 도시는 평안북도에서 제일 먼저 미국장로교회 선교사가 들어온 고장이다. 선천을 중심으로 한 동림 철산 등지는 그 선교사들의 영향을 많이 받아 예배당이 일찍 서기도 하였다. 우리 집안 여인네들도 오래 전부터 시오리가 넘는 먼 곳에 있는 예배당에 주일이면 걸어서 나가곤 하였다. 일제시대 때도 신사참배시 예배당에 나가는 사람들은 이것은 우상숭배가 아니고 기도하는 시간으로 생각하며 살았다. 나는 비록 교회에는 나가 본 일은 없어도 나의 마음속에 어떤 신앙심은 있었던 것인지 나는 군목을 보자마자 붙잡고 울고 싶은 충동을 느꼈다. 수용소 안에 새 천막이 서고 입구에 십자가가 세워졌는데 나는 그 십자가 앞에 꿇어 엎드리고 싶어졌다.

사람들이 처음에는 공산당들의 눈이 무서워서 예배당에 가는 일을 기피하다가 잡을 데 없어 엄나무라 했던가 사람들은 예배가 끝나면 군목은 일일이 한 사람씩 손을 꼭 잡아주며 잘 견디라고 힘을 실어주는 것을 좋아하기 시작하였다. 소가 비빌 언덕이 생긴 것이었다. 할 나위 없는 궁지에 몰려있는 사람들은 군목에게 한 마디의 위로의 말을 얻고 싶어 하기 시작하였다. 수용소 측에서는 포로와 군목의 일대 일의 대좌를 허락하지 않았다. 그러나 시간이 지남에 따라 사람들은 군목에게 자기의 속내를 털어놓기 시작하게 되었다.

그 해의 크리스마스에는 예배당에 모여 앉은 사람들이 "기쁘다 구주 오셨네."를 오열 속에서 불렀다. 나도 처음으로 여기야 말로 하나님이 오실 곳이라고 느꼈다. 그날 밤 우리 모두는 눈물을 멈추지 않았다. 눈물을 멈출 수가 없었다. 나중에는 천막 안의 모든 사람이 군목님을 가운데에 모시고 '하나님'을 찾으며 소리내어 울었다. 그 울음소리는 아예 통곡소리였다. 그동안 가슴에 뭉쳤던 고뇌를 다 토해내어 하나님께 아뢰는 밤이 되었다.

이듬해 6월에 이승만 대통령이 북한출신의 반공포로를 2만 7천 명을 석방해 주신 것이다. 나도 그 중의 한 사람이 되었다. 만명 정도는 북한으로 가기를 원하는 사람들이어서 석방에서 제외되었다.

UN군사령부에서도 또 공산권에서도 이것은 포로석방협정에 위배 되는 일이라고 극구 반대했으나 이승만 대통령은 "우리는 이미 이 사람들의 성분(性分)조사를 끝맺었고 이들은 반공애국동포들이어서 생지옥과 같은 북한에 돌려보낼 수 없다." 라는 사유를 들어 하루 아침에 우리를 자유의 몸으로 석방시켜 주신 것이다."

우리는 막내 외조부의 말을 들으며 너무 울어서 모두 눈들이 부어있었다. 모두 말이 없이 앉아있는데 막내 외조부가 "그런데 조카야, 우리 진순이 소식 못 들었니? 좀 알아볼 수 있을까?" 하며 어머니께 물으셨다. 어머니와 아버지가 흠칫 놀라다가 하는 수 없다고 생각하셨는지 "삼촌, 이 말을 어떻게 드릴까요. 진순이가 철도원으로 일하다가 사고를 당해서…….", "사고를 당해서 어떻게 되었는가?" 하고 다그쳐 물으셨다. 조부모는 슬그머니 자리를 뜨셨다.

어머니가 엎드린 채 말을 잇지 못하자 막내외조부는 시선을 조카사위인 아버지께 돌리셨다. 아버지가 "세상을 떴습니다." 하고 겨우 말씀 드렸다." "세상을 떴다는 말은 무슨 말인가? 아니, 진순이가 죽었단 말인가……. 내 아들 진순이가 죽었다는 말인가?" 막내 외조부는 믿을 수가 없다는 표정이다가 나중에는 받아들인 듯 밤새껏 소리를 죽여가며 우셨다. 실컷 호곡할 처지도 아니어서 슬픔을 속으로 씹는 것 같이 소리를 죽이며 우셨다. 내가 가까이에 가서 손을 잡아드렸다. "내가 죄가 많아서 불원천리 여기까지 와가지고 내 아들 죽었다는 소식을 들어야 하니. <u>으흐흐흐</u>" 그 전보다 더 무릎을 털며 흐느끼고 계셨다.

며칠 후 숙모가 어린 아들 둘을 데리고 와서 시아버님인 막내외조부 앞에서 큰 절을 올렸다. 올리자마자 펄썩 주저앉더니 울기 시작하였다. 울면서 그녀는 "아버님, 그간 얼마나 고생이 많으셨습니까?" 하였다. 막내외조부가 진순이 삼촌이 남기고 간 두 어린 아들을 바라보다가 큰 아이에게 가까이 오라고 하셨다. 그런데 낯이 서려 그러한지는 몰라도 끝내 그 손자는 친할아버지 가까이에 가지 않았다. 나는 그 어린 아이가 참 이상하게 느껴졌었다.

■ ■ ■

수복 후 아버지와 어머니는 신촌에 땅을 얻어 제재소에서 나무를 가져다가 하꼬방을 지어드리고 과수댁을 찾아 짝지어 드렸다. 두 분은 땅콩밭을 경영하며 큰돈을 버셨는데 진순 삼촌댁과 두 아들이 마지막까지 조부을 쫓아다니며 짐이 되었다고 들었다.

자유부인

  그날은 문학회가 열리는 날이었다. 문학회에는
각 대학의 국문, 영문학 학생들이 늘 합동으로 모이곤 하였다. 박
선생은 오늘 영문과 졸업예정자들의 모임을 가진 후 시간이 되면
오겠다고 하였다.

  이날의 주된 토론 주제는 정비석의 '자유부인'이었다. 학회 때마
다 절대로 빠지지 않는 '세종대왕 수제자'들은 평시에는 말을 아끼
다가 이런 날은 입에 화통을 물린 듯이 쏟아내었다. 그렇지 않아도
이즈음의 부산 거리에는 남녀노소 가릴 것 없이 '자유부인'을 말하
지 않는 이가 없는 터여서 이 주제는 치열한 토론장이 될 수밖에
없었다.

  우리들 세대는 일제시대를 거친 사람들이다. 아직도 말할 때는
무의식중에 일본말이 튀어나와서 "한국문학을 전공한다는 사람들
이……" 하고 빈축을 사기도 하였고 매사 일본인과 비교하는 버릇
들이 안에 박혀 있었다. '자유부인'을 쓴 소설가 정비석 씨나 방인

근 씨를 일본의 연애소설을 잘 쓰는 기쿠치 칸(菊池 寬)과 비교해 보기도하였다.

여자대학생들은 아무 곳에서나 '여성지위권'에 대해서 말을 잘한다. 오늘 문학회 자리에서도 주제와는 사뭇 다른 1930년대의 여성 작가에 대해서 서두를 열었다. 박화성이 나왔고 최정희가 나왔고 시인으로서는 모윤숙과 노천명이 나왔다. 나는 기껏해야 최정희의 '산제(山祭)'에 나오는 주인공의 이름이 우리 귀에는 특이하게 들리는 '쪼깐이'라는 것과 모윤숙의 '렌의 哀歌'의 한 두 귀절 정도. 노천명의 시, '사슴'의 첫 귀절 '목아지가 길어서 슬픈 짐승이여' 정도밖에 모르는데 내 친구들이 그 시절에 겨우 태동하기 시작한 여성 문인들의 이름과 작품을 하나하나 엮어내며 마치 여대생인 자신이 이름 있는 문인의 가족인 양 찬양하고 나섰다.

자신있게 강변하는 그들을 보며 나는 겉으로는 비시시 웃었지만 속마음으로는 그들이 많이 부러웠다. 국문을 전공한다 하지만 국문학에 백지상태인 내가 부끄러웠다. 내 한구문학 실력이라야 1년 반밖에 안 되는 여학교 생활에서 계단 밑에 국어선생님이 임시로 만든 서가에서 틈틈이 꺼내본 책이 고작이었으니까.

영도에 가교사가 세워진 연대 국문과 3학년에 재학 중인 사회자가 그날의 주제하고 멀리 떠나가 버린 토론내용을 웃으며 본질 쪽으로 몰고 돌아왔다. "참으로 좋은 말씀을 해 주셨습니다. 그러나 오늘은 정비석의 '자유부인'을 가지고 토론하기로 하였으니……"
하였다.

누군가는 정비석이 평안도 출신답게 글 속의 대화를 평안도 사투리를 살려서 내용을 한층 돋보이게 했다는 '성황당(城隍堂)'에 대해서 말하였다. "한 여인의 목욕하는 장면에서 은근히 당시로서는 극히 터부시했던 성적(性的)묘사가 들어있는 것을 우리는 간과할 수가 없습니다. 이번에 나온 '자유부인'도 정비석 특유의 저속한 애정소설의 테두리를 벗어나지 못했다고 저는 생각합니다. 그러나 이 작품이 항간을 이렇게까지 떠들썩하게 한 것은 이 소설이 현 사회의 부정적인 면에 직격탄을 퍼부어 주었기 때문일 것입니다. 소설이 사회의 거울인 만큼 이 점을 우리는 크게 평가할 수 있다고 생각합니다." 하였다.

동국대학에 다닌다는 한 학생이 말을 씹는 듯이 내뱉으며 "지금이 어느 때입니까. 아무리 일선에서 전쟁에 이겨도 후방에 있는 국민이 썩으면 그 전쟁은 지는 것입니다. 이 소설에 나타나 있는 것처럼 사회지도층에 속하는 사람들의 부인들이 밤이면 춤추러 다니고 모리배들이 돈에 혈안이 되어 사기치고…… (슬쩍 여학생들을 둘러보며) 이곳에 모인 사람들은 그렇지 않겠지만…… 얼마나 많은 사람들이 사치스러운 행색으로 학교에 다닙니까?" 하고 말하였다. 약간 사회를 삐딱하게 보는 사람 같았다.

내 친구, 세종대왕의 수제자는 그 말을 받아서 "아무리 소설이 시대적인 배경을 무시할 수가 없다고 하지만 이 내용은 좀 지나친 감이 없지 않습니다. 문학이란 어디까지나 독자들을 선도해야 할 의무도 있는 것입니다. 이 책은 현 사회상을 한층 뛰어넘어 선동성까지 내포하고 있습니다. 지금이 어느 때입니까. 지금 이 시간에도 일선에서는 우리의 형제들이 적과 싸우고 있음을 우리는 명심해야 합니다." 참석한 사람들의 얼굴이 금세 숙연해졌다.

차를 마시고 오징어포와 땅콩도 먹었다. 내 바로 맞은 편에 앉은 학생은 아까부터 담배만 피우고 있었다. 곤지와 중지에 낀 담배를 그가 한 모금씩 빨아들일 때마다 불이 빨갛게 피어났다가 시들며 재가 되곤 하였다. 그는 아무 말 없이 천정으로 가물거리며 올라가는 담배연기를 시선으로 쫓곤 하였다. 그런데 그 많은 사람들이 한 마디씩 말하는데 그는 한 마디의 의견을 내지 않았다. 입이 무거운 사람일까? 그렇지 않으면 아직 '자유부인'이라는 책을 읽지 않은 사람일까? 신문에 매일 나오는 소설을 읽지 않았다는 것은…… 특히 문학도가. 그렇다면 이 자리에는 왜 나왔을까? 하고 그를 보며 생각하였다.

나는 오늘 공부를 많이 하였다. 나는 내가 국문학에 대해서 너무 모른다는 것을 인정한다. 많이 늦은 상태였다. 영문학 전공학생들이 말하는 로시아 시성(詩聖) '푸시킨' 이나모엄(W. Somerset Maugham)의 이름도 나는 초문이었다. 모임에서 나온 작가명과 책 이름도 종이에 써놓았다. 다행인 것은 번역문학이 세계적인 일본어를 나는 잘한다는 것이다. 언젠가는 꼭 책방에 들려 이 책들의 일본어 번역판을 구해 읽을 것이라고 생각하였다. 공연히 가슴이 뛰었다.

담배만 피우며 무료한 듯 앉아있던 그가 입을 열었다. 부드럽게 흘러나오듯 말하였다. 모두 그의 입을 주시하였다. "좋은 의견을 많이 들었습니다. 그러나 소설은 소설로 보아야 합니다. 소설이 있을 수 있는 이야기를 꾸민 것이라는 점을 나도 인정합니다. 그러나 '자유부인'에 나온 사람들은 있을 수 있는 사건의 주인공이기는 하나 사회 전반의 사람들의 행위는 아니라는 말씀입니다. 여러분, 국제시장에 나가 보셨지요? 비단 피난민뿐이 아닙니다. 그들은 마수걸이 하지 못한 날은 점심을 굶는 것이 다반사라 합니다. 종종걸음으로 시장에서 하루 종일 뛰다가 저녁에 집에 가서 밥 한 술 먹고 쓰러져 자야하는 그들이 밤에 옷 갈아입고 춤추러 나가겠습니까? 하나의 소설을 가지고 지나치게 사회를 비판해서는 안 된다고 생각합니다. 그런 부류들도 있지만 그렇지 않은 사람들이 태반이라는 것입니다. 우리와 같은 인텔리 급의 사람들은 이 책에 나오는 주인공들의 비윤리적, 비도덕적인 점은 꼭 참고할 문제이기는 하지만서두요." 했다.

더 이상의 토론이 필요가 없어졌는지 그의 말을 끝으로 문학회는 끝났다. 밖으로 나오니, 박 선생이 기다리고 있었다. 나는 반가운 표정으로 박 선생에게 오늘 일은 잘 끝냈느냐고 물었다. "올해, 우리 영문과 졸업생은 모두 6명입니다. 그런데 여섯 번째로 졸업은 하게 되는 것 같습니다." 했다. 무슨 뜻인지 고개를 갸우뚱하자 그가 웃으며 "끝머리로 일등 했다는 뜻입니다." 했다. 농담이겠지. 설마 하였다.

오늘 학회에서 있었던 이야기를 간추려서 박 선생에게 말하였다. 그리고 '자유부인'의 주인공인 저명한 국문학 교수 부인인 오선영 여사같은 분을 어떻게 생각하느냐고 그의 생각을 넌지시 물었다. "아무래도 전시(戰時)에는 사람들이 비정상적으로 흘러가기 쉽지 않겠습니까. 또 근래의 여성들이 사회에 눈을 뜨기 시작했다는 증거로도 볼 수가 있지 않을까요?" 하였다.

길거리는 이미 어둠이 내리고 있었다. 나를 편안하게 해주는 박 선생과 춥지도 덥지도 않은 이 밤을 둘이서 남포동 길을 걷는 것이 나는 참 좋았다. 나는 '자유부인'의 이야기를 이어나가다가 "작가는 책의 주인공인 오선영여사가 '花交會'회원이라고 했는데 그 이름을 대학 이름에서 한 글자를 인용해서 지은 것이라 했어요. 혹시 '梨花'의 花를 딴 것은 아닐까요?" 하자 박 선생이 "이화대학이 선망의 대상이며 질투의 대상이 될 때도 있겠지요. 이 책의 작가는 다분히 대중의 시선을 끌기 위해 노력한 면이 없지 않아 있습니다." 하였다.

또 당시의 고급공무원의월급이 몇 천환이라고 했는데 이 모임의 회비가 '천환'이나 된다는 말은 작가는 고위직의 사람들이 월급이 외의 어떤 수입이 그들에게 있다는 것을 독자에게 시사한 것은 아닐까요? 반은 질문하듯 반은 동의를 구하듯 말하였다. 박 선생은 입만 쩍쩍 다시고 내 말에는 응대 하지 않았다.

한참 걷다가 박 선생이 "미스 정, 배고프지 않아요?" 하고 물었다. 왜 그런지 나는 박 선생과 같이 있으면 배가 고프지가 않았다. 내가 정말 '사랑'이라는 틀 속에 들어갔나 보았다.

■ ■ ■

내가 실제로 겪은 이야기를 60년 전의 기억을 더듬어 쓴 것인데 기일적으로 맞지 않을 수도 있겠다. 독자들의 양해를 구한다.

빈대떡 같은 달이여

'육군연예대'라는 이름의 위문대가 대구에서 창설되었다고 했다. 배우인 황해가 소대장을 맡고 김진규와 가수인 현인과 신 카나리아와 황해의 부인인 백설희도 연예대 단원이라 했다. 당대의 쟁쟁한 연예계 인사들이었다. 전선은 평양을 넘어 평북의 운산(雲山)지역에서 군대 재정비를 하며 모처럼의 휴식을 취할 때 국군 사병들은 육군연예대를 맞게 된 것이었다.

이때가 11월 중순이니 맹추위가 바야흐로 덮치기 시작할 무렵이었다. 국군은 이 때 처음으로 동복을 배급받았다고 했다. 서북지방의 추위를 나는 잘 안다. 우리 국군들이 오늘까지 하복으로 견뎠으니 얼마나 추웠겠는가. 마침 이 일대는 곡창지대여서 이미 벼갈이를 끝낸 농가들은 겨울 날 준비에 들어갔고 벼이삭을 훑어내고 남은 짚들을 단으로 묶어 마른 논 이곳저곳에 세워놓은 때였다. 병사들은 오랜만에 그 짚을 가져다 깔고 푹신하게 휴식을 취할 수가 있었을 것이었다. 거기에 위문단이 왔으니 병사들의 즐거움이 얼마나 컸겠는가 짐작이 가고도 남는다. 보급물자를 가지고 온 UN군들도 한 몫 끼어서 있는 대로 입을 벌리고 즐거워했을 미군들의 모습도 눈에 선하다.

운산전투에서만도 500여 명의 사상자를 내었다 한다. 운산전투뿐 인가. 전쟁이 시작되고 오늘까지 수를 헤아릴 수 없을 만큼의 생명 을 이미 잃은 터였다. 오늘 살아남았어도 내일의 대첩이 기다리고 있는 현실이었다. 그런 사병들 앞에서 연예대원들은 있는 목청껏 노래를 불러제꼈다. 신나게 정성을 다해서 '아아, 신라의 바아암이 이여./ 불국사의 종소리 들리어 온다아./ 지이나가는 나아그으네여,/ 발걸음을 멈음추어라./ 고요한 달빛 아래 금옥산 기이슭에서/ 노오 래를 불러 보자./ 신라의 달밤이여어어.' 아코디언 소리가 쿵작작작 음을 남겼을 것이다.

현인의 특징은 <신라의 달밤>을 부를 때 온 얼굴을 위 아래로 진동시키며 바이브레이션을 넣는 맛을 낸다. 여의도 비행장 버금가 는 입석비행장에 가득 들어찬 군인들은 오랜만에 만면에 웃음을 띠 고 박수를 치며 즐거워하였다. 신 카나리아도 노래를 불렀고 배우 들도 모두 노래를 잘 불렀다. '홍도야, 우지마라/ 오빠가 있다./ 아 내의 나갈 길을 너는 지켜라.' 하는 노래도 불렀다. 남편이 일선에 나가 있더라도 걱정하지 마시라. 후방에 있는 아내는 아이들 잘 키 우며 당신이 승전하고 돌아올 때까지 꿋꿋하게 살아가리라 하는 뜻이 담겨있을 것이었다. 그 날 연예인들은 우리 가곡에 흔한 '고향천리' 같은 향수에 젖은 노래는 부르지 않았을 것이었다.

위의 소식은 어묵집 빈자리에 아무렇게나 놓여있는 신문을 보고 알았다. 박 선생과 나는 문학회가 끝난 후 저녁 어스름에 광복동 네거리로 나왔고 네거리에서 남포동으로 꺾인 골목길로 들어서 '리어카오뎅'집에 들렀을 때였다. 어묵집의 걸상은 가느다래서 둘은 겨우 궁둥이 반쪽만 걸치고 앉았다. 이곳은 처소가 협소하기는 해도 어묵국물이 일품인 유명한 집이라고 박 선생이 설명했다. 그 때 무심코 집어 든 신문 한 면 전체에 위와 같은 위문단 기사가 가득 차 있었다. 하긴 요사이 크고 작은 위문단들이 창설되어서 장병 위문을 많이 떠나고 있는 것을 나도 알고 있었다.

나는 어묵을 먹으며 내가 서울에서 다닌 사립 여학교가 오월 단오절(端午節)임박해서 해마다 '단오의 밤' 학예회가 열리곤 한 일을 떠올렸다. 이북내기인 나는 그 행사가 너무나 재미가 있었다. 친구들이 '쮸쮸'를 입고 유명한 한동인 선생이(6·25때 월북한) 안무한 발레를 추는 것을 보고 과연 서울은 서울이구나, '사람이 태어나면 서울로 보내고 소가 태어나면 시골로 보내라는 말'의 뜻을 알 것 같다고 생각했었다.

그때 나는 배구선수여서 무대의 막이 내려지면 우리 배구팀은 무대 뒤로 빨리 나가 소도구를 치우거나 준비하는 일을 담당하곤 했었다. 지금은 모두 그들이 대학생이 되었든 사회인이 되었든가 했겠지만 그때 연극이나 독창을 한 아이들이 다시 모여 국군위문단을 조직했다는 소문을 나도 얼마 전에 들었다.

　무대 뒤에서 친구들이 추는 발레를 보며 나는 최승희를 떠올리곤 했었다. 내가 신의주를 떠나기 한 해 전 초겨울에 공산주의를 반대하는 '신의주학생 반공 의거사건'이 있었는데 그때 소련군의 총에 맞아 23명이 피살되었고 부상자 350여 명, 주동학생 200여 명이 시베리아로 유형 되기도 했었다(平北民報 제585호 참조). 소련군이 신의주 학생사건을 무력으로 진압한 후 내가 다니고 있던 신의주 남(南)여학교에는 김일성이 다녀갔고 며칠 후 최승희가 사람의 혼을 몽땅 뽑아놓는 춤을 추고 갔다. 그 때 나는 처음으로 무용의 진수를 보았는데 서울에 오니까 조그마한 여학교에서도 학생들이 발레 춤을 추는 것을 보고 나는 많이 놀랐던 생각이 난다.

　박 선생과 나는 어묵집을 나와 다시 밤거리를 걸었다. 그때부터 나는 요의를 느끼기 시작했다. 그런데 그 말이 나오지가 않았다. 무엇인지 생리적인 얘기를 남자친구에게 하기가 거북스러웠다. 이 일을 어떻게 하나…… 나는 몸을 비비 틀었다. 눈치를 챈 박 선생이 "미스 정, 화장실에 가고 싶어요?" 한다. 나는 급기야 "좀 급해요." 하며 턱을 주억거렸다. 박 선생이 큰 건물 사이에 난 깊숙한 골목길 구석에 나를 데리고 가서 세워 주었다. 나는 될 수 있는 대로 박 선생에게 '쉬' 소리가 들리지 않도록 몸을 조여 가며 볼일을 보았다. 몇 발짝 앞에서 그는 골목길을 가로 막듯이 서서 담배에 불을 붙이고 있었다.

소변보는 일이 왜 그렇게도 부끄러웠을까? 나는 머리를 들 수가 없을 정도였다. 박 선생의 뒤를 쫓아 골목길을 벗어나자 왼쪽 높은 건물이 부산극장이었다. 나는 극장 꼭대기의 선전용 간판을 올려다보았다. 합죽이 김희갑씨의 얼굴이 그려져 있었다. 추석 특별공연이라 했다. 박 선생이 "우리 이거 봅시다." 했다. 재미있을 것 같았다.

막이 열리자 무대 뒷면 가득히 낙락장송 소나무가 그려져 있고 (조잡한 그림이지만 소나무는 소나무였다) 소나무 너머에 둥근 달이 커다랗게 걸려 있는 무대장치가 나왔다. 왼쪽 출구에서 김희갑씨가 달을 올려다보며 무대로 걸어 나왔다. 그리고 그는 커다란 목소리로 "아! 달이여, 빈대떡 같은 달이여!" 했다. '와하하하'하는 웃음소리가 극장이 뻐개질 만큼 터져 나왔다. 나도 너무나 우스웠다. 그림에 그려진 달보다 김희갑씨의 납작한 코에 너부데데한 얼굴이 더 빈대떡 같았기 때문에 더 우스웠다. 그러더니 그는 노래를 부르기 시작하였다. 커다란 그림의 달을 연상 올려다보며.

'달이여/ 짚시의 달이여/ …… 연 이어서/ 뜨악새 슬피 우니/ 가을인가요/ 지나간 그 시절이/ 그리워지네/……' 이 노래가 끝나자 그는 병사 같은 투로 사설을 늘어놓았다. "당신이 그렇게도 붙잡으며 떠나가지 말라고 했는데 이제 내 돌아오니 당신은 아니 계시오. 아, 당신은 어디 계시오?" 하며 눈물을 닦는 척했다. 그리고 그의 18번인 <두만강 흐르는 물에>를 불렀다. '두만강 흐르는 물에/ 노 젓는 뱃사공/ 흘러간 그 옛날에 내 님을 싣고서/ 떠나간 그 님은 어디로 갔소/ 그리운 내 님이여/ 그리운 내 님이여/ 언제나 오오려나.'

냄비뚜껑 같은 악기를 작대기로 재게 치던 사람이 마지막 한 방을 세게 두들기고는 작대기를 번쩍 들었다. 노래가 끝났다는 신호 같았다.

모두 언제나 돌아올거나? 어째 희극이 비극으로 변하고 있었다. 하긴 우리들 생활이 지금 슬픔을 멀리할 계제가 아니었다. 지금 우리는 혹독한 전쟁을 치르는 중이니까.

어려운 대면

밤늦은 시간이었다. 박 선생이 내 집 앞까지 나를 바래다주고 돌아서는데 아버지가 불쑥 나타나셨다. 나는 가슴이 쿵하고 내려앉았다. 아버지는 이제라도 박 선생의 멱살이라도 잡으려는 기세로 "박씨라고 했던가? 나 좀 보세." 하더니 앞장서서 방으로 들어 가셨다. 잠자코 아버지의 뒤를 따라 들어가는 박 선생의 팔을 지그시 누르며 나는 미안해서 어쩔 줄을 몰라 하고 있었다.

"공부하는 학생을 왜 밤낮 불러내서 오밤중에야 집에 들어오게 하는가. 무슨 짓인가. 도대체 이 늦은 시간까지 어디서 무엇을 하는가?"

"이야기도 하고 토론도 하고, 그렇습니다."

"자네도 대학생이라고 들었는데 공부는 안하고 무얼한다고? 무슨 토론을 매일 하는가?"

"공부도 합니다."

"무슨 공부를 밤에 길거리로 쏘다니며 하는가?"

"……"

나는 박 선생에게 너무나 미안했다. 빨리 아버지로 부터 해방시켜주고 싶었다. "아버지……." 하고, "이제부터 일찍 들어올 테니이 분을 보내주세요." 하려고 했다. 아버지가 무서운 얼굴로 나에게 못을 박듯 "조용히 해." 하셨다.

"내가 자네 부모님을 좀 만나 뵈야겠는데 그럴 수 있겠는가?"

"아버님은 군대에 계시어 나오시기가 좀 어렵겠지만 어머니는 나올 수가 있을 것입니다."

"그럼 언제쯤 만나 뵐 수가 있겠는가?" 하고 다그치셨다.

조금 침착성을 되찾은 박 선생이 꿇어앉은 두 무릎 위에 올려놓았던 주먹이 좀 느슨해지며 대답하였다. "진작에 찾아뵈었어야 하는데 죄송합니다. 그런데 제 대학 졸업식이 며칠 뒤에 있고 곧 저는 군대에 나가게 됩니다. 그 전이라도 시간을 내어서 올 수 있으면 어머니를 모시고 오겠습니다." 했다. 군대에 나간다는 말에 아버지는 많이 수그러진 목소리로 "그리하게." 하시더니 무서운 시선으로 "옥희, 너는 내일부터 박씨가 모친을 모시고 나를 만나러 오실 때까지 박씨를 만나지 말아라. 알았니? 아버지 말을 어기면 학교도 다 다니게 될 것이다." 법령을 내리셨다. 우리 집은 아버지의 말이 곧 법이었다. '왜, 저러셔야 할까?' 눈물이 다 나왔다.

그제야 나는 젖은 눈으로 방안을 둘러보았다. 어머니가 죄인모양으로 머리를 숙이고 방구석 쪽에 멀찌감치 앉아 계셨고 어머니 옆에 동생들이 겁먹은 눈으로 아버지의 무서운 기세를 지켜보고들 있었다. 그동안 내가 늦게 집으로 돌아올 때마다 어머니는 얼마나 마음고생을 하셨을까. 그보다도 이제부터는 박 선생을 만날 수 없게 된 일이 표현할 수 없이 슬프고 섭섭한 일이서 가슴이 꽉 막혀왔다. 나는 밤새 몸을 뒤척이다가 이런 궁리가 떠올랐다. 일찍 만나고 일찍 들어오면 되지 뭐.

며칠 후, 주일날이었다. 예배가 끝나고 교회 문을 나서는데 박 선생이 불쑥 다가왔다. 자기도 예배를 보았다고 했다. 나는 많이 반가웠다. 그런데 당시 한참 유행하던 밑으로 늘어지는 머리칼을 한, 아주 아름다운 여인이 박 선생 옆에 서서 웃고 있었다. 박 선생이 "미스 정, 인사하세요. 제 누님입니다." 했다. 보기 드문 미인이었다. 나는 쭈뼛거리며 "안녕하세요." 했다. 왠지 기가 팍 죽어버렸다. 이 누님이 바로 개성 호스턴 여학교를 나왔다는 누님인가 보았다. "그동안 동생이 늘 미스 정 얘기를 해서 한번 만나보고 싶었어요." 했다.

박 선생과 누님과 나는 걸어서 박 선생의 어머니가 기다리고 게신다는 박 선생의 집으로 갔다. 부산 극장에 가까운 어느 2층집 8조 다다미방을 빌려 쓰고 있었다. 박 선생이 군대로 나가기 전에 자기 식구들에게 나를 보여주고 싶어 꾸민 일이라고 하며 그가 웃었다. 얼떨결에 나는 박 선생의 어머니를 뵈었다.

깊숙하게 절을 올렸다. 가르마를 정면으로 가른 머리에 둥근 테

안경을 끼고 계셨다. 누님과 어머니의 모습은 많이 닮아 있었다. 그러나 노마님같은 어머니에서는 누님같이 따뜻한 기는 없었다. 오히려 차갑고 엄하게 보였다. 나에게 "앉으시게." 하는 첫마디 말씀이 기숙사 사감선생 같은 인상을 받았다. 누님이 어색한 분위기를 깨며 "어머니, 미스 정이 깨끗하고 예쁘게 생겼지요?" 했다. 나는 꼿꼿이 얼어 버려서 박 선생의 어머니가 어떻게 대답하셨는지 듣지 못했다. 아마 아무 말도 하지 않았을 것이다. 음악과에 다닌다는 동생은 집에 없었다. 나는 그날 무척 어벙한 여인이었다.

나는 아버지의 감시도 무서웠거니와 집안을 온통 소란스럽게 만드는 일도 피해야 해서 박 선생의 졸업식에 참석하지를 못했다. 우리 식구들의 생계를 이어주고 있는 것은 국제시장에 조그마한 부스를 얻어 '쯔메에리 학생복'을 파는 일인데 그곳은 조부와 어머니가 지키고 아버지는 아이들 장난하는 것 같은 그 부스에는 일체 나가지 않으셨다. 큰딸을 감시하는 일 외는 별로 할 일이 없으셨다.

나는 아버지가 원망스러웠지만 하는 수가 없었다. 졸업식 전날 학교에서 박 선생의 동생에게 축하한다는 몇 마디 글을 쓴 편지와 손수건 두 장을 보냈다. 한 주일쯤 지났을까? 채플(Cheple)시간이 끝나고 교실로 올라가는 도중에 박 선생 동생을 만났다. 그녀는 나를 보자마자 "언니, 오빠 그저께 저녁에 군대에 나갔어요. 오빠가 떠나면서 계속 뒤를 돌아다보며 떠났어요. 아마 언니를 기다렸는가 봐요. 왜 못나왔어요?" 했다. 나는 너무나도 슬퍼서 목소리가 다 잦아들어가며 금세 뜨거운 눈물이 두 눈에서 삐져나오는 것을 가까스로 참으며 "언제? 어디로?" 하였다. 논산에 있는 제2훈련소로 들어갔다고 하였다.

'논산 제2훈련소!', '논산 제2훈련소!' 그가 계속 뒤를 돌아보며 나를 기다리다 떠났다고? 군대 가는 사람을!

나는 밤새껏 가슴이 찢어지게 아팠다. 이불 속에서 '논산 제2훈련소'를 되뇌다가 "면회 가리라. 박 선생 보러 어디엔들 못갈까. 고작 충청도 논산이 아니던가." 하고 결심하였다. 이 결심이 서자 나는 단박에 깊은 잠 속으로 들어갈 수 있었다.

육군 제2훈련소

갈은 과 동급생인 숙이가 대전(大田)의 김선생을
만나러 간다고 하였다. 김선생은 경찰 계통의 높은 직에 있는 사람
이었다. 숙이가 1·4후퇴 시 가족을 잃어버려 당황하고 참혹했던
때에 김선생을 만난 것은 큰 행운이었다. 생지옥과도 같은 전쟁터
에서 김선생은 이 아리따운 여인을 위해서 수고를 아끼지 않았고
숙이의 가족도 찾아 주었다. 격전(激戰)시대에 만나는 남녀는 만나자
마자 격정(激情)이 솟아오르나 보았다. 그 일이 인연이 되어 김선생
과 숙이는 연인이 되었다.

가끔 공무로 부산에 내려오면 그는 숙이의 친구를 다 불러서 우
리가 한 번도 가보지 못한 으리으리한 식당에 초대해 주곤 하였다.
우리 모두는 김선생을 '멋있는 사람'이라고 불렀다. 딸의 은인이자
숙이의 집안 은인이 되기도 하는 김선생을 숙이의 부모는 극진하게
대우하였다. 숙이가 다가오는 나흘이나 되는 공휴일에 김선생을 만
나러 대전에 간다고 나에게 말했을 때 나는 속으로 옳거니, 나도

이참에 박 선생을 만나러 가야겠다고 굳게 마음먹었다. 논산에 가려면 천상 대전까지는 기차로 가야 했으므로 숙이와 같이 대전까지 갈 수 있는 일은 여간 잘된 일이 아니었다.

나와 어머니의 관계는 예사 모녀하고는 좀 달랐다. 아버지의 성격이 괴팍하여서 나는 늘 약한 어머니의 편에 서야했다. 손부터 드는 아버지시지만 큰 딸인 나를 어렵게 여기는 점도 있으셨다. 아버지가 매를 들면 내 작은 고모는 신발을 릴레이봉처럼 쥐고 우선 도망부터 가곤하였다. 그러나 나는 도망하지 않았다. 왜 아버지가 우리를 때려야 하는지 이치부터 따지곤 하였다. 말대답한다고 한 대 더 얻어맞기는 하였어도 아버지가 매를 드는 일이 뜸해진 것만은 사실이었다. 거기다가 조부가 언제나 내 어깨를 받쳐주시는 것을 아버지도 잘 알고 계셨다.

숙이의 어머니는 딸이 애인을 찾아가는 일에 짐까지 챙겨주는 멋쟁이 신식 어머니셨다. 나는 그것이 참 부러웠다. 그러나 거기까지 바라는 것은 언감생심이었다. 조부께 며칠 뒤에 친구들과 같이 여행을 해야 한다며 넌지시 운을 떼자 조부가 얼마를 주셨다. 그리고 어머니께는 좀더 구체적인 의논을 드렸다. 물론 박 선생을 만나러 간다는 말씀을 드릴 수는 없었다. 어머니가 또 얼마를 주셨다.

제2훈련병에 나갔다가 병을 얻어 거의 시체가 다 된 성관 삼촌을 어깨에 지고 온 재봉사 차씨 아저씨에게 학생복 만드는 사이사이에 떠다 드린 연분홍 옷감으로 블라우스를 만들어 받았다. 그날 저녁 식탁머리에서 어머니가 "옥희가 학교 일로 친구들과 같이 여행을 간다네요.." 하셨다. "여행지가 어딘데." 하며 아버지는 내 얼굴을 보셨다. 논산하고는 반대방향, 먼 지역의 이름을 댔다. 아버지가 반대하시지 않고 알았다는 표정을 하셨다. 그간 박 선생을 만나러 나가지 않은 것을 점수로 가산한 것 같았다. 배구반 합숙 할 때마다 나를 제일 꼬랑지로 입소시키곤 하셨던 아버지가……

지금의 전선은 옛 3·8선을 훨씬 북상해 있을 때였다. 소련 부외상인 말리크(Jacob Malik)가 휴전을 제안해서 가졌던 휴전회담은 이미 깨어져서 각기 다시 전선으로 돌아가 격전으로 돌입하고 있었다. 미군을 위시한 UN군은 본래의 3·8도선까지만 찾아 준 것으로도 자기네의 책임은 다했다고 생각하고 있었다. 그러나 우리의 입장은 달랐다. 다시 국토가 분단되는 일은 있어서는 안되는 일이었다. 수복된 도시에서는 매일같이 학생들과 시민들이 목숨을 걸고 '휴전반대'를 외치고 있을 때였다.

숙이와 내가 탄 완행열차 칸은 전쟁 전의 기차손님의 행색과는 너무나 판이하였다. 허술한 옷차림을 흉본다고 생각할 사람은 이 땅 위에는 없었다. 당장 먹고 살아야 하는데 외양에 마음 쓸 겨를은 없었다. 모두가 다 허술했고 얼굴들은 핏발이 서고 살벌해 보였다. 사람마다 짐이 산더미 같았고 땀냄새를 풀풀 풍기고 있었다.

깨끗하게 차려입은 우리들이 오히려 무색하였다. 기차 창문을 스치고 지나가는 밖의 풍경도 수산하였다. 시가지는 성한 곳이라고는 아무 곳도 없었다. 역사(驛舍)도 그러했다. 전원(田園)은 더 을씨년스러웠다. 어떤 곳이 논이었는지, 밭이었는지 그곳이 풀밭인지 구분조차 가지 않았다. '황폐' 그 자체였다. 그간 서울은 앞섰다 밀렸다 하며 4차례나 잃었다 찾은 처지였다. 그러나 두 처녀, 숙이와 나는 차창 밖의 처참한 풍경으로 가슴이 찡하면서도 숙이는 김선생을 만날 기쁨과 기대로 나는 박 선생을 만날 기쁨으로 가슴은 달싹거리고 있었다.

　대전역에는 김선생이 나와 있었다. 숙이와 김선생은 나를 논산 제2훈련소로 가는 버스에 태워 주었다. 눈물이 찡하고 나오는 것은 내 소아병적인 감성에서 오는 것일까? 숙이가 "박 선생 잘 만나고 와. 기다리고 있을게." 라며, 언니 같은 말을 하였다. 버스는 꼬불꼬불 시골길을 한 두어 시간 정도 달린 듯했다. 먼지가 연막을 친 것 같이 버스몸통을 온통 싸안고 따라왔다. 광목 두루마기를 입은 노인이 큰 소리로 말을 하기도 하고 어떤 양복쟁이는 휴전을 하면 안 된다고 연사 같은 어조로 역설하였다. 그가 옆의 사람에게 "이렇게 많은 사람을 죽여 놓고 이제 와서 휴전을 하다니 말이나 되요. 그것도 3·8선에서 휴전을 한다지 않는감?", "안되지. 안 되는 말이여." 충청도 사투리였다.

버스에서 내리자 여기가 군영(軍營)이라는 것을 곧 알 수 있었다. 끝간데 없이 넓은 지역을 철조망으로 둘러쳐 있었다. 그 속을 들여 다보였다. 구령을 하며 뛰고 있는 훈련병들이 하나의 먼지 뭉텅이 로 보였다. 오래된 사진을 보는 것 같았다. 그런 부유스름한 먼지뭉 텅이의 무리들이 여기저기서 달리면서 그 중의 한 사람이 구령을 하면 전체가 따라 하였다. 노래 같은 구령이었다. 훈련병들이 먼지 에 찌들었는지 모두 조그마해 보였다. 쓸쓸한 마음이 들었다.

같이 버스를 타고 온 아주머니인가 보았다. "면회 오셨어요?" 하 고 나에게 묻는다. 내가 "네." 하자 "우선 여인숙을 잡아야 해요. 오 늘 밤은 여기서 묵어야 하니까요. 나는 몇 번 와 봐서 잘 알아요. 내가 도와줄게요." 하고 하꼬방같은 여인숙으로 머리를 숙이고 들 어가더니 자기 옆방에 내 방도 잡아 주었다. 저녁은 생선가시가 많 은 국을 먹었다. 그리고 그 아주머니와 같이 면회사무실로 갔다.

아주머니는 아들의 이름을, 나는 박 선생의 이름을 면회신청용지 에 써 넣었다. 한참 후에 신청 받은 사병이 박 선생이 '윤상덕'이라 는 사람도 같이 면회신청 해달라는 요구가 있었다고 전해왔다. 밤 사이 나는 '윤상덕'의 이름을 잊어먹어서 애를 쓰다가 퍼뜩 떠오르 는 그 이름. 아! 찾았다. 살아났다. 깜깜한 밤에 나는 부시시 일어나 서 창호지 빛을 빌어서 염불 외듯 외었던 석자 이름을 종이에 적어 놓았다.

아주머니는 국밥 세 사람 분과 나는 국밥 두 사람 분을 헌 쟁반에 엎혀들고 면회소로 들어갔다. 박 선생이 나왔다. 스프링코트를 휘날리던 멋진 박 선생의 모습은 아니었다. 국방색의 헐렁한 바지. 포켓이 여기저기 달린 사이즈가 큰 윗도리. 새까만 얼굴. "미스 정, 어떻게 여기까지……." 흰 이를 보이며 웃었다. 아버지한테 어떻게 허락을 받고 왔느냐고 묻는 것 같았다. 나는 아무 말도 할 수가 없었다. 한국의 남자들은 또 이런 멍에를 져야 하는구나 생각하며 "윤 선생님도 많이 잡수세요." 했다. 슬그머니 머리를 돌려서 둘레를 보았다. 모두 똑같은 국밥이었다. 모두 숟가락을 다섯 손가락으로 그러쥐고 먹고 있었다. '영국신사'라는 별명은 온데 간 데가 없어진 박 선생이 "미스 정도 같이 먹을 걸……." 하더니 씨익―하고 웃었다.

면회시간이 끝나고 돌아설 때 나는 겨우 "박 선생님, 건강하세요. 입영하는 날 나가지 못해서 마음에 걸렸었어요." 하자 박 선생이 처음으로 내 손을 꼭 잡으며 "내가 다 알아요. 그런데 혼자 논산까지 왔어?" 다정함이 섞인 반말이었다. 그리고 그는 내 손을 한 번 더 꼭 잡았다가 놓으며 "임관되면 제일 먼저 미스 정 찾아갈 겁니다. 서울에서 만나게 될 겁니다." 하였다. 꿈같았다. 상당히 씩씩해져 있었다.

휴전협정
통일은 멀어져 가고

맥아더장군이 해임될 때 이미 우리의 통일은 기울어져 있었다. 휴전하는 일은 굳혀진 사실이었다. 다만 어느 선에서 휴전을 하느냐로 쌍방이 고심하고 있었다. 돌멩이같이 차가운 북측 대표인 남일은 국제적으로도 이미 인정이 되어 온 기존의 38도선으로 휴전선을 그어야 한다고 개성에서 있었던 저번 회담 때와 똑같이 녹음기처럼 되풀이하고 있었다. UN군 조이(Tumer Joy)수석대표는 "전쟁에서 잃은 것을 회담에서 되찾으려 하지 말라."며 현 전선에서 선을 긋는 것이 옳다고 맞섰다. 국군과 중공군을 포함한 인민군은 1차회담 이후 다시 전선으로 뛰어들어 휴전이 될 때까지 서로 한 발짝의 땅이라도 찾아야 하는 필사의 격전을 전개하고 있었다. UN군은 이미 한국전쟁에서 손을 놓은 것이나 진배없었다.

북한은 이 피비린내 나는 전쟁을 하루아침에 통고도 없이 벌여놓고 이제 와서 기존의 38도선까지 우리보고 물러서라는 억지는 북한 정권 외에는 세상천지간에는 없을 것이었다.

이승만 대통령은 휴전은 있을 수 없는 일이며 우리 국군만으로도 북진을 계속해서 통일을 이루겠다는 통보를 여러번 미국 정부에 보냈다. 그러나 1953년 7월에 UN군 대표인 허리슨 중장과 북쪽의 남일이 휴전협정에 조인하였다. 휴전은 우리의 뜻이 아니니 한국대표가 그 자리에 배석할 이유는 없었다. 우리의 땅에서 우리 전쟁을 휴전하는 마당에 우리 대표 없이 휴전하는 일은 슬픈 노릇이었다. 우리가 약한 탓 밖에 더 있는가.

당시의 우리 전선은 동해안 쪽은 고성(高城)까지 쭉 올라가 있었다. 한 치의 땅이라도 지켜야 할 일이었다. 땅에 별로 욕심이 없는 미군이 어서 휴전하고 싶은 욕심에 북측의 요구를 무조건 받아 줄까 보아 그 동안 이대통령을 위시한 온 한국국민은 태산 같은 우려를 하고 있었던 터였다. 휴전협정이 조인된 날 밤 10시부터 한국 땅에서는 일체의 총성이 멈춰졌다.

총성은 멈춰졌으나 나라가 다시 두 동강이 나고 말았다. 우리들은 땅을 치며 통곡하였다. 목이 터져라 휴전반대 시위도 했다. 그러나 그것은 너무나 무력한 시위이고 통곡이었다. 모든 것은 무위였다. 우리는 지지리도 무력하였다. 우리 힘으로는 어떻게 할 여지도 도리도 없는 일이었다.

시간이 지나가자 사람들은 차차 체념하기 시작하였다. 국제시장의 부스들은 날이 갈수록 비어갔고 그 많던 시장 안의 사람의 수도 눈에 띄게 줄어들기 시작하였다. 만나는 사람마다 언제 떠날 것이냐고 묻는 것이 인사였다.

　말이 3년이지 3년이 어디 짧은 세월인가. 부산사람들에게 신세를 많이 지고 살았다. 떠나오는 날 우리 식구는 주인집 마당에 학생들처럼 나란히 서서 코맹맹이 주인아주머니에게 큰 절을 올렸다. 아버지가 학생대표처럼 "이 큰 은혜를 무엇으로 갚겠습니까. 3년 세월 한결같이 따뜻하게 보살펴 주신 은혜를 평생 잊지 않겠습니다." 하셨다.

　사람은 쓰레기를 낳으며 사는지 막상 떠나려고 짐을 꾸리자 가져갈 짐보다 쓰레기가 더 많이 나왔다. 쓰레기를 염려하자 어차피 하꼬방도 헐물어야 할 판이니 염려놓고 가라고 주인아주머니는 코맹맹이 소리로 말하였다. 우리 식구들은 너무나 고마워서 또 눈물을 흘렸다. 특히 어머니는 친정어머니 같은 그녀의 손을 놓지 못하고 있었다.

　코맹맹이 아주머니는 이 집에서 태어난 막내 동생을 보며 "많이 컸데이. 팔금산(釜山)아이, 놀러 오니라 잉. 여기가 마, 네 고향 아이가." 했다. 코맹맹이 아주머니 눈에도 눈물이 글썽이었다. 사람이 드는 정은 몰라도 나는 정은 안다고 하더니 막상 떠나려 하자 눈에 닿는 모든 것이 자꾸 우리들의 목덜미를 끌어 잡아당기고 있었다. 늘 무심히 지나다니곤 했던 방 앞의 우물가까지도 그러했다.

귀경길의 완행열차 칸에는 좌석이 따로 없었다. 통로에건 승무원 칸이건 상관할 여지가 있을 수 없었다. 펄썩 주저앉은 자리가 좌석이었다. 제가끔 몸이 찌부러지지 않을 만큼의 짐들을 이고 지고 올라 탄 승객들은 부려놓은 자기의 짐짝이 훌륭한 쿠션이나 되는 듯이 타고 앉았다. 그리고 "아! 살았다." 하였다. '이제 살았다' 하는 말이 실감이 나기도 했다.

아이들이 많은 식구여서 자주 변소를 들락거려야 했다. 아이들이 사람들의 어깨를 짚어도 머리를 꾹꾹 누르며 헤집고 지나가도 길을 내주는데 인색하지 않았다. 사람들의 마음씨가 갑자기 너그러워져 있었다. 집으로 가는 길이니까.

이윽고 용산역에 내렸다. 용산역이 종점이었다. 3년 전에 쫓기듯 마지막 기차를 잡아탔던 곳이었다. 그 용산역은 철로만 있고 역사는 없었다. 허허벌판이 된 서울시가를 보며 '차라리 허허벌판이 낫지. 허무는 일을 덜어 줄 것이니까,' 하고 속으로 생각하였다. 역에서 내려서 무엇을 타고 어떻게 신림동 집까지 왔는지는 생각이 나지 않았다. 3년 만에 우리 식구는 멀쩡하게 살아남아있는 내 집 현관문 앞에 서서 감격에 찬 웃음을 지었다. 그리고 큰 소리로 외쳤다. "집에 다 왔다." 하고 자물통은 없어진 채 문은 열려져 있었다. 거미가 마중 나왔다. 거미는 피난을 가지 않았나 보다. 거미줄로 집을 칭칭 얽어서 집을 지켜주고 있었다.

집을 떠날 때 독마다 쌀을 남기고 떠났던 기억이 났다. 쌀독을 열어보았다. 한 톨의 낱알도 남아있지 않았다. 『정감록(鄭鑑錄)』이라는 우리나라 예언서에 서울에 큰 난리가 나고 10리에 한 사람이 있을까 말까 하는 때가 온다고 했는데 이 산림동 일대에 남아있었던 사람이 있기는 있었던가 보았다. 쌀이 필요한 사람 누군가가 요긴하게 썼으면 그것으로 되었다.

조부와 아버지는 곧바로 제재소로 나가셨다. 조모와 어머니와 나와 뚱보 동생은 궁둥이를 서로 부딪쳐 가며 대청소를 시작하였다. 즐거웠다. 청소를 하며 나는 박 선생을 생각하였다. 임관되어 돌아오면 제일 먼저 나를 찾아오겠다고 말하지 않았는가. 또 9월이 되면 신촌의 하얀 돌집인 이대 본교로 등교하게 될 터이다. 하얀 돌집 학교에서 우리는 또 부산 대신동 하꼬방 가교사에서 매 채플 시간마다 불렀던 그 찬송가를 부를 것이다. '잘 짓고 잘 지세. 우리 집 잘 지으세. 만세반석 언덕 위에 우리 집 잘 지으세.' 순희가 돌아오면 개학 전이라도 같이 학교에 가 보리라.

3년이나 쌓인 먼지가 오죽할까. 한참 후에 조모는 나를 보고 나는 어머니를 보고 어머니는 둘째딸 뚱보를 보고 배를 잡고 웃었다. 우리 모두가 하얀 먼지가발을 쓰고 있었다. 손바닥이 거미줄로 끈적거렸다. 그래도 무엇인지 모르게 즐거웠다. 우리는 이 방 저 방의 위, 아래를 쓸고 닦으며 노래를 불렀다. 찬송가였다.

삼천리반도 금수강산
하나님 주신 동산
이 동산에 할 일 많아 사방의 일꾼을 부르네.
곧 금일에 일 가려고 그 누가 대답을 할까.
일하러 가세. 일하러 가.
삼천리 반도 위해.
하나님 명령 받았으니 반도강산에 일하러 가세!

나라든 개인 집이든 이제는 재건하는 일만 남았다. 우리들 세대
의 고생은 타고난 팔자였다. 일? 일은 사람 사는 '낙(樂)'인 것이다.

그 큰 난리에 이 뭇식구가 아무 탈 없이 건강하게 오늘에 이른
것을 하나님께 깊이 감사드렸다. 감사 기도를 드리고 머리를 들자
마자 나는 큰 소리로 "나쁜 놈들. 되놈들!" 하고 소리쳤다. 인민군
들 보다 중공군이 더 미운 까닭은 무엇일까?

맺는 글

천만번의 감사하다는 말이 모자라는 소중한 분들. 한국전쟁에 참전하신 많은 분들이 향수하시어 통일의 그날을 함께 맞고 싶습니다.

경희대 국어국문학과 교수이시며 문학평론가이신 김종회 교수님께 깊은 감사 말씀드립니다. 한국의 출판사 실정을 잘 모르는 나에게 큰 힘이 되어 주셨습니다. 특히 이번에는 『보랏빛 가지에 내 생을 걸고』의 영역판까지 출판하는 데 도움을 주셨습니다. 감사합니다. 말없이 좋은 책을 만들어주시는 출판사 제위께도 깊은 감사 올립니다.

끝으로 내 삶을 화려하게 풍족하게 그리고 내가 하고 싶은 일을 다 하며 살아올 수 있게 해준 세 딸과 사위들에게 '고맙다'라고 말해야겠습니다. 나에게 사는 즐거움을 듬뿍 안겨주는 우리 손주들에게도 '고맙다, 사랑한다' 하고 외칩니다. 그래서 저는 세상에서 가장 행복한 여인입니다.

2010년 여름 정옥희

수필가 정옥희 鄭玉姬

신의주 운정소학교 졸업
신의주 남고등여학교 2학년 때 월남
서울 중앙여자고등학교 편입학 졸업
이화여자대학교 국어국문학과 졸업
이화여자대학교 교육대학원 언어교육학 석사학위 취득

중앙여자중고등학교 국어교사 15년
일본 도쿄 한국학교 국가 파견 한국어교사 6년
한국걸스카웃 대장 및 훈련간사 10년
문맹퇴치운동으로 스위스의 Our Chalet에서 3년에 한 번씩 주는 세계봉사상,
'Donald ross Trophy' 수상
문교부 장관상(황산덕 장관) 교육공로자상 수상
요미우리(讀賣) 신문사 후원, 제38회 동양서예전에서 해서(楷書) 부문 장려상 수상
미주한국문인협회 이사장 연임

1971년부터 일본에서 6년 거주
1977년 미국 이주
미주『문학세계』 수필 당선
한국『에세이문학』(隨筆公苑) 추천 완료
제2회 미주동포문학상 수상

수필집
『유칼립투스 나무가 있는 마을』
『루우링힐스의 女人들』
『언덕 위의 마을』(City on the Hill)
『보랏빛 가지에 내 生을 걸고』(6·25전쟁 手記)

가족관계
현재 Los Angeles 남쪽 바닷가 City of Roling Hills에서 큰딸 Michelle Park(가주조세
형평위원)과 큰사위 Shawn Steel(변호사)과 손녀딸 Cheyenne(채안), Siobhan(수안)과
같이 살고 있다.
둘째딸 Marsha Park은 약학과 지망생 아들 둘과 같이 Los Angeles 근교에서 살고있
고, 막내딸 Joey Lin은 남편(치과의사)과 같이 San Diego에서 살고 있다.

전란 중에도 꽃은 피었네

초판 인쇄 2010년 9월 10일 | **초판 발행** 2010년 9월 20일
지은이 정옥희
펴낸이 최종숙
책임편집 임애정 | **편집** 이태곤 박윤정 추다영 | **디자인** 안혜진 | **마케팅** 문택주
펴낸곳 글누림출판사
등록 제303-2005-000038호(등록일 2005년 10월 5일)
주소 서울시 서초구 반포 4동 577-25 문창빌딩 2층
전화 02-3409-2055 | 팩시밀리 02-3409-2059
홈페이지 www.geulnurim.co.kr | 전자우편 nurim3888@hanmail.net
ISBN 978-89-6327-079-1 03810

정가 25,000원
* 잘못된 책은 교환해 드립니다.

미국 LA에서 함께 살고 있는 가족들의 단란한 한때.
맨 왼쪽이 저자 정옥희 선생. 딸 미셸 부부와 두 손녀.